Christine Nöstlinger

Eine Frau sein ist kein Sport

Christine Nöstlinger

Eine Frau sein ist kein Sport

herausgegeben von Hubert Hladej

Residenz Verlag

Bibliografische Information der Deutschen Nationalbibliothek
Die Deutsche Nationalbibliothek verzeichnet diese Publikation in der Deutschen Nationalbibliografie; detaillierte bibliografische Daten sind im Internet über http://dnb.d-nb.de abrufbar.

www.residenzverlag.at

10. Auflage 2014

Umschlaggestaltung: www.boutiquebrutal.com
Umschlagbild: getty images
Grafische Gestaltung/Satz: www.boutiquebrutal.com
Gesamtherstellung: CPI Moravia

ISBN 978-3-7017-1575-6

1. Eine Frau sein ist kein Sport

Eile mit Weile

Glaubt der Mensch, dass der Tag 48 Stunden und er selbst drei Hände habe, nimmt er sich viel vor. Etliches von dem, was mit zwei Händen in 24 Stunden nicht zu tun ist, lässt sich verschieben, etliches nicht. Und üblicherweise kommt zum »Vorgenommenen« noch »Unvorhergesehenes«. Da bringt die Nachbarin das Paket, das ihr der Briefträger anvertraute, und will Dank für die Gefälligkeit in Form eines Plausches abgestattet haben. Da ruft der Mann an und bittet, dass man die Schuhe vom Schuster, den Anzug aus der Putzerei hole, und die Waschmaschine pumpt das Wasser nicht ab und muss »entleert« werden. Und überhaupt klingelt pausenlos das Telefon! Jedenfalls beginnt man nicht, wie geplant, »in aller Ruhe um vier« mit den Vorbereitungen für das 8-Leute-Essen, sondern »in aller Hast um sechs«.

Man täte gut daran, sich nun selbst zu hypnotisieren und den Befehl zu geben: »Net hudeln!« Doch dazu hat man keine Zeit! Wie der tanzende Derwisch wirbelt man in der Küche rum, in der Abwasch türmen sich Geschirr und Küchengerät, man braucht die Quirle vom Mixer, vermutet sie unter dem Berg in der Abwasch. Zeit, den Berg wegzuwaschen, ist nicht, auch nicht, ihn abzutragen, man »untergreift« ihn, wodurch er wankt, hierauf rutscht. Blech scheppert zu Boden, Porzellan hinterher, und die Quirle waren nicht in der Abwasch, die waren unter den Erdäpfelschalen, die aus Zeitnot nicht in den Mist kamen.

Dafür muss man nun Leukoplast suchen, weil man sich beim Aufklauben der Porzellanscherben schnitt. Und mit drei Hansaplast-Fingern ist man halt ungeschickt bei der Handhabung des

Geschirrtuchs, das man als Topflappen nimmt. Brennheiß spürt man es am bisher heilen Daumen, sofort wegstellen muss man den verflixten Suppenhäfen! Im Chaos erspäht man ein freies Platzerl auf der Arbeitsfläche, knallt den Häfen drauf. Zu heftig für das randvoll gefüllte Gefäß. Ein Viertelliter Suppe ist nicht viel, aber wenn er von der Arbeitsfläche in die Esszeuglade tropft und das Esszeug »netzt«, nimmt er sich reichlich aus. Und sehr fett! Weil im Suppentopf Fett oben schwimmt.

Während man Esszeug wäscht, blubbert die Soße auf dem Herd schäumend hoch. Kommt davon, dass einem in der Hektik der Obersbecher kippte, statt einem Löffel voll der ganze Becher drin ist. Obers schäumt halt und stinkt beim Übergehen! Nun, irgendwie ist die Schlacht geschlagen, wenn die Gäste klingeln. Und dass sie nicht Orangen, sondern Creme Caramel zum Dessert kriegen sollten, wissen sie nicht. Und die mit Karamell ausgegossenen Förmchen, die vergeblich darauf harrten, mit Eiermilch gefüllt zu werden, die kann man »einweichen«, damit sie im Laufe der Zeit so gnädig werden, sich vom Karamell zu lösen.

Gleich ist leider nicht sofort

Ehefrauen und Mütter tun Ehemännern und Kindern bitter unrecht, wenn sie ihnen Faulheit und Unwilligkeit unterstellen, wo es um die »Mithilfe im Haushalt« geht. Abgesehen von raren, uneinsichtigen Exemplaren, sind Ehemänner und Kinder nämlich sehr wohl bereit, im Haushalt nicht bloß »einen Finger«, sondern »zwei emsige Hände« zu rühren!

Ganz egal, ob es ums Entleeren des Mistkübels geht, ums Tischdecken oder Tischabräumen, ums Säubern der Badewanne, ums Einschrauben neuer Glühbirnen in Lampen, die nur mit Hilfe einer Leiter erreicht werden können, Ehemänner und Kinder wären da wirklich willig zur Tat, wenn ... ja wenn ... ihnen die Ehefrau und Mutter nicht unentwegt so »enge, knappe Termine« setzen würde!

Der Jammer ist nämlich, dass zwischen Ehefrau bzw. Mutter und Ehemann bzw. Kindern die gröbste Meinungsverschiedenheit über das kleine Wort »gleich« herrscht. Die Mutter und Ehefrau verwechselt nämlich leider irrigerweise »gleich« mit »sofort«!

Und wenn das liebe Kind verspricht, »gleich« den Tisch abzuräumen, oder der ebenso liebe Ehemann gelobt, »gleich« einkaufen zu gehen, glaubt die Ehefrau und Mutter, diese Hilfsleistungen würden »sofort« vollbracht werden. Obwohl sie einsehen müsste, dass da noch weit dringlichere »Sofort«-Taten anstehen, wie: telefonieren, entspannen, Kreuzworträtsel lösen, fernschauen und dergleichen mehr.

Frustriert sind dann Ehemann wie Kinder, wenn sie sich nach Erledigung der Sofort-Taten ans Gleich-Werk machen wollen und bemerken, dass dieses bereits getan ist.

Hat die Mutter glatt den Tisch wieder selber abgeräumt! Ist die Ehefrau glatt wieder selber in den Supermarkt gelaufen! Hat die Frau keine Nerven? Kann sie kein bisschen warten? Muss denn alles immer nach ihrem neurotisch-hektischen Zeitplan gehen? Wohl deshalb, damit sie hinterher keppeln kann und als das ausgebeutete Familienopfer dasteht, dem niemand auch nur ein bisschen hilft!

Eine meiner Freundinnen hat sich diesen Vorwurf zu Herzen genommen. Seit Wochen erledigt sie keine einzige Arbeit mehr selber, die ein Familienmitglied per »Mach ich gleich«-Gelöbnis übernommen hat. Es geht ihr ganz gut dabei! Abgesehen von ein paar winzigen Lästigkeiten.

Eine dieser Lästigkeiten hat sie heute aus der Welt geschafft, indem sie sich eine 1000-Liter-Mülltonne für ihre Küche anliefern ließ!

2 Küberln, 1 Kanister, 6 Sackeln ...

Angeblich verbringt der umweltbewusste Haushalt mit Sortieren und Entsorgen des Abfalls zweiundvierzig Stunden im Jahr. Das sind pro Woche etwa achtundvierzig Minuten! Ich weiß echt nicht, wie man das in dieser Zeit schafft!

Zweimal die Woche trage ich Altpapier zum Container hinter dem Haustor. Ja, ja, Lift habe ich! Die Wegzeit (inklusive Papier bündeln, Tür auf- und zusperren) beträgt maximal vier Minuten. Aber immer, wenn ich zur roten Tonne komme, ist die bummvoll! Vordergründig freilich nur. Da ist stets ein riesiger Karton drin, den muss ich rausholen und falten. Leicht geht das nicht (sonst hätt' es ja der Karton-Ableger selbst getan), aber mit Zerren und Reißen ist's zu schaffen. Wenn nicht, hilft sportives Draufspringen. Jedenfalls dauert das, laut ureigenem statistischem Erfahrungswert, vier Minuten. Und so verbrauche ich für das Altpapier sechzehn Minuten die Woche.

Halt, falsch! Einmal pro Woche ist im Karton, den ich klein mache, Styropor. Das gehört nicht ins Papier, das muss eine Umweltbewusste in den Hof zum Restmüll tun, was wieder vier Minuten dauert. Flaschen machen weniger Mühe; dafür ein schlechtes Gewissen! Da sind die Tonnen an der Ecke, dauert nur sechs Minuten, bis das Glas entsorgt ist. Und das schlechte Gewissen habe ich nicht deshalb, weil zweimal pro Woche zwei Sackeln mit Glasflaschen von Trinkfreudigkeit zeugen, sondern wegen der armen Leute, die im Haus bei den Flaschentonnen wohnen. Denen müssen vom ewigen Glasgeklirre ja die Ohren abfallen! Und zwölf Glasminuten sind es immerhin auch die Woche!

Mühsamer ist die Bio-Tonne. Die ist etliche Quergassen weiter! Könnt' direkt mit der Straßenbahn fahren. Aber im Sommer ist das nix! Das grüne Bio-Küberl duftet sehr säuerlich! Darum muss ich es auch jeden zweiten Tag ausleeren laufen. Und das macht dreimal die Woche hastige elf Minuten, also dreiunddreißig Minuten! Dann renn' ich noch mit Leuchtstoffröhre und Batterie zum Händler, mit Pillen in die Apotheke, Dosen wie Plastikbecher müssen weg, Restmüll sowieso, jeden zweiten Donnerstag ist im »Grätzl« Lack-Fleckputzmittel-Säuren-Laugen-Annahme, und wenn ich die Sauerei einrechne, die wegzuputzen ist, weil der Trichter tropft, durch den ich Backfett in den Altöl-Kanister fülle, und wenn ich den Altöl-Kanister endlich dorthin fahren würde, wo man bereit ist, ihn mir abzunehmen, dann hätt' ich – so ich nicht auch hin und wieder schuldhaft umweltsündigen tät – fast eine Halbtagsbeschäftigung!

Hoher Wert und kleiner Preis

Gerade hat wieder einmal jemand ausgerechnet, was eine Hausfrau verdienen würde, käme sie ihrer Arbeit nicht um Gotteslohn, sondern um Stundenlohn nach. Auf umgerechnet etwa 2.500 Euro im Monat beläuft sich diese Rechnung, die von einer 70-Stunden-Woche ausgeht. Ein ganz nettes Sümmchen also!

Aber natürlich ist so ein fiktiver Hausfrauen-Stundenlohn eine sehr zwiespältige Sache: Nehmen wir nur der Hausfrau Putztätigkeit im trauten Heim. Es gibt Bedienerinnen, die für fünf Euro bereit sind, Dreck zu putzen, und es gibt Raumpflegerinnen, die unter zehn Euro nicht zum Wischtuch greifen. Ist also schwer zu beurteilen, wie sich die jeweilige Hausfrau »außerhäuslich« verkaufen könnte.

Oder der Hausfrau Hilfe bei den Hausübungen der Kinder! Hat sie beispielsweise drei Stück begriffsstützigen Nachwuchs daheim und ist sie fähig, diesem das Wiederholen der Klasse zu ersparen, dann wären ja die Arbeitsstunden, in denen sie die Funktion eines Nachhilfelehrers übernimmt, gleich mit 25 Euro – oder noch mehr – zu entlohnen, und ihr Monatsgehalt würde rapide hochschnellen!

Und gar nicht zu ermessen ist der Lohn, wenn es um der Hausfrau Kochkunst geht. Eine kocht, dass ihr nicht einmal der Gutmütigste dafür mehr als einen Stundenlohn von einem Euro bieten würde, eine produziert Menüs, der 2-Hauben-Entlohnung würdig. Und wenn sich eine Hausfrau des Nähens und Strickens befleißigt und dabei so perfekt wie meine Freundin Lotti ist, ufert die Sache überhaupt aus.

Vergangene Woche hat sich Lotti ein Kostüm – ganz à la Armani – geschneidert. Würde glatte 1.500 Euro kosten! Und diese Woche macht sie den Pulli für ihre Tochter fertig. Jacquard-Gestrick in sieben Farben! Die Tochter hat haargenau so einen Pulli für 700 Euro in der Auslage einer Luxus-Boutique gesehen.

Da kommt also Lotti allein in diesem Monat auf zusätzliche 1.980 Euro, wenn man die Materialkosten für Pulli und Kostüm wegrechnet! Und wenn sie noch den Pflegeaufwand für den grippekranken Ehemann dazurechnet und für das Einsetzen der Kohlrabipflanzerln die Gärtnerkosten und das Hemdenbügeln mit Wäschereipreisen berechnet, kommt sie doch glatt auf ein ordentliches Manager-Salär.

Ungeklärt ist allerdings noch, wie das mit der ehelichen Liebe ist! Wird die auch nach »käuflichem Tarif« berechnet? Oder fällt die ins Freizeitverhalten?

Wer sich nicht g'fretten kann

Meine Mutter pflegte oft zu sagen: »Wer sich nicht g'fretten kann, kann nicht hausen.« Auch ich versuche, mit der Devise durch den Alltag zu kommen, und es funktioniert prima. Da ist zum Beispiel meine Erdäpfelpresse! Die ist insofern tückisch, als sie aus drei Teilen besteht. Teil eins ist der, wo die Erdäpfel reinkommen. Teil zwei der, mit dem man auf die Erdäpfel Druck ausübt, und Teil drei ist ein zwölf Zentimeter langer Stift, welchen man durch je zwei Ösen in Teil eins und Teil zwei steckt, um sie miteinander zu verbinden.

Nun geschah es unlängst, dass die gekochten, geschälten Erdäpfel der Pressung harrten, um zu Knödeln gemacht zu werden, ich aber Teil drei der Erdäpfelpresse nicht finden konnte, denn so ein dünner Stift verkriecht sich gemeinerweise leicht in einer Lade. Und in einem Haushalt, wo nebst mir Ehemann, Putzfrau und auf Besuch weilende Töchter gewaschene Gerätschaft wegräumen, ist nie zu sagen, wo Dinge deponiert wurden.

Ich suchte und suchte also, dachte dabei an meine Frau Mutter, sprach zu mir: »Wer sich nicht g'fretten kann …«, nahm einen metallenen Grillspieß und steckte ihn statt des Stiftes durch die Ösen der Erdäpfelpresse. Leider war der Grillspieß aus weicherem Metall als der Stift und verbog sich während der Presserei gewaltig. Aber bis zum letzten Erdapfel hielt er durch, erst dann brach er in zwei Teile.

Da ich nicht besonders an irdischen Gütern hänge, blieb mir der Verlust des Spießes nicht im Gedächtnis. Sein Hinscheiden fiel mir erst wieder ein, als ich für sechs Personen Spießchen braten wollte, aber nur fünf Grillspieße in der Lade fand. Aber auch da sprach ich zu mir: »Wer sich nicht g'fretten kann ...« und holte mir eine hölzerne Socken-Stricknadel zu Hilfe. Filetstückchen ist es schließlich völlig egal, ob sie auf einem Metallspieß oder auf einer Stricknadel gegart werden. Bloß war der Gast, der die Stricknadel-Portion bekam, beim Runterziehen der Fleischstücke unsanft, und die Stricknadel brach entzwei.

Das erwies sich erst als arger Verlust, als es Sonntag war und ich einem dicken Socken ein neues Randerl anstricken wollte. Glücklicherweise fiel mir das Mikado-Spiel ein, ich lieh mir eines der Staberln als fünfte Nadel. Man muss sich eben »g'fretten« können!

Manche Leute können das nicht. Zum Beispiel die drei, die jetzt bei meinem Esstisch sitzen und jammern, dass sie ohne den »Mikado« nicht Mikado spielen können. Dabei haben sie eh noch jede Menge Staberln! Ich werde doch nicht, nur damit sie noch eins mehr haben, den »Mikado« aus dem halb fertigen »Randerl« ziehen. Sollen sie ruhig die ganze Wohnung nach ihrem »Mikado« absuchen, in den Sockenkorb schauen sie garantiert nicht rein.

Schlierig marmoriert

Natürlich gibt es auch Menschen, die noch nie fluchend vor einer Waschmaschine gestanden sind und dieser pastellfarbene Textilien, die noch vor 90 Minuten reinweiß gewesen sind, entnommen haben! Das sind die armen Pessimisten, die von jedem knallbunten T-Shirt und jeder neuen Jean gleich das Allerschlimmste annehmen. Aber allen anderen Menschen, den halbwegs optimistischen, passiert es doch immer wieder, dass ihre Wäsche in der Waschmaschine ganz unvermutete Farbtöne annimmt. Wir Optimisten wissen eben aus Erfahrung, dass nur jedes zweite T-Shirt und jede dritte Jean überschüssige Farbe abgeben. Und warum sollten hoffnungsfrohe Menschen unbedingt argwöhnen, dass ausgerechnet ihnen jedes zweite T-Shirt und jede dritte Jean angedreht werden? Außerdem kann man ja beim »Verfärben« auch ein wahrer Glückspilz sein. Unter Umständen ergibt eine Trommel voll weißer Unterwäsche, kombiniert mit einem dunkelbraunen Pyjama, Wäsche in der Modefarbe »Champagner«, die gerade »irre in« ist.

Ich allerdings neige eher dazu, zu marmorieren. Schlierenförmig in den diversen Grundfarben! Und bloß weil noch kein »Herrenausstatter« auf die schöne Idee gekommen ist, »geschlierte« Unterhosen für Männer auf den Markt zu bringen, hält mein guter Mann meine Waschergebnisse für untragbar. Mein tröstlicher Hinweis, dass wir wäschemäßig den »Partner-Look« haben, weil mein Unterzeug ja im gleichen Design prunkt, überzeugt ihn leider auch nicht recht. Und so hat er gestern, ganz nach dem Motto »Selbst ist der Mann«, sein marmoriert schlieriges Unterzeug aus der Wäschelade genommen und eine Packung Entfärber aus dem Badezimmerregal. Dann hat er sich ans bleichende Werk gemacht. Knapp ein Stündlein später hat er zufrieden lauter Reinweißes aus der Waschmaschine geholt; abgesehen von einem Jeansrock. Der war blassrot mit weißen Schlieren! »Also, der muss mir irgendwie irrtümlich druntergekommen sein«, hat er gestaunt. Und bevor ich noch meine Stirn so indigniert runzeln konnte, wie mein guter Mann das immer vor seiner Wäschelade zu tun beliebt, schwenkte er meinen Jeansrock herum und frohlockte: »Schaut aber doch irgendwie äußerst apart aus! Findest du nicht auch?«

Na sowieso! Drunter weiß mit roten Schlieren und drüber rot mit weißen Schlieren, so komplett »durchgestylt« zu sein, das schafft nicht bald wer!

Ein paar schnelle Stiche

Herrenhosentaschen, welche nicht nur als Aufbewahrungsort für ein Papiertaschentuch herhalten müssen, sondern auch tagtäglich mit einem dicken Schlüsselbund und einer erklecklichen Menge Kleingeld belastet werden, neigen zum vorzeitigen Verschleiß.

Wenn die Hose noch »wie neu« ist, sind sie bereits von etlichen Stellen durchsetzt, die nur mehr Querfäden aufzuweisen haben (ob es sich dabei um Kettfäden oder Schussfäden handelt, weiß ich nicht).

Die Ehefrau erkennt diesen lädierten Taschenbeutelzustand zuerst einmal daran, dass ihrem lieben Ehemann, so als wäre er ein Dukatenesel, beim Gehen Münzen aus einem Hosenbein kullern. Es soll ja Ehefrauen geben, die dann sofort den Herrn Gemahl aus der Hose knöpfen und sich hurtig ans Flickwerk machen. Ich kenne aber nur solche, die mit eingenähten Männerhosentaschen so wenig wie nur möglich zu tun haben wollen und wegschauen, wenn es aus dem Hosenbein klimpert. Aber das hilft ja nicht viel! Ein paar Tage später steht der gute Mann da, mit der Hose in den Händen, und spricht mit brav eingelernter Softie-Miene: »Bitte, könntest du mir schnell mit ein paar Stichen ...«

Okay, wer eine Arbeit noch nie getan hat, kann weder ihre Dauer noch ihre Mühsal recht einschätzen. Aber was würde denn der gute Mann sagen, wenn ihn seine gute Frau – mit ihrem allerliebsten Weibchenblick – ersucht, mit ein paar schnellen »Hammerschlägen« die Einbauküche von der linken Wandseite auf die rechte zu bringen? Wer diesen Vergleich für übertrieben hält, der hat noch nie einer Männerhose einen neuen Taschenbeutel eingesetzt! Ja freilich, man könnte pfuschen. Man könnte, so noch Querfäden vorhanden, wie bei einem Socken und sehr unhübsch durchstopfen. Oder, von Hand, einen zierlichen Flicken aufnähen. Aber Pfusch hält leider auch bei Hosentaschen nicht! Eine Woche später kriegt man die Hose wieder und muss einsehen, dass da bloß eine radikale Taschenbeuteltransplantation helfen kann. Es gibt Hosen, die muss man zu 60 Prozent auftrennen, um den Taschenbeutel ordentlich zu entfernen, und wenn man dann alle Nähte wieder schließen will, streikt die Haushaltsnähmaschine, weil es ihr nicht gegeben ist, über acht Lagen Stoff in verzwickte Ecken reinzusteppen. Und hat man die Tortur endlich hinter sich, sagt der gute Mann: »Hätt' ich geahnt, dass du das so ungern machst, hätt' ich sie zum Schneider getragen!« Drei Monate später jedoch steht er wieder mit einer Hose da und redet von »ein paar schnellen Stichen«. Und dass er versprochen hatte, kein Kleingeld mehr in die Tasche zu tun, hat er auch vergessen. Ein Mann von Format hat eben bloß ein Taschenbeutel-Kurzzeitgedächtnis.

Schlaraffenlandzeiten

»Das Leben ist am schwersten drei Tage vor dem Ersten«, seufzte meine Großmutter immer gegen Monatsende und kochte dann so lange Krautfleckerln und Bröselnudeln, bis der Großvater »am Ersten« mit dem Lohnsackerl kam. Manchmal war die Großmutter aber am Monatsende schon so pleite, dass sie nicht einmal mehr Geld für Kraut und Nudeln hatte. Dann ließ sie beim Greißler »aufschreiben« und genierte sich dafür gewaltig. Wenn sie »aufschreiben« ließ, wartete sie, bis keine andere Kundin in der Greißlerei war. Niemand sollte sie »ausrichten« können. Es sollte nicht heißen: »Die kann ja nicht wirtschaften!«

Das sind Sorgen von gestern. Der »Erste« spielt heute für Lohnempfänger keine große Rolle mehr, und »aufschreiben« ist im Supermarkt nicht üblich. Dafür hat unsereiner, wenn er nicht »wirtschaften« kann, seine Bank. Bei der überzieht er sein Konto; was nichts anderes als »aufschreiben« bedeutet. Der Unterschied ist bloß, dass die Banken saftige Zinsen fürs »Aufschreiben« verlangen, während das der Greißler gratis tun musste. Dafür wird ein Kontoüberzug aber nicht öffentlich. Keine Nachbarin weiß um ihn Bescheid, und wenn der Bankomat die Scheckkarte frisst, weil der Überzugsrahmen bereits überzogen ist, geht das auch diskret und unauffällig vor sich. Eine Nachbarin jedenfalls wird nicht gerade Augenzeugin dieses Vorfalls sein und wird daher auch nichts Abträgliches in der Gegend herumtratschen können.

Und wenn der hinterhältige Bankomat die Scheckkarte gefressen hat und nicht mehr ausspucken will, dann ist das kein großes Unglück. Dann nimmt man halt bei seiner Bank einen

Kredit auf, Umschuldung heißt das, und schon ist das Konto – hokuspokus – wieder in den schwarzen Zahlen, und man bekommt eine neue Scheckkarte, und der Bankomat spuckt wieder brav Scheinchen aus, und man kann kaufen, was man nur mag.

Die neue Scheckkarte kostet zwar eine Kleinigkeit, und die Kreditgebühren muss man natürlich auch berappen, und den Kredit und die Zinsen für den Kredit muss man klarerweise auch zurückzahlen. Aber abgesehen davon ist das doch wie im guten alten Schlaraffenland!

Hin und wieder bekommt man leider böse Träume und Albdrücken im Schlaraffenland. Träume voll Zahlen. Und alle Zahlen sind rot!

Solche bösen Träume mit roten Zahlen blieben meiner Großmutter erspart. Sie hatte stets einen tiefen, traumlosen Schlaf. Angeblich deshalb, weil ein gutes Gewissen ein sanftes Ruhekissen sein soll. Aber was hatte die arme Frau denn außer einem sanften Ruhekissen sonst schon?

Krautfleckerln am Vorletzten und Bröselnudeln am Letzten! Und ein kleines schwarzes Bücherl beim Greißler!

Wer wollte da schon mit ihr tauschen? Ach, Sie hätten gar nichts gegen Krautfleckerln und Bröselnudeln, wenn Sie dafür schuldenfrei wären? Ja warum, geneigte Leserin und geneigter Leser, werfen Sie dann nicht einfach Ihre Scheckkarte weg?

Mut zum Hut?

Das Verhältnis der »Normalfrau« zu Hüten ist ein sehr problembelastetes.

Unter Hüten verstehe ich nicht Pelzkappen, Baskenmützen, Schirmkappen, regenfeste Südwester oder sonstige wollene, plastikene Dinger, die Frauenköpfe vor Witterungseinflüssen jeglicher Art beschützen. Mit Hüten meine ich die »Zierhüte«, je nach Modelage, üppig mit Krempe, Federn, Schleier, Blümchen oder Flatterband versehen.

Nur sehr selbstbewusste Frauen schreiten mit solchen allerliebsten »Zierhüten« durch die Gegend.

Den Ankauf einer solchen »Kopfkrönung« tätigt freilich einmal im Leben fast jede Frau. Meistens handelt es sich dabei um einen »Spontankauf«, der dann passiert, wenn sich eine Frau gerade psychisch im »allerhöchsten Hoch« befindet und in diesem wunderschönen Seelenzustand eines Hut-Salons gewahr wird. Da hält sie sich dann plötzlich für ein Wesen, welches dazu geeignet ist, »Zierhüte« spazieren zu führen.

Doch die »allerhöchsten Hochs« in einem normalen Frauenleben sind rare Sternstunden, und der Anlässe, so einen Hut aufzusetzen, sind im normalen Frauenleben gar wenige. Also lagert der »Zierhut« im Schrank und wartet darauf, dass endlich einmal Anlass zu seinem Ausgang und positive Gemütsverfassung seiner Besitzerin zusammentreffen mögen. Irgendwann einmal passiert das dann auch. Die Frau holt ihren »Zierhut« aus dem Schrank, setzt ihn auf, schaut sich in den Spiegel und ist sich sicher: Der Hut ist schön! Ich bin schön! Ab jetzt werden wir beide sehr oft miteinander ausgehen!

Und dann kommt ein Stück Nachwuchs ins Zimmer, starrt entgeistert die »behütete« Mama an und fragt: »Mit dem Deckel willst weggehen?« Oder der Ehemann, der die Frau beim »Ausgang mit Hut« begleiten soll, kommt ins Zimmer, schaut nicht minder entgeistert, weist auf sein kariertes Hemd und seine Jeans und sagt vergrämt: »Wennst so angezogen bist, müsste ich mich ja auch umziehen!«

Und dann nimmt die Frau den Hut halt wieder vom Kopf. Es kann sogar ein Hund sein, der den »Zierhut« wieder auf seinen Schrankplatz verweist. Sagte eine Freundin zu mir: »Wie ich den Hut aufgesetzt habe, hat unser Tasso so schrecklich zu bellen angefangen. Das hat mich verunsichert.«

So oder so, irgendwer hindert uns Normalfrauen immer daran, unseren »Zierhut« auszuführen. Trotzdem ist es schön, einen im Schrank zu haben, denn das zeugt davon, dass wir uns selbst – ganz im Geheimen – doch ein bisschen anders sehen als Ehemann, Nachwuchs und Haushund.

Schlank sein leicht gemacht

Die erste Hürde beim Abnehmen ist die, dass bereits der Entschluss dazu hungrig macht. Man braucht bloß daran zu denken, die Nahrungsaufnahme zu reduzieren, und schon knurrt der Magen wie ein hungriger Wolf und hat Lust auf Zufuhr, selbst wenn er gerade ein dreigängiges Menü in sich beherbergt.

Doch wenn man sich nicht an die erste Schlankheitskur macht, sondern schon etliche hinter sich hat, weiß man das ja, nimmt es nicht weiter krumm und versucht, sich an seinen täglichen tausend Kalorien so gut als möglich zu erfreuen. Die Tricks sind ja bekannt: Winziges Tellerchen nehmen, Bröckelchen artig hinlegen, mit allerlei lieblichem Null-Kalorien-Grünzeug hübsch garnieren, jeden Bissen zweiunddreißigmal kauen und bei dieser Kauarbeit nur ja keine Zeitung lesen! Die hochinteressante Lektüre könnte einen vergessen lassen, dass man schon siebzehnmal zweiunddreißigmal gekaut hat, und man könnte deshalb irrigerweise in aller Unschuld sein Tellerchen noch einmal füllen!

Natürlich hat man auch alles aus dem Haushalt zu entfernen, was in Versuchung führen könnte: Schokolade, Kekse, Bier, Soletti, Eierlikör, Salzmandeln, Hustenbonbons, sogar das uralte Döschen Leberpastete.

Dafür holt man sich einen Vorrat an Salatgurken, Wassermelonen und Mineralwasser heim. Und etwas Ballaststoff. Von wegen Darmtrakt. Man kaut also, als Zwischenmahlzeit, Gurke, süffelt Mineralwasser, schnipselt in regelmäßigen Abständen ein Schnittchen vom Leinsamen-Ballaststoff-Riegel und verliert täglich zwischen hundertvierzehn und zweihundertdrei Gramm an Gewicht.

Das beflügelt, und man eilt beschwingt in die nächste Siebentausend-Kalorien-Woche. Und wieder in die nächste! Aber dann kommt ein Tag, da räumt man im Küchenkasten herum, weil da noch etwas Süßstoff sein sollte, und hat plötzlich ein Glas Cocktailkirschen in der Hand. Letztes vergessenes Relikt aus fetteren Zeiten! Hinterher weiß man nicht, wie das passieren konnte, doch auf einmal hat man total klebrige Finger, und das Cocktailkirschenglas ist leer. Sogar den Zuckersaft hat man getrunken, obwohl der penetrant nach Parfüm geschmeckt hat. Weil sich ein »Sündenfall« auch wirklich »auszahlen« soll, wieselt man aus dem Haus auf ein Gulasch mit Bier oder eine Sachertorte mit Schlag; je nachdem, was man wochenlang speziell entbehrt hatte. Worauf der Hunger-Bann gebrochen ist und die fünf Kilo im Nu wieder da sind.

Aber was soll's? Schlank zu sein ist ein Vergnügen, und nach Lust und Laune essen zu können ist ein Vergnügen. Man hat auch seine Vergnüglichkeiten abwechslungsreich zu gestalten!

Mütterlicher Triumph

Ob folgende wahre Geschichte zum Lachen oder zum Weinen ist, möge die Leserin, der Leser selbst entscheiden.

Also: Zwei Frauen, nennen wir sie Elfi und Evi, sind seit Kindertagen befreundet. Vor 18 Jahren bekamen beide einen Sohn, und wie das bei jungen Müttern üblich ist, waren die Söhne Gesprächsthema Nummer 1. Ist ja auch aufregend, wie sich Babys entwickeln! Bloß tat dies Elfis Sohn hurtiger als der von Evi. Das erste Lachen, das erste Kopfheben, der erste Zahn, alles war bei Elfis Sohn ein paar Wochen früher da. Den ersten Schritt tat er natürlich auch früher, und Mama und Nein sagen konnte er bereits, als Evis Sohn nur Dadada herausbrachte. Das vergrämte Evi.

Was sie grämte, war weniger der Entwicklungsrückstand des eigenen Kindes als der Hochmut, mit dem Elfi von ihrem Kind sprach, und die milde Herablassung, mit der sie Evis Sohn behandelte. Einmal nannte sie ihn sogar einen »Spätentwickler«. In aller Unschuld natürlich. Doch Evi traf es in tiefster Seele, und tief getroffene Seelen reagieren sonderbar. Evi fing, ihren Sohn betreffend, zu mogeln an. Klagte Elfi über die Kosten von Windeln, sagte Evi: »Meiner ist schon rein!« Sagte Elfi stolz, ihr Sohn könne bis 10 zählen, sagte Evi: »Meiner kann von 10 zurückzählen!«

Dann kamen die Söhne in die Schule. Elfi berichtete, dass ihr Sohn »Klassenbester« sei. Evi, im Mogeln schon sehr trainiert, berichtete Gleichlautendes. Die dritte Klasse Gymnasium musste Evis Sohn wiederholen. Doch dies verschwieg Evi der Elfi. »Den Triumph gönn' ich ihr nicht«, erklärte sie ihrem Ehemann.

Nun sollte aber heuer Evis Sohn, wäre er nicht sitzen geblieben, maturieren. Und Evi befand sich in einer abscheulichen Klemme! Wie, fragte sie sich, soll ich denn der Elfi eine Matura samt Maturareise vormogeln? Und im Herbst ein Studium? Richtig erleichtert war sie, als Elfi plötzlich keine Zeit mehr hatte, sich mit ihr zu treffen. Musste sie wenigstens nicht »das Blaue vom Himmel herunter« lügen! Aber verwundert darüber, dass Elfi plötzlich so gar keine Zeit hatte, war sie schon. Die hatte doch immer jede Menge Zeit gehabt!

Vorgestern traf Evi zufällig Elfis Schwiegermutter auf der Straße. Wie es der Elfi gehe, fragte sie. Und was der Sohn von der Elfi im Herbst studieren werde. Antwortete die Schwiegermutter: »Heuer doch noch nicht. Unser Burli ist in der fünften Klasse sitzen geblieben!« Nun hockt die Evi daheim und überlegt sich allerhand. Gern würde sie die Elfi anrufen. Ist doch jammerschade um eine uralte Freundschaft. Die sollte doch nicht wegen zweier gemogelter »Wunderkinder« flötengehen! Zehnmal hat die Evi schon zum Hörer gegriffen und dann wieder aufgelegt. Aber sie wird es schon noch schaffen!

»... Aber! ...«

Meine liebe Freundin Suserl ist um Objektivität bemüht. Bespricht man in ihrer Anwesenheit die traurige Lage von gestressten Frauen, die sich zwischen Beruf, Haushalt und Kindern zersprageln und dazu noch Schuldgefühle haben, weil sie weder für die Kinder noch im Beruf und schon gar nicht im Haushalt all das schaffen, was man »optimal« zu nennen pflegt, dann unterbricht Suserl mit einem resoluten »Aber!«. Und hinter diesem »Aber!« erzählt sie dann ausführlich von einer – ihr gut bekannten – Frau, die keinen Beruf hat und keine Kinder, dafür aber eine tagtägliche Putzfrau und einen hobbykochenden Ehemann. Und diese Frau, verkündet Freundin Suserl, die sei schon psychisch krank vor lauter Langeweile und

Unausgefülltheit. Und abschließend sagt Suserl noch: »Man muss eben auch immer die andere Seite der Medaille sehen!«

Spricht man in Suserls Gegenwart davon, dass viele Herren, so sie ihre angeblich besten Jahre erreicht haben, dazu neigen, ihre gleichaltrige Partnerin gegen eine wesentlich jüngere auszutauschen, und dass man dieses für eine Sauerei hält, dann kommt ebenfalls Suserls »Aber!«. Und hinter dem »Aber!« erzählt sie dann ausführlich von einer – ihr gut bekannten – Frau, die, obwohl weit über vierzig, ihrem treuen Ehemann »den Weisel« gegeben habe und nun ihr Bett mit einem Jüngling teile, der leicht ihr Sohn sein könnte. »Man muss eben auch immer die andere Seite der Medaille sehen«, spricht sie, erhobenen Zeigefingers, abschließend.

Freundin Suserls »Aber!« kommt auch, wenn man davon redet, wie mies und übel verlassene Ex-Ehefrauen mit spärlichen Alimenten zurechtkommen. Da kennt Suserl dann eine Frau, die ihren Ex-Ehemann zugrunde gerichtet hat. Haus, Geschäft und Sparbücher hat sie ihm abgenommen. Und jetzt zahlt er noch die Schulden zurück, die sie gemacht hat! Freundin Suserl kennt sogar »die andere Seite der Medaille« insofern, als dass sie eine Frau kennt, die ihrem Ehemann Ohrfeigen gibt! Und eine Frau, die bis weit über Mitternacht in Wirtshäusern hockt, während ihr Mann daheim den Schlaf der unmündigen Kindlein betreut, die kennt sie natürlich auch.

Weist man Freundin Suserl darauf hin, dass sie uns da bloß von den Ausnahmen erzählt, ertönt wieder ihr allerliebstes »Aber!«. Hinter diesem »Aber!« folgt jedoch keine weitere Erläuterung mehr. So blöd ist Suserl wieder nicht, dass sie ehrlich verkünden würde: »Es ist schön, wenn ich was daherplappere und alle Männer nicken mir begeistert zu!«

Der Jammer mit der Ehrung

Frau Meier ist eine moderne Frau, mit wachem Verstand, Verkitschtem, Verlogenem abhold, Gefühlsduselei und Schönfärberei mag sie nicht. So schätzte sie auch den Muttertag nie, fand ihn verlogen, verkitscht, Realität schönfärbend! Sooft die Rede auf ihn kam, sprach sie funkelnden Auges: »Ja, ja, 364 Tage im Jahr grobe Vernachlässigung, am 365. Ehrentag zum Ausgleich! Damit's nachher wieder im alten Trott weitergehen kann!«

Schon als junges Mädchen pflegte sie diesbezüglich zu sagen, dass sie dereinst, falls einmal Mutter, nie den lächerlichen Ehrentag begehen werde, ersatzlos streichen werde sie ihn! Nun ist Frau Meier seit geraumer Zeit Mutter und feiert den Muttertag. Zähneknirschend am Anfang, später nur noch leise seufzend, jetzt abgeklärt lächelnd. Das hat sich halt so ergeben.

Was soll man denn tun, wenn Knirpse mit glänzenden Kulleraugen vom Kindergarten kommen und aufgeregt mitteilen, dass sie ein Geheimnis haben, ein wunderschönes, dass sie das nicht verraten dürfen, dass es die Mami erst am Sonntag erfahren und sich dann riesig freuen wird!

Da kann man nicht sagen: »Ich ahne, ihr habt ein Muttertagsgeschenk gebastelt, aber darauflege ich keinen Wert.«

Und wenn die Knirpse am Muttertagsmorgen beim Bett stehen, der eine mit einem Tonfladen, darin »zur ewigen Erinnerung« der Abdruck seiner Patschhand, der andere mit einem getupften Joghurtbecher, angeblich geeignet, Ohrklippse oder Knoblauch darin aufzubewahren, muss man doch beglückt »Danke« stammeln. Und wenn die Knirpse größer sind und in der Schule ein Gedicht lernen, in dem sich Mütterlein auf Sonnenschein und Herz auf Schmerz reimt, kann man ihnen auch nicht verwehren, das mühsam Erlernte aufzusagen.

Außerdem hat Frau Meier nicht nur Kinder, sie hat auch eine Mutter. Und die will einen gefeierten Muttertag! Und wenn Frau Meier bei sich daheim den Muttertag abschaffen würde, würde sie es ihrer Mutter zeigen, dass sie diesen Tag nicht mag. Und die Mutter würde das als Rüge ihres eigenen Bedürfnisses nach Ehrung auffassen und wäre gekränkt. Und kränken will Frau Meier ihre Mutter wahrlich nicht.

Was Frau Meier allerdings nicht weiß, ist, dass sich ihre Mutter seinerzeit auch erst mühsam an den Muttertag gewöhnte. Durch eine kleine Tochter, die mit rosa Papierherz, Vergissmeinnicht-Sträußlein und Verslein darauf bestand, die Mutter zu ehren.

... wie man sich fühlt

Zu den Spruchweisheiten, die einem ab einem gewissen Alter regelmäßig serviert werden, gehört zweifelsohne: »Der Mensch ist nicht so alt, wie in seinem Taufschein steht, er ist so alt, wie er sich fühlt.«

Sicher, sicher, da ist schon allerhand Wahres dran, aber wie sich der Mensch fühlt, hängt halt leider gewaltig davon ab, wie man mit ihm umgeht.

Da fühlt sich zum Beispiel eine Mutter gerade »unerhört blutjung«. Und dann geht sie mit ihrer tatsächlich unerhört blutjungen Tochter spazieren und muss zur Kenntnis nehmen, dass sämtliche bewundernden Blicke von entgegenkommenden Männern nicht ihr gelten, sondern ihrem Töchterlein. Nach Beendigung des Spazierganges wird bei der armen Frau das schöne Gefühl des »Blutjungseins« wohl erheblich dahingeschmolzen sein.

Und wenn ein gnadenloser Ehemann seiner fünfzigjährigen Ehefrau, die sich »wie dreißig« fühlt, mehr oder minder zart andeutet, dass eine verwegene Lockenpracht in Burgunderrot nicht zu »einer Frau im Oma-Alter« passe, gleicht sich bei der gerügten Fünfzigerin das Gefühls-Alter ziemlich schnell dem Taufschein-Alter an. Umgekehrt funktioniert es freilich auch. Da ist eine vierzigjährige Frau, die hadert seit Tagen mit sich, sooft sie in den Spiegel schaut. Alt, uralt kommt sie sich vor, wenn sie – was sie dreimal täglich tut – ihre beginnenden Fältchen im Vergrößerungsspiegel mustert. Wie hundert und ein bisschen drüber! Und dann geht sie eines Tages mit vergrämtem Sichelmund aus dem Haus, und vor der Haustür trifft sie eine Bekannte, die sie seit Jahren nicht gesehen hat, und die ruft aus: »Gut schauen Sie aus, gar nicht verändert haben Sie sich! Toll, wie Sie sich halten!« Und nach Beendigung des kleinen Gesprächs geht die Frau weiter, und an der Straßenecke stößt bei ihrem Anblick ein junger

Mann, der Kartons aus einem Lkw ablädt, einen anerkennenden Pfiff aus. Und wie die Frau in ein Geschäft kommt, hält ihr ein Herr in besten Jahren die Tür auf und sagt: »Nach Ihnen, schöne Frau!« Heimgekehrt, fühlt sich die Dame sicher nimmer wie hundert und ein bisschen drüber.

Bitter an der Sache ist nur, dass es jede Menge Leute gibt, die einem beibringen, sich nicht jünger als im Taufschein vermerkt zu fühlen, aber die Menschen aussterben, die aufbauende Komplimente parat haben. Ob das daran liegt, dass die Menschen immer grantiger werden, oder daran, dass sie immer ehrlicher werden, ist Ansichtssache.

Was kränkt, macht krank

Ich kenne eine Dame, die löst seit drei Jahrzehnten sämtliche ihrer ehelichen Konflikte mit der simplen Methode: Was mich kränkt, macht mich krank. Hat diese Dame am Verhalten ihres Ehemanns etwas auszusetzen, erkrankt sie blitzschnell, wobei sich die Sorte ihres Blitzleidens aus dem Delikt ergibt, welches der Ehemann begangen hat: Linksseitige Migräne bei den kleineren, Magenschmerzen bei den mittleren, Herzbeschwerden bei den ganz großen, ungeheuerlichen Vergehen.

Um mit der Methode Erfolg zu haben, bedarf es natürlich eines Ehemanns, der sich auch nach drei Jahrzehnten immer noch von den Blitzerkrankungen der Frau Gemahlin tief beeindrucken lässt; aber solche Ehemänner sind gar nicht so rar, wie man annehmen sollte. Und dass sie sich so einfühlsam verhalten, hat wohl weniger mit riesengroßer Liebe zu tun als mit riesengroßer Ratlosigkeit.

Was soll man denn, so man nicht an Trennung denken will, auch dagegen tun, wenn der Partner Krankheit als Waffe in Konfliktfällen einsetzt? Meine blitzkränkliche Dame etwa schwindelt ihre Beschwerden ja nicht einfach vor. Sie spürt den Druck im Magen, das Pochen hinter der Stirn, das Stechen in der Brust ja wirklich!

Und da kommt es dann echt nicht darauf an, ob die Fachärzte ihr Herz und ihren Magen für pumperlgesund halten. Und bei Migräne ist ein »Befund« sowieso nicht möglich.

Und zudem tut die Dame ja nichts anderes, als ihrem Ehemann mitzuteilen, dass sie unter seinem Verhalten fürchterlich leidet. Sie schreit es ihm bloß nicht ins Gesicht, sondern stellt es stumm leidend dar, mit der Hand an der Stirn, am Magen oder auf der linken Brustseite.

So war diese Dame übrigens schon im Volksschulalter. Wenn wir im Hinterhof spielten und sie ihren Willen gegen die anderen Kinder nicht durchsetzen konnte, hockte sie sich auf den Hackstock, griff sich mit beiden Patschhänden an den Kopf, verzog das Gesicht und teilte uns mit, dass sie »Kopfi-wehweh« habe. Bloß, bei uns wirkte das halt nicht. Und bei ihren ersten drei »Lieben« wirkte es auch nicht, die zerbrachen.

Erst ihre vierte »Liebe«, ihr nunmehriger Ehemann, stieg willig darauf ein. Der war nämlich bereits tadellos trainiert. Von klein auf! Seine Frau Mutter war ebenfalls eine große Meisterin im Kränkungs-Erkranken. Sie bekam bei allfälligem Bedarf Erstickungsanfälle mit rasantem Gliederzucken, die bei gröberen Vergehen des Sohnes in Ohnmachtsanfälle ausarteten, welche des Notarztes und eines Rettungswagens bedurften. Und so gesehen hat er es sich durch die Heirat ja enorm »verbessert«.

Die Freunde bleiben dem Ex?

Da in Österreich jede dritte Ehe geschieden wird, haben klarerweise die meisten Leute unter ihren Freunden und Bekannten etliche »Scheidungsfälle«. Erstaunlicherweise scheint aber der »gesellschaftliche Umgang« mit Geschiedenen für viele Leute noch immer ein Problem zu sein. Vor allem geschiedene Frauen erzählen, dass sie sich nach der Trennung vom Partner auch vom gemeinsamen Freundes- und Bekanntenkreis geschieden und allein gelassen fühlen.

Aus der Sicht dieser Frauen sieht das so aus: Knapp vor und knapp nach der Scheidung kann die Frau mit Aufmerksamkeit und Anteilnahme rechnen; möglicherweise verbirgt sich unter dieser Zuwendung ja blanke Neugier, aber jedenfalls kümmert sich der Freundes- und Bekanntenkreis um die Frau, ruft an, trifft sich mit ihr, hört ihr zu, wenn sie von ihrem Seelenzustand und ihren neuen Lebensproblemen berichtet.

Doch bald danach bleiben die Einladungen der Freunde und guten Bekannten aus, ihre Besuche auch, die Anrufe werden spärlicher, schließlich wechseln sie gerade noch, wenn sie der Frau zufällig auf der Straße begegnen, ein paar nichts sagende Floskeln mit ihr. Meistens mit dem vagen Schlusssatz: »Wir müssen uns unbedingt wieder einmal treffen, ich ruf dich demnächst an!« Aber der Anruf kommt dann doch nicht, und nimmt sich die geschiedene Frau ein Herz und ruft selbst an, kommt auch kein Treffen zustande, sondern wieder nur Vertröstung auf »demnächst«, weil die Freunde und Bekannten im Moment gerade so viel um die Ohren haben und jeden Tag »besetzt« sind. Sie hört wieder: »... ich ruf dich an!«

Der bittere Schluss der Frauen, denen es so erging, lautet: Als Geschiedene bin ich bloß in raren Einzelfällen willkommen, ansonsten sind mir nur die Freunde und Bekannten geblieben, die ich »extra und allein« hatte, mit denen mein Ex-Gemahl nie befreundet gewesen ist. Alle anderen Leute, die wir gemeinsam kennen und schätzen lernten, wurden nach der Scheidung zu »seinen« Freunden, die mit mir nichts mehr zu tun haben wollen. Ist das generell so? Vielleicht wimmelt ja mein Bekanntenkreis vor lauter Ausnahmen mit böser Erfahrung.

Liebe Leserinnen und Leser, überdenken Sie einmal Ihr »Kontingent an Geschiedenen«, rechnen Sie nach, wie oft Sie die Frauen der Ex-Paare seither einluden, anriefen, besuchten. Falls Sie merken sollten, dass der Kontakt tatsächlich »merkwürdigerweise und ohne böse Absicht« abgebrochen ist, dann nichts wie ans Telefon; auch jahrelang unterbrochener Kontakt ist wieder herzustellen, geänderte Telefonnummern lassen sich bei der Auskunft erfragen.

Vom Lob des Alterns

Schaut man sich in Buchhandlungen um, entdeckt man gut ein Dutzend Bücher, von Frauen verfasst, die Leserinnen nahe bringen wollen, dass das Frauenleben, je länger es währt, umso schöner wird. Mit »Hurra« und »Endlich« wird der 40. oder 50. Geburtstag begrüßt, und würden junge Frauen diese Bücher lesen, was sie freilich selten tun, würden sie neidisch auf ihre »reifen bis überreifen« Geschlechtsgenossinnen. Die Autorinnen dieser Art Sachliteratur gehen alle nach der Devise vor: Eine Frau ist so alt, wie sie sich fühlt. Ist sie bereit, sich alternd unverdrossen weiter jung zu fühlen, hat sie dazu aufgrund langen Daseins reichlich Lebenserfahrung und Weisheit und kann das Leben noch besser genießen als in Jugendjahren.

Wäre ich 20 Jahre alt, würde ich's vielleicht glauben und frohgemut auf Verdoppelung meiner Lenze warten. Da ich aber mehr als Verdreifachung erreicht habe, wage ich zu sagen: Die »Hurra« und »Endlich« sind etwas überzogen. Alt zu werden, ist auszuhalten, sogar sehr gut, aber kein Anlass zum Jubel!

Da zitiert etwa in so einem Alters-Lob-Werk Autorin X. die Dichterin Marie von Ebner-Eschenbach, die einmal geschrieben hat, dass Falten nur anzeigen sollten, wo ein Lächeln gesessen hat. Wenn man nun, so X., als reife Frau im Spiegel Falten erblickt, möge man stolz auf sie sein und sie selbstbewusst tragen; jedenfalls wenn man sie, wies Ebner-Eschenbach empfahl, erwarb. Klingt gut, aber mein Hals hatte halt kaum mimisch Anteil, als ich jahrzehntelang lächelte, und ein Trost-Sprücherl für Halsfalten finde ich im Buch nicht.

Runder werden, sagt mir Autorin Y., sei eine gute Sache, erstens lieben Männer insgeheim eh das Mollige, zweitens seien Nerven, gebettet in Fett, belastbarer. Okay, aber wenn sich zwei angefutterte Kilo nicht mehr wie in jungen Jahren gleichmäßig über den Leib verteilt ablagern, sondern um die Mitte herum, frage ich mich doch, ob dort all die Nerven liegen, die sich fettumgeben wohler fühlen.

Und Autorin Z. tröstet mich damit, dass das Äußere überhaupt nicht wichtig sei. Innerlich, sagt sie, gehe es einem von Jahrzehnt zu Jahrzehnt besser, man werde gelassener, heiterer, selbstbewusster, klüger. Darf ich ergänzen: ... und pessimistischer, zynischer, abgebrühter, illusionsloser, müder.

Ist – wie gesagt – auszuhalten, man kann sich damit abfinden, daran gewöhnen. Ungeduldig drauf warten, dass man diesen Zustand erreicht, wäre übertrieben. In mir kommt der Verdacht auf, dass Damen, die solche Bücher schreiben, wen belügen; ob nur aus Tantiemen-Gründen die Leserinnen oder auch sich selbst, weiß ich aber nicht.

Von den Niedrigstaplerinnen

Haben Sie vielleicht auch so eine Dame in Ihrer Bekanntschaft, die sich unentwegt und bei jeder Gelegenheit selbst »runtermacht«? So eine, die etwa, wenn man mit ihr ins Kaffeehaus geht, in dieses eintretend, jammert: »Ich bin nicht zum Umziehen gekommen, hab den uralten Fetzen an, genier mich direkt, den Mantel auszuziehen!« Dann tut sie's natürlich doch, und darunter kommt ein Kleid zum Vorschein, um etliches neuer, moderner und edler als das, welches man selbst am Leibe trägt.

Solch Dame steht dann auch neben der Garderobe vor dem Spiegel, zupft an ihren wohlfrisierten Haaren rum und jammert: »Zum Verzweifeln, wie ich ausschaue!« Dann streicht sie sich über die Wange und seufzt: »Eine Haut, als ob ich meine eigene Großmutter wäre!« Und dann nimmt sie am Kaffeehaustisch Platz, schaut entsagend die Mehlspeiskarte an, klopft mit dünnen Fingerchen auf ihre ranke Hüftpartie und teilt mit: »Gusto hätt' ich, aber ich muss die überzähligen Kilos loswerden!«

Da sitzt man dann, mit Haaren, die wirklich längst fähigen Friseurhänden anvertraut gehörten, mit einer Haut, die gegen die der Dame echt großmütterlich wirkt, mit tatsächlich vorhandenen Speckpölsterchen neben dieser Person und kommt sich wie's sprichwörtliche »Letzte vom Allerletzten« vor.

Besucht man solch Dame daheim, bittet sie, gleich wenn man das Vorzimmer betritt, dafür um Entschuldigung, dass bei ihr leider »heute so gar nicht aufgeräumt« sei. Hat sie nicht mehr geschafft!

Zum Essen hat sie auch nur »eine Kleinigkeit« basteln können, man möge das bitte verzeihen. Natürlich verzeiht man, worauf sie dann in einem superperfekt aufgeräumten Wohnzimmer ein viergängiges Menü serviert, und man sitzt ganz klein da und sagt sich, dass man diese Dame nie zu sich heim einladen kann, denn wenn sie ihre superperfekte Ordnung für »unaufgeräumt« hält, muss ihr unsere heimische Ordnung als »Saustall« erscheinen und unser dreigängiges Abendessen als unwürdiger Happen. Und das Schwierigste an der Sache:

Man weiß nie, ob die Dame »kokett« auf Lob aus ist oder ob sie von schrecklichen Minderwertigkeitskomplexen befallen ist.

Aber das lässt sich mit einem einfachen Trick rauskriegen. Man muss ihr nur Recht geben, total Recht! Man blicke sich also im aufgeräumten Wohnzimmer um und melde milde: »Macht nichts, bei mir daheim schaut's auch nicht besser aus!« Oder man betrachte die ranke Hüftpartie und sage wohlwollend: »Aber nimm langsam ab, das hält besser an!« Nickt die Dame dann zustimmend, hat sie Minderwertigkeitskomplexe, schaut sie jedoch völlig perplex-irritiert, ist sie bloß eine kokette »Niedrigstaplerin«.

Von Pech und Schwefel

Männer, das weiß ja ein jeder, die können wirklich zusammenhalten! Wie Pech und Schwefel können die das!

Na ja, in Konkurrenz zueinander treten sie schon manchmal, das muss im rauen Leben so sein, da tricksen sie einander auch ganz schön aus, spinnen auch hin und wieder Intrigen gegeneinander. Aber – bittschön! – alles durchdrungen von fairem Sportsgeist, welcher den nötigen Wettbewerb ja bloß positiv beflügelt!

Okay, soll auch schon vorgekommen sein, dass ein Mann einem anderen Mann, unter Umständen sogar seinem besten Freund, die Frau ausgespannt hat. Aber wenn einem Mann so etwas vom Schicksal auferlegt wurde, dann hat er gewiss schwer darunter gelitten und wochenlang nicht mehr gewagt, in den Spiegel zu schauen vor lauter Schuldgefühl!

Außerdem sind solche unschönen Vorkommnisse im Männerleben bloß die Ausnahmen, die die Regel bestätigen, welche besagt, dass Männer wie Pech und Schwefel zusammenhalten oder – wenn das nicht möglich ist – wenigstens fair und korrekt miteinander umgehen. Das liegt nämlich einfach in der Natur des Mannes, die geradlinig ist und weder Arg- noch Hinterlist kennt!

Frauen hingegen, das weiß auch jeder, die können leider überhaupt nicht zusammenhalten, auch wenn sie sich noch so viel Mühe geben! Frauen stehen einander nämlich feindlich gegenüber, treten unentwegt zueinander in Konkurrenz und intrigieren gegeneinander mit wahrer Leidenschaft!

Von fairem Sportsgeist und positiv beflügelndem Wettbewerb kann bei ihnen, egal ob es um den Beruf oder das Private geht, keine Rede sein. Es gibt für sie nichts Schöneres, als der besten Freundin den Mann wegzuschnappen, und wenn sie es geschafft haben, dann sind sie so stolz auf sich, dass sie sich zehnmal so oft wie üblich in den Spiegel schauen.

Das liegt einfach in der Natur der Frau! So ist sie nun einmal, da kann sie auch gar nichts dafür. Da ist der liebe Gott schuld dran. Der hat zuerst den Mann erschaffen und den mit allen edlen Charaktereigenschaften ausgestattet. Und wie er dann diesem edlen Geschöpf, zwecks Freizeitvergnügen, aus einem Ripperl eine Gefährtin gebastelt hat, waren halt nur noch die unedlen Charaktereigenschaften auf Lager. Hätte er zuerst Eva geformt und hinterher aus einem Ripperl von ihr den Adam, wäre es gewiss umgekehrt!

Neugier oder Interesse?

Dass ein Mensch Interesse für die Lebensumstände seiner Mitmenschen aufbringt, ist sehr normal. Nur maßlose Egozentriker befassen sich ausschließlich mit der eigenen Person. Zwischen Interesse und Neugier ist aber ein gewaltiger Unterschied. Interesse nämlich schließt auch Anteilnahme ein.

Interessiert sich – zum Beispiel – Frau Meier für das Liebesleben ihrer Nachbarin, so heißt das, dass sie sich Gedanken darüber macht, ob der neue Freund der Nachbarin auch wirklich ein netter Mensch sei, dass sie hofft, die Nachbarin möge mit ihm glücklich werden, und dass sie, falls dies nicht eintritt, auch bereit ist, der Nachbarin mit Zuspruch und Trost beizustehen.

Lauert Frau Meier jedoch bloß allabendlich hinter dem »Guckerl«, um zu sehen, ob die Nachbarin allein oder in Begleitung heimkommen werde, und kontrolliert sie um Mitternacht alle vor dem Haus parkenden Autos, um ihren Verdacht zu erhärten, dass der Besuch der Nachbarin noch im Hause sei, dann gilt Frau Meier als neugierig.

Die neugierigste Person, die ich je kannte, war eine alte Frau, die mit einem Operngucker bewaffnet und getarnt durch einen Spitzenvorhang von ihrem Wohnzimmerfenster aus das Leben im Haus gegenüber kontrollierte. Die alte Frau war 24 Stunden pro Tag im Dauereinsatz, wusste, was gegenüber gegessen wurde, wie gegenüber gewohnt wurde, wann gegenüber nach Hause gekommen wurde, wo gegenüber gestritten wurde und wer gegenüber mit wem gut Freund war. Die erregendsten Details im Haus gegenüber entgingen der alten Frau freilich, denn von denen schloss man sie – durch Herabziehen der Rollos – aus.

Eines Tages nun hatte eine Familie von der ständigen Opernguckerüberwachung genug. Der Mann raste über die Straße, stampfte die Treppe hoch, klingelte an der Tür der alten Frau und brüllte, als sie öffnete: »Mir reicht's! Haben Sie alte Schreckschraube nix anderes zu tun, als hinter uns herzuspionieren?«

Die alte Frau schlug entsetzt die Tür zu und war von da an nie mehr lauernd hinter dem Spitzenvorhang zu sichten. Bald darauf starb sie.

Zusammenhänge zwischen ihrem Tod und ihrer Opernguckerabstinenz sah niemand. Vielleicht gab es sie auch gar nicht. Aber sicher ist, dass sich die alte Frau ein bisschen Leben durch den Operngucker in ihre Einsamkeit herübergeholt hat. Vielleicht war sie gar nicht neugierig. Vielleicht hat sie wirklich

Anteil genommen, hat sich Sorgen gemacht, wenn der Herr Doktor ins Haus gegenüber gegangen ist, hat sich gefreut, wenn sich im Haus gegenüber zwei geküsst haben, war traurig, wenn ein Kind im Haus gegenüber eine Ohrfeige bekommen hat und hat sich überlegt, ob sie der Frau im Haus gegenüber, die immer so allein beim großen Tisch sitzt, nicht doch einmal Gesellschaft leisten könnte. Vielleicht hat man der alten Frau bloß nie im Leben eine Chance gegeben, wirklich mitzuleben?

Die Leute im Haus gegenüber wissen das nicht. Sie waren ja nie neugierig auf die alte Frau. Und Interesse an ihr hatten sie schon gar keines.

Zweisames Miteinander

Frau Meier fühlt sich übergewichtig und will abnehmen. Um dies in die Wege zu leiten, beschließt sie, für einige Zeit auf das Nachtmahl zu verzichten. Doch leider muss sie das abendliche Fasten nach drei Tagen einstellen, denn da gibt es ja auch noch den Herrn Meier, und der fühlt sich nicht übergewichtig und hasst es zudem, »ohne Begleitung« Nahrung aufnehmen zu müssen. So ganz vaterseelenallein macht ihm das beste Essen keinen Spaß! Also schöpft sich Frau Meier nun am Abend wieder den Teller voll und isst ihn brav leer, denn eine gute Ehefrau ist schließlich nicht dazu da, dem Ehemann den Spaß am Essen zu nehmen.

An Samstagen, wenn sie verregnete sind, würde Frau Meier gerne die Wohnung gründlich sauber machen, doch Herr Meier leidet sehr, wenn der Staubsauger brummt und die Möbel geruckt werden. Das erinnert ihn an den Putzfimmel seiner Frau Mutter, und unter dem hat er schon als Knabe fürchterlich gelitten. Also lässt Frau Meier den Samstagputz sein, denn eine gute Ehefrau ist schließlich nicht dazu da, beim Ehemann ein altes Kindheitstrauma wieder aufleben zu lassen.

An Sonntagen, die sonnige sind, würde Frau Meier gerne ins Bad fahren. Doch Herrn Meiers Haut ist eine sehr zarte und rötet schnell. Sogar im Halbschatten! Also verzichtet Frau Meier auf den Badeausflug, denn eine gute Ehefrau ist schließlich nicht dazu da, dem Ehemann einen Sonnenbrand auf den Buckel zu laden.

Frau Meier würde auch gern an warmen Sommerabenden ein wenig spazieren gehen oder in einem Schanigarten sitzen und ein kleines Bier trinken. Doch Herr Meier sieht im »Herumrennen« keine Bereicherung seines Lebens, und sein Bier trinkt er lieber daheim und schaut dabei fern. Aber bitte nur, wenn Frau Meier neben ihm sitzt! Ohne seine geliebte Ehefrau macht Herrn Meier nämlich überhaupt nichts Freude. So ist eben die wahre Liebe! Ehe ist Gemeinsamkeit, innige Zweisamkeit, harmonisches Miteinander! Da hätte man ja gar nicht heiraten brauchen, wenn nun jeder seiner eigenen Wege geht, sagt Herr Meier. Und Frau Meier ist sehr gerührt, wenn sie dieses vernimmt. Für so viel innige Liebe, sagt sie sich, lohnt es schon, ein paar eigene, kleine Wünsche hintanzustellen. Und im Laufe von mehr als zwanzig Ehejahren ist sie im »Hintanstellen« ihrer Wünsche schon so perfekt geworden, dass ihr gar nicht mehr in den Sinn kommt, auch Herr Meier könnte – im Interesse von Zweisamkeit und Miteinander – ein paar kleine, eigene Wünsche hintanstellen. Eine gute Ehefrau ist schließlich nicht dazu da, solche Gedanken zu hegen ...

Schuldgefühle sind Frauensache

Unsere Umgangssprache entbehrt nicht der Fachausdrücke psychologischer Art. Selbst Menschen, deren Wortschatz tausend Vokabel kaum übersteigt, sprudeln die »Neurosen« und den »Psychopathen« und die »Hemmungen« und die »Komplexe« nur so heraus.

Auch die »Schuldgefühle« gehören zu dieser Sorte von sprachlichem Allgemeingut. Wenn der »Stress« der Bestseller der Saison ist, ist das »Schuldgefühl« der Evergreen des Jahrzehnts. Und diese Schuldgefühle, ich beobachte es seit Jahren, sind hauptsächlich im Besitz des weiblichen Teils der Menschheit. Frauen haben Schuldgefühle, wenn sie keine Kinder gebären oder dem Mann statt einem Sohn eine Tochter gebären. Sie haben Schuldgefühle, wenn sie Kinder haben und arbeiten gehen, und sie haben Schuldgefühle, wenn sie nicht arbeiten gehen und den Mann das Geld verdienen lassen. Sie haben Schuldgefühle, wenn die Kinder in der Schule sitzenbleiben und wenn die Kalbsschnitzel, die sie beim Fleischhauer gekauft haben, im Großmarkt am anderen Ende der Stadt um fünfzehn Prozent billiger zu haben gewesen wären. Es gibt auch Frauen, die sich schuldig fühlen, weil sie mit vierzig nicht mehr so straff und jugendlich aussehen wie mit zwanzig. Auf alle Fälle aber gibt es Frauen in Menge, die schon Schuldgefühle entwickeln, wenn sie bloß ein Viertelstündchen faul sind.

Wie ertappte Schüler schlagen sie den Krimi zu und greifen zum Strickzeug, wenn ein Familienmitglied den Raum betritt. Um zu einem friedlichen Mittagsschlaf zu kommen, meinen sie Kopfweh haben zu müssen und den Kaffehausbesuch mit Illustrierter und Cremeschnitte halten sie so geheim, als wären sie an frivolem Orte der Unzucht nachgegangen. Daraus ist zu folgern: Wenn ein Mensch wegen derart harmloser Tätigkeiten Schuldgefühle entwickelt, können Schuldgefühle nicht viel mit wirklicher Schuld zu tun haben. Da aber, das beobachte ich seit Jahren, diese so mannigfachen weiblichen Schuldgefühle keine erfreulichen Emotionen sind, die man sich freiwillig und luxushalber zulegt, muss an diesen Schuldgefühlen wer die Schuld haben. Die wirkliche Schuld! Und wen – bitte – gibt es hierzuerden noch, außer Frauen? Na eben!

Bedenken Sie, verehrte Leserin, diese Sachlage in Ihrer nächsten faulen Viertelstunde. Vielleicht artet sie dann zu einer ganzen und völlig schuldlosen aus.

Unsere Sprache ist frauenfeindlich

Unsere Sprache ist sexistisch und frauenfeindlich. Unentwegt tut sie Frauen verbal Gewalt an und bevorzugt die Männer!

Das lese ich schon seit geraumer Zeit in Artikeln und Aufsätzen von Frauen, die bemüht sind, dieser Gemeinheit ein Ende zu bereiten, aber ignorant wie ich bin, habe ich diesem Problem bisher nicht viel Ohrenmerk geschenkt.

Jedoch heute, im Liegestuhl sitzend und geschlossenen Auges alle Ungerechtigkeiten der Welt überdenkend, fiel mir das empörende Sprachproblem wieder ein und ich musste feststellen: Es ist wirklich gemein!

Die Männer kommen – zum Beispiel – immer zuerst dran. Auf amtlichen Formularen ist das festzustellen. Herr/Frau/ Fräulein, heißt es da. Und in der Literatur von der Bibel bis zu den Brüdern Grimm tönt es gleicherart: Adam und Eva, Romeo und Julia, Hänsel und Gretel. Nur beim Schneewittchen stimmt mein Beispiel nicht. Aber da geht es ja um sieben Zwerge und nicht um sieben Männer.

Apropos Männer! Es gibt Männer und Frauen, aber höflicher klingt doch: Herren und Damen. Deswegen werden Männer stets mit »Herr« angeredet, niemand sagt: »Mein Mann, bitte folgen Sie mir!«

Aber unsereiner wird nie als »Dame« angeredet. »Dame Meier ans Telefon, bitte«, habe ich noch nie gehört, obwohl es Streiterinnen dafür gibt, die die »Dame Meier« endlich durchsetzen wollen.

In Bad Harzburg, habe ich gelesen, gibt es Dame Rechenberg, die strudelt sich seit Jahren dafür ab, dass endlich das ordinäre »Frau« gegen das edle »Dame« ersetzt werde.

Und Dame Rechenberg hat auch noch eine viel größere sprachliche Gemeinheit aufgedeckt: »das Mädchen« und »das Fräulein«.

Es heißt: der Bub, der Junge, der Knabe. Den männlichen Kindern wird ihr männliches Geschlecht zuerkannt. Unsereiner ist als Kind sächlich. Dame Rechenberg schlägt »die Mädchen« und »die Fräulein« (Einzahl natürlich) vor.

Warum auch nicht? Das kleine »frau« statt dem kleinen »man« hat sich in sprachbewussten Frauenkreisen ja auch schon durchgesetzt. »Der junge Mann pfeift hinter der jungen Mädchen her, aber die junge Mädchen ist eine gut erzogene Fräulein und dreht sich nicht einmal um!«

Potztausend, schön klingt das nicht. Aber auf Schönheit sollte man auch nicht achten, wenn es um die Befreiung der Frauen geht. Und wenn wir einmal von klein auf unseren richtigen Artikel haben, dann haben wir es geschafft!

Oder?

Unsere Angst vor den Superfrauen

Es gibt Menschen, die arbeiten unentwegt und so hurtig wie nur möglich. Und es gibt Menschen, die arbeiten so langsam, wie es nur geht, und recht selten dazu.

Die Leute, die sich vor jeder Arbeit drücken, sind natürlich nicht allzu beliebt.

Man macht sich über sie lustig, wenn man ihre Trägheit bloß zu beobachten braucht.

Man schimpft über sie, wenn man mit ihnen zusammenarbeiten muss, weil man andauernd einen Teil ihrer Arbeit zu erledigen hat.

Aber zu sehr mächtigen, negativen Emotionen lässt man sich normalerweise nicht hinreißen, wenn es um die Faulheit eines Mitmenschen geht.

Dafür bieten sich schon eher die Superemsigen an, die Arbeitsstreber, die Alltags-Stachanowisten. Die Bürokollegin, die jeden Tag gut dreimal soviel Arbeit erledigt wie wir und hinterher noch vier Fortbildungskurse besucht, damit sie »ausgelastet« ist, können wir weit weniger ausstehen als die Kollegin, der wir tagtäglich das halbe Arbeitspensum abnehmen müssen, um sie vor der Kündigung zu bewahren.

Und zur Superfrau, die trotz Beruf mit Überstunden für ihre drei Kinder die gesamte Kleidung näht, ihrem Mann die Haare schneidet, den Garten bestellt und zweimal die Woche zu einem 12-Personen-Essen mit fünf Gängen und Tischdekoration lädt, können wir auch keine recht gute Beziehung aufbauen.

Da sind wir schon viel lieber bei einer Dame zu Gast, bei der wir uns den Braten selber aufgießen müssen, wenn wir vor Mitternacht essen wollen.

Ihre Entschuldigungen, wieso und warum der Wohnzimmerboden mit Kinderspielzeug übersät ist, nehmen wir wohlwollender zur Kenntnis als die Superordnung in der Superwohnung der Superfrau.

Speziell gestörte Beziehungen haben wir zu den Frauen mit Vorbildcharakter.

Zu denen, die uns von Mutter, Vater, Ehemann oder Kindern vorgehalten werden, wenn wir über zu viel Arbeit und zu wenig Freizeit klagen. Dass eine gewisse Hilde, Hertha oder Hermi mit den Aufgaben, unter denen wir fast zusammenbrechen, »spielend« fertig wird, erfüllt uns nicht mit Bewunderung für Hilde, Hertha oder Hermi, sondern lässt uns diese Person meiden wie die Pest.

Menschen, denen man sich unterlegen fühlt, zu mögen, gehört zu den schwierigsten Dingen im Leben.

Womit Frauen ihre Zeit verplempern

Eine beliebte Klischeefigur in Filmkomödien ist die Frau, die überallhin zu spät kommt, die nie einen Termin pünktlich einhalten kann und damit ihren armen Ehemann zur Verzweiflung treibt.

Züge erklimmt diese Frau in dem Moment, da der Bahnhofsvorstand die rote Scheibe hebt, und womöglich bleibt dann noch ihr Koffer auf dem Bahnsteig zurück, das Flugzeug, in das sie steigen wollte, sieht diese Frau vom Taxi aus starten und ins Theater kommt sie natürlich auch erst in allerletzter Minute.

Abgesehen davon, dass ich mehr unpünktliche Männer als unpünktliche Frauen kenne, habe ich es auch schon oft erlebt – und nicht nur in der Filmkomödie, auch in der Realität -, dass sich ein Ehepaar, Entschuldigungen flüsternd, im bereits dunklen Kino zu seinen Plätzen durchzwängt, und ich habe auch schon gehört, wie dann der Ehemann seiner Ehefrau zugezischt hat: »Mit dir kann man ja nie zurechtkommen!«

In Filmkomödien kommt die Unpünktlichkeit dieser Frau davon, dass sie entweder zu lange beim Friseur gesessen ist oder mit der Auswahl ihrer Kleidung zu zögerlich war oder in allerletzter Minute noch ein unwichtiges, aber langes Telefongespräch mit einer Freundin führte.

In der unkomödiantischen Realität aber sind die Gründe, die eine Frau dazu treiben, einen Zug zu verpassen oder ins Theater zu spät zu kommen, leider weit weniger heitere.

Ich habe einen Bekannten, der oft stöhnend davon berichtet, dass seine Frau »kein Zeitgefühl« habe und er deshalb eine lückenhafte Bildung auf dem Sektor Theater, weil er nie erste Akte sehe. Dabei freut sich der arme Kerl jedes Mal so aufs Theatererlebnis!

Aus lauter Vorfreude nimmt er am Theater-Abo-Tag, gleich wenn er vom Büro kommt, ein langes Bad und dann legt er sich ein Stündlein aufs Ohr, damit er ein ausgeruhtes Hirn für den Kulturgenuss bekommt, und dann zieht er sich sorgfältig an und dann muss er sehen, dass seine Frau noch immer im Unterkleid herumsteht und zwei Lockenwickler im Pony hat.

Wahrlich eine schreckliche Frau! Seit drei Stunden ist sie vom Büro zu Hause und hat die Zeit damit verplempert, den Kindern Nachtmahl zu richten, einem Knabenhemd zwei Knöpfe anzunähen, einen Fehler in einer Schlussrechnung zu suchen und den Streit zwischen Geschwistern zu schlichten!

Als ob sie das nicht auch ein anderes Mal tun könnte!

Wie man beim Zeitsparen Zeit vertut

Ziehe ich einen Rock an und sehe, dass ihm – unten beim Saum – ein Faden heraushängt, ziehe ich den Rock wieder aus, schaue nach, wo der Faden herkommt und befestige ihn dort mit Hilfe einer Nähnadel. So agiere ich allerdings nur, wenn ich nicht in Eile bin.

Bin ich in dieser, bücke ich mich, reiße den Faden ab und stehe dann in einem frivol geschlitzten Kittel da, weil der Faden, an den ich geraten bin, ein für den Zusammenhalt des Rockes dringlich nötiger war.

Habe ich viel Zeit, hole ich den Topflappen, auch wenn er zwei Meter entfernt liegt, um mit ihm den heißen Topf anzufassen. Bin ich unter Zeitdruck, spare ich die drei Schritte ein und nehme statt des Lappens den Schürzenzipfel.

Da der Schürzenzipfel aber weniger isoliert als der Lappen, schaffe ich es nicht, den brennheißen, randvollen Topf ruhig zu tragen. Ich stöhne, fürchte, den Topf fallen zu lassen, erreiche gerade noch den Ort, an dem ich ihn deponieren will, atme auf, weil ich das quälende Ding gleich los sein werde, setze es zu ruckartig ab, und viel Suppe schwappt über den Topfrand auf den gedeckten Tisch.

In ruhigen, gelassenen Stunden würde ich nie wagen, sechs Eier ohne Behältnis, bloß in meinen schmalen, feingliedrigen Händen, zu tragen.

In hektischen Minuten jedoch erscheint es mir möglich, und dann bewege ich mich, hilflos Eierchen jonglierend, durch die Küche und kann froh sein, dass die Küche einen Fliesenboden hat, der leicht von glitschigem Ei zu reinigen ist.

Üblicherweise sind in solchen Situationen auch keine Ersatzeier vorhanden, und vor Wut über die Sauerei, die man angerichtet hat, stößt man mit dem wischenden Besen noch gegen die Glasscheibe der Küchentür, und die bekommt einen Sprung.

Endlos wären die Beispiele, wie man Zeit vertut, wenn man Zeit einsparen will, aufzulisten. Drei Dutzend »echte deutsche Lustspielsituationen«, in die ich mich durch übertriebene Hast manövriert habe, fallen mir ohne viel Nachdenken ein, denn heute habe ich einen ruhigen, friedlichen Tag.

Aber morgen, wenn ich wieder einmal glauben werde, dass man in einer Stunde Essen kochen, aufräumen, viermal telefonieren und einer Geschichte ein pointenreiches Ende schreiben kann, werde ich es wieder vergessen haben.

Nicht einmal einfallen wird mir, dass es eigentlich überhaupt nicht nötig ist, einen Kuchen zu backen, wenn die Zeit knapp ist.

Emanzipationsmutmacher

Wenn man als weibliches Wesen hin und wieder recht deprimiert ist, weil es mit der Gleichberechtigung der Frauen so langsam vorangeht und die Frauen noch immer das benachteiligte Geschlecht auf Erden sind, dann sollte man, um sich wieder Mut zu machen, mehr fernschauen und sich dafür die alten Filmlustspiele vormerken, die uns der ORF, in seiner Güte, regelmäßig beschert.

Speziell die amerikanischen und die österreichischdeutschen Uraltschinken eignen sich vorzüglich als Emanzipationsmutmacher.

Hat man so ein heiteres Machwerklein hinter sich, kann man sich genüßlich zurücklehnen und zufrieden sagen: »Ach, liebe Schwestern, wir haben doch allerhand geschafft! Es ist weitergegangen, vorwärts und aufwärts! Denn heutzutage würden es kein Drehbuchautor und keine Regie wagen, dem Publikum derart hirnlose Trampeln‹ als weibliche Helden ihrer Filme vorzusetzen!«

Da zieht ein Blondchen siebenmal pro Lustspiel retour zu ihrer Mama, weil sie auf der Jacke ihres stein- und beintreuen Ehemannes ein rotes Haar gefunden hat, da hält eine junge Ehefrau einen uralten Liebesbrief der eigenen Mutter an den eigenen Vater für ein aktuelles und obszönes Schreiben an den eigenen Ehemann, da verwechselt ein weibliches »Dummbauchi«, hübsch, aber mit nichts im Hirn unter dem Hütchen, einfach alles und jedes und lässt sich von der intriganten Freundin die niedlichen Ohren gehässig vollblasen und verzehrt sich in total unbegründeter Eifersucht, bis der kluge »Herr des Hauses« endlich kapiert, woran sein grenzdebiles Hascherl leidet, und ein liebendes Machtwort spricht.

»Ach, wie dumm war ich doch«, stammelt dann das Dummbauchi, und der Ehemann schüttelt milde lächelnd das Haupt und wischt ihr eine Zähre aus den fast schon getrösteten Blauaugen.

Manchmal muss er allerdings auch streng werden, wenn sie bockbeinig darauf besteht, ihn verlassen zu wollen. Dann brüllt er: »Ja, ja, aber vorher hörst du mir zu!«

Und sie, verwirrt ob der brüllenden Männlichkeit, lauscht und begreift endlich – ja, ja, eine feste Hand braucht jede Frau! – und kann ihm erlöst in die Arme sinken.

So ungefähr – oder noch idiotischer – hatte es der deutsch-österreichische Uraltfilm, Sparte Ehekomödie, gern.

Die Amerikaner hingegen hatten es damals mit dem »Geheiratetwerden«. Wie da die – meistens blonden – Depperln durch den Film stolpern und gierig darauf warten, dass »Er« endlich »den Antrag macht«, ist schlicht ergreifend.

Macht er ihn dann, können sie es fast gar nicht fassen. »Sag das noch einmal«, flüstern sie, und wiederholt er es, werden ihnen die Augen vor Glück feucht.

Intelligente Frauen gibt es in solchen Filmen natürlich auch. Die sind daran zu erkennen, dass sie eine Brille, einen Haarknoten, Wollstrümpfe, Haferlschuhe und tweedene Röcke haben, und dafür kriegen sie – ätsch! – auch keinen Mann ab!

Schaut man sich als sehr erwachsene Frau so ein »urkomisches« Ding an, kommt man auch ins Sinnieren über die eigene Person.

Sapperlot, sagt man sich, das hab' ich vor dreißig Jahren schon gesehen. Und damals hab' ich das einfach lustig gefunden!

Sapperlot, darf man sich dann sagen, alle Achtung, Hut ab, ich bin auch weitergekommen!

Mamas kleiner Helfer

Nicht nur die einschlägige Werbung, auch Hausfrauen ohne absatzgeile Hintergedanken singen vielen »Helfern im Haushalt« auf dem Sektor Putzmittel und Säuberungsgeräte ein Loblied.

Begeistert reden sie von einem neuen Reinigungssaft und schwören auf eine ganz gewisse Drahtwaschelart. Oder versichern, dass sich ihr Arbeitsalltag seit der Anschaffung eines speziellen Patentschrubbers wesentlich sonniger gestalte als vordem.

Ich habe keinen Anlass, diesen lobenden Hausfrauen zu unterstellen, sie seien einfach einer cleveren Werbung auf den Leim gegangen, denn es gibt tatsächlich sowohl teure als auch billige »Hilfen im Haushalt«, die uns die Arbeit erleichtern.

Nur ein Ignorant kann meinen, dass ein Holzboden mit Schmierseife, Stahlwolle und Bienenwachs genauso leicht zu pflegen sei wie mit einem modernen Pflegemittel.

Reibsand und Drahtwaschel sind jedem Spülmittel, ob mit Zitrone oder ohne Kamille, weitaus unterlegen. Und sämtliche Geräte, die Schmutz von Teppichen saugen, rollen oder schäumen, sind, im Vergleich zum Teppichklopfen, ein wahrer Segen.

Aber ich möchte in das Hausfrauenloblied einen »Helfer« einbeziehen, der mir bisher in den Lobliedern zu kurz kam:

Meinen rechten Daumennagel!

Wo harte wie weiche Spülmittel versagten, kratzte er das letzte Fuzerl vom Angebrannten aus dem Reindl, wenn der beste Patentschrubber mit dem festgetretenen Kaugummi nicht zurechtkam, löste er ihn vom Parkett, und als kein Reinigungsschaum der kleinen Klümpchen im Zottelteppich Herr wurde, musste sie mein Daumennagel entfernen.

Auch der Supersaugkraft meines Superstaubsaugers ist mein Daumennagel – im Ernstfall – weit überlegen: sowohl was die Entfernung von Fädchen als auch die von schräg eingebohrten Stecknadeln betrifft. Dazu kommt noch, dass mir mein Daumennagel jederzeit zur Hand ist!

Hin und wieder, freilich, bricht der treueste und beste aller meiner Haushaltshelfer ab. Aber er wächst wieder nach zu alter Kraft und Einsatzbereitschaft. Und dies völlig gratis!

Was ein Verhalten ist, das ich an leeren Putzmittelflaschen, abgescheuerten Wascheln und glatzigen Bürsten und anderen defekten Reinigungsgeräten noch nie beobachten konnte.

Immer besser und besser

Vor 50 Jahren unternahm ich erste Versuche in Sachen Haushalt, und das schloß Wäsche waschen leider ein. Der Luxus einer Waschmaschine war mir damals – wie den meisten Normalverdienern – verwehrt, Waschküche gab es in dem Haus, in dem uns ein Miet-Hai zwei Kämmerlein mit Küche überließ, auch keine. Also rumpelte und bürstete ich die Wäsche im Schaffel und kochte sie im Hefen. Was Waschpulver anging, setzte ich auf Tradition und kaufte die ehrenwerte Marke, auf welche Mama und Oma schworen.

Tja, Wäsche waschen war damals eine arge Rackerei, aber noch ärger rackerte sich die Firma ab, die das Waschpulver meiner Wahl herstellte, indem sie mir jährlich ein neues Produkt »entwickelte«, welches allen »herkömmlichen« weit überlegen, weil »fast selbsttätig säubernd« war und meine Rackerei daher von Jahr zu Jahr reduzierte.

Und nach ein paar Jahren Hausstand konnten wir uns dann ja eine Waschmaschine leisten, und die Waschpulver-Firma »entwickelte« auch flugs weiter, so dass ich bald nicht einmal mehr auf »Problemstellen« der Wäsche zu achten hatte!

Dann erfand meine Waschpulver-Firma einen »Faktor«, der es möglich machte, Kochwäsche schon bei 60 Grad »reiner als rein« zu bekommen!

Und hierauf ersparte sie mir das Schleppen riesiger Waschpulver-Tonnen, indem sie es schaffte, »lupenreine Riesenwaschkraft« von 5 kg Pulver in einen 1-kg-Karton zu zaubern!

Kaum hatte mein diesbezüglicher Jubel nachgelassen, schenkte sie mir das flüssige Waschmittel! Wieder Verbesserung!

Nun konnten sich dort, wo man das Pulver in die Maschine füllt, keine Gatschklumpen mehr bilden! Und überhaupt wurde jetzt die Wäsche »lupenreiner als lupenrein«; jede Nachbarin, hätte sie ein Auge darauf geworfen, wäre vor Neid erblaßt! Das »Kuschelweiche« war auch integriert und musste nicht extra eingefüllt werden!

Ich hätte wahrlich nicht gedacht, dass meine liebe Waschmittel-Firma noch mehr für mich tun könnte. Sie konnte aber! Kleine Kugerln hat sie mir jetzt beschert! Die sind einfach »mega«!

Ich bin sicher, dass ich mit diesen Kugerln endlich den Heidelbeerfleck aus dem Tischtuch rauskriegen werde, an dem sich seit 50 Jahren alle Vorgänger der Kugerln vergeblich versucht haben!

Und wenn's die Kugerln doch nicht schaffen, wart' ich eben brav, womit mich meine Waschmittel-Firma im nächsten Jahr beglücken wird!

Schlaff oder straff?

Falten sollten immer nur anzeigen, wo ein Lächeln gesessen hat.

(Marie von Ebner-Eschenbach)

Ab einem gewissen Alter trägt man für seine Gesichtszüge selbst die Verantwortung.

(Verfasser in Vergessenheit geraten)

Schönheit ist nicht eine Gabe der Natur, sondern harte Arbeit.

(Miss Tullnerbach 1974)

Gutes Aussehen ist Pflicht.

(Werbechefin der Kosmetikfirma Cellu & Litis)

Und ist man nun Frau und in den besten Jahren (hat also »die besten«, was äußere Erscheinung betrifft, hinter sich) und hat zudem obige Grundweisheiten »verinnerlicht«, was tut man dann?

Na ja, man kann die Schuld, die man am eigenen Gesicht hat, weil sich dort auch Falten niedergelassen haben, die nicht ewiges Lächeln eingegraben hat, pflichtbewußt mit Lotions und Cremes abarbeiten. Und mit Packungen dazu; eventuell unter Zuhilfenahme eines Kosmetik-Institutes.

Aber die sorgfältige Pflege, die man sich auf diese Art angedeihen lässt, zeitigt ja meistens nicht den herbeigesehnten Effekt. Und da steht man dann eines Tages vor dem Spiegel, in kreisender Bewegung Creme – samt Liposomen natürlich – einmassierend, und da kann es sein, dass man mit den Zeigefingern die nimmer ganz straffen Wangenpartien ohrläppchenwärts zieht, wodurch das leicht Schlaffe und Hängende plötzlich glatt aussieht. Man starrt in den Spiegel und denkt: Na, exakt so war's okay! Knackig wie seinerzeit! Die meisten Frauen lassen es ja seufzend bei solch Sekunden-Straffungen bewenden, aber es gibt auch welche, die geben sich damit nicht zufrieden, die wollen nicht nur für ein paar Badezimmer-Sekunden wieder »junge Haut« haben, sondern rund um die Uhr. Und dann ist der Gang zum Facharzt für kosmetische Chirurgie fällig; falls es nicht am Gelde mangelt.

Dagegen ist ja auch nichts zu sagen. Aber »Verschönerung«, das sollte man bedenken, kann süchtig machen. Zuerst bekommt man das straffe »G'sichterl«, dann stört in dem die etwas große Nase, dann möchte man den Brüsten zukommen lassen, was dem Gesicht gutgetan hat! Und dann ist der »alte Hals« zwischen jungem Gesicht und Brüsten einfach unmöglich und muss noch weg!

Und schließlich ist man »runderneuert« und kommt darauf, dass man auch nicht glücklicher als vorher ist; außer man ist ein speziell sturer Fall und beginnt, auf das Absaugen der sogenannten »Bauchschürze« zu sparen.

2. Ganz erstaunliche Kinder

Zweierlei Bedürfnisse!

Falls Sie es noch nicht wissen sollten, liebe Leserinnen und Leser: ein Kind hat »Regelbedürfnisse« und »Sonderbedürfnisse«!

In der mehr oder minder intakten Familie, in der das Kind mit Vater und Mutter im gemeinsamen Haushalt lebt, nimmt man den gewaltigen Unterschied zwischen diesen zweierlei Bedürfnissen ja nicht speziell wahr. Liebe Eltern investieren in die Bedürfnisse des Nachwuchses ihren letzten Groschen und fragen nicht viel, ob sie da für einen Regel- oder einen Sonderfall gezahlt haben.

Und weniger liebe Eltern entscheiden gern mit: »Nein, das brauchst du nicht!« zugunsten ihrer eigenen Bedürfnisse, ohne darauf zu achten, ob sie nun einen Regel- oder einen Sonderwunsch des Kindes abschlagen.

Wird aber eine Ehe geschieden und können sich die Eltern nicht selbst gütlich einigen, wer in welchem Ausmaß das Kind zu »finanzieren« habe, wird das Gericht mit dieser Frage befasst, und das hat dann zwischen »Regelbedürfnissen« und »Sonderbedürfnissen« fein säuberlich zu trennen, weil die Alimente eigentlich nur dazu da sind, die »Regelbedürfnisse« wie Essen, Kleidung, Schulkram, Spielzeug und kleinere Anschaffungen zu decken.

Was als »Sonderbedürfnis« gilt und wer dieses von Fall zu Fall – zu bezahlen hat, muss dann vor Gericht ausgestritten werden.

Und wie man so hört, sind die Richter da oft verschiedener Meinung. Einer hält die Kosten des Schulschikurses für ein »Sonderbedürfnis« und meint, der Vater und Alimentezahler habe dafür extra aufzukommen.

Ein anderer meint, die Mutter habe sich von den Alimenten die nötige Summe für den Schikurs zusammenzusparen.

Und dies, obwohl in beiden Fällen die Väter gleich viel verdienen, die Alimente auch gleich hoch (oder niedrig) sind und die Mütter ebenfalls ein etwa gleiches Einkommen haben.

Ebenso unklar ist, ob Klavierunterricht, Urlaubsreisen, Zahnspangen und Reitunterricht zu den »Sonderbedürfnissen«, um die gestritten wird, zählen.

Eines dürfte allerdings klar sein: Ein Kind, das dauernd erleben muss, wie seine lieben Eltern wegen seines Schikurses, seiner Zahnspange, seiner Reitstunden, seiner Ferienreise und etlicher anderer Dinge auch noch zu Gericht gehen und streiten, muss sehr stabil sein, um nicht psychische Schäden zu bekommen, deren sich ein Kinderpsychologe anzunehmen hat.

Und die Kosten für diesen laufen dann garantiert unter »Sonderbedürfnis«!

Wenn der Burli nicht will

Unter einem »Haustyrannen« versteht man üblicherweise das erwachsene männliche Wesen, welches in seiner Funktion als Ehemann und Vater Frau wie Kinder terrorisiert. In der modernen Familie kann es aber durchaus sein, dass ein Winzling diese Rolle perfekt übernimmt.

Ich kenne da etwa einen »Burli«, kaum 90 cm hoch, der hat die gesamte Familie fest in seiner Patschhand. Wenn der Burli nicht will, dann geht gar nichts! Der Burli hat das mit einem einfachen Trick erreicht. Wenn er etwas nicht will, dann brüllt er. Aber nicht bloß ein bisschen. Burli brüllt, dass Trommelfelle kaputtgehen. Und er hat gute Lungenflügel. Die stehen das Irrsinnsgebrüll lang durch. Wie lang, weiß man nicht. Jedenfalls länger, als es anderer Leute Ohren aushalten!

Immer, wenn dem Burli etwas nicht passt, brüllt er los und ist nicht zu stoppen. Weder durch die »sanfte Tour« der Mama noch durch die »strenge Methode« des Papas; auch nicht durch die »brutale Art«, zu der seine Geschwister neigen. Die haben dem Burli sogar schon einmal den Mund mit Leukoplast verklebt. Hat auch nichts genützt. Der Burli ist lediglich zwetschkenblau angelaufen (weil die Nasenlöcher in der Hektik der Handlung unter das Leukoplast gekommen sind), aber nach Entfernung der Klebestreifen hat er in doppelter Fußballstadion-Lautstärke weitergebrüllt!

So muss sich die Familie halt täglich vor jeglicher Planung von Aktivitäten fragen, ob der Burli damit auch einverstanden ist. Wählt der Papa für den Ausflug ein 80 km entferntes Ziel, plädiert die Mama vorsorglich für ein halb so weit gelegenes, denn nach 40 km im Auto – das weiß sie aus Erfahrung – fängt der Burli zu brüllen an! Und wenn man Mittagessen geht, vergewissert sich die ganze Familie vorher auf der Speisekarte, ob es auch wirklich Spaghetti gibt. Gibt's die nicht, pilgert man weiter, denn ein brüllender Burli nimmt sich im Restaurant nicht gut aus. Und wenn der Burli im Wohnzimmer Dreirad fahren will, dann muss der große Bruder das Puzzle vom Teppich räumen. Sonst beschwert sich wieder der Nachbar wegen dem Gebrüll beim Hausverwalter!

Aber bald wird es in der Burli-Familie anders werden. Papa, Mama und Geschwister wollen es nicht länger dulden. Schließlich haben sie ja auch gute Lungen! Heute haben sie beschlossen, dass »zurückgebrüllt« wird!

Um das in die Tat umzusetzen, suchen sie nur noch ein Haus in der Einschicht!

Bitte, bitte, nur ein Löfferl!

Mütter, deren Kinder »freudige Fresser« sind, wissen nicht, welch Glück sie haben. Die halten es für normal, dass ein Kind in den Mund schaufelt, was man ihm auf den Teller tut; egal, ob der Teller daheim auf dem Tisch steht oder auf einem Wirtshaustisch im In- oder Ausland. Zugegeben: Mütter besonders freudiger Fresser haben es auch nicht leicht. Sie müssen ewig den zweiten oder dritten Teller verweigern, um das Kind vor Fettsucht zu retten.

Aber das ist leichter getan, als ein unwilliges Kind zu bewegen, ein Minimum an Nahrung aufzunehmen. Das weiß jeder, der einmal mit vollem Löffel vor einem Kind saß, das zusammengekniffenen Mundes dem nahenden Löffel einen Stoß versetzt und die Löffelfracht an die Tapete schleudert.

In böser alter Zeit hat manche Mutter mit der Brutal-Methode gearbeitet: Nase zuhalten, das Kind kommt in Atemnot, reißt den Mund auf, der volle Löffel wird eingeschoben, gegen den Obergaumen geklatscht, ein »Schluckreflex« entsteht, und die Löffelfracht rutscht die Speiseröhre hinunter.

Aber die »Steinzeit der Kindererziehung« ist vorbei, man greift nimmer zur Zwangssättigung, man arbeitet mit Tricks. Der sinnloseste ist der Lock-Trick: »Ham ham, gutes Pappi, hmmm! ...« Dann führt Mami den Löffel zu ihrem Mund und tut, als wolle sie die Köstlichkeit verzehren.

So ein Unfug! Jede »Zezn« fände es nur nett, wenn Mami den Teller leerfuttert, damit das nahrhafte Ungemach endlich aus der Welt ist.

Besser ist der Erzähl-Trick. Aber die Geschichte muss spannend sein. Ist sie es, reißen kleine Kinder nämlich nicht nur die Augen, sondern auch den Mund auf. Wenn man in dem Augenblick den Löffel einführt und den Erzählfluß nicht unterbricht, merkt das gespannt lauschende Kind gar nicht, dass es geschluckt hat!

Ich kenne eine Mutter, die ein nettes Abkommen getroffen hat: zwei Bissen – einmal Hoppe Reiter – zwei Bissen – einmal Hoppe-Reiter ...

Nein, kalt wird der Brei nicht! Da gibt es Teller, in die man heißes Wasser einfüllt, die halten den Brei ewig lang warm.

Da hat halt jede Mama ihren Spezial-Trick! Aber auch Mamas, die keinen finden, sollten nicht verzagen. Ich kenne einen Knaben, der hat als Kleinkind »überhaupt nix« gegessen, man hat ihm einen frühen, magersüchtigen Tod vorausgesagt. Nun, zehn Jahre später, ist er ein durch und durch gesunder »freudiger Fresser«, den seine Mama vor Übergewicht bewahren muss.

Noch viel ärger?

Man hört oft, dass es ein unerhört traurigtristes Los sei, als Einzelkind aufzuwachsen. An dieser Behauptung mag ja wirklich was dran sein, aber »aus bestinformierten Kinderkreisen« wurde mir zugetragen, dass es noch ein wesentlich traurigeres, tristeres Los sei, als Kind von zwei Einzelkindern in die Welt gesetzt zu werden.

Der belesene Laien-Psychologe könnte ja nun wähnen, die Problematik der Kinder von Einzelkindern liege darin, dass ihre Eltern die »häusliche Star-Rolle«, die dem Einzelkind üblicherweise zufällt, bis ins Erwachsenenalter beibehalten, sie nicht einmal als Papa und Mama ablegen und daher zur selbstlosen, aufopfernden Elternschaft nur mangelhaft geeignet seien.

Derb ausgedrückt: Weil sie als Kinder nie gelernt haben, zu teilen und zu verzichten, fressen sie noch als Eltern ihren Kindern den Schoko-Pudding weg!

Nun, solche Eltern mag es hin und wieder geben, aber darum geht es nicht. Es geht darum, dass die Kinder von Einzelkindern überhaupt keine Onkel und Tanten haben!

Und das bedeutet in den meisten Fällen – abgesehen vom Mangel an liebenswerten Bezugspersonen und positiven Vorbildern – auch eine ganz gewaltige Einbuße an kindlichem Lebensstandard.

Nehmen wir zum Beispiel das Osterfest: Zu einem Einzelkinder-Kind kommen im Höchstfall drei Osterhasen; ein elterlicher, zwei großelterliche. Bei einem Kind hingegen, dem die Zeugungsfreude der Großeltern viele Onkel und Tanten beschert hat, stehen Osterhasen in Spendierhosen Schlange.

Besondere Glücksfälle sind da natürlich die Onkel und Tanten, die selbst keinen Nachwuchs haben und ihr Quantum an Kinderliebe bei Nichten und Neffen abarbeiten.

Da kann der »Standard« eines Kindes in der sozialen Hierarchie direkt von der Basis an die Spitze klettern.

Wo vier Tanten und drei Onkel die modische Bekleidung eines Kindes mitfinanzieren, können geschwisterlose Papas und Mamas wirklich nicht »mithalten«.

Dazu kommt noch, dass Onkel und Tanten meistens keinerlei erzieherische Verpflichtung fühlen, ein elterliches »Das brauchst du nicht!« augenzwinkernd mißachten und gern Wünsche erfüllen, die Papa und Mama ablehnten.

Einziger Ausgleich für Einzelkinder-Kinder: Sie haben Großeltern, die ihnen nicht nur ihre ganze Zuneigung, sondern auch ihre gesamte »Sponsor-Tätigkeit« ungeteilt zukommen lassen können.

Lebendige Spielgefährten

Kinder früherer Zeiten hatten's schwer. Ihre Mamas verstanden nichts von kindlichen Seelen; woran die aber kein Eigenverschulden traf, denn kinderpsychologische Erkenntnisse waren damals noch nicht in jeder Frauenzeitschrift zu lesen. Heutzutage ist dies aber längst der Fall, und so wissen alle einsichtigen Mamas, dass Kinder »von Natur aus Chaoten sind«!

Knirpse haben eben ein anderes Verhältnis zur Ordnung als Erwachsene. In einem einfühlsamen Artikel las ich das so: »Das Chaos, das Kinder um sich herum haben, ist für sie ein lebendiger Spielgefährte.«

Woraus die Autorin folgert, dass man Kinder nicht zum Aufräumen drängen oder gar zwingen sollte. Der Ordnungssinn, tröstet sie, komme dann später ganz von allein.

Nun, Kinder zum Aufräumen drängen oder zwingen sollte man wirklich nicht. Allein schon deswegen, weil man sich nur den Mund fusselig redet, gereizte Stimmung erzeugt, aber keinen Erfolg hat. Auf den tröstenden Hinweis jedoch, dass später dann der Ordnungssinn von allein komme, sollte man nicht bauen.

Man hat schließlich schon eine Generation Kinder in dieser Hoffnung großgezogen, aber unzählige Mütter stehen Tag für Tag in Gemächern erwachsener Kinder und staunen darüber, dass das 25jährige Bubi oder das gleichaltrige Mädi noch immer so viele »lebendige Spielgefährten« hat.

Und was für welche! Leere Cola-Dosen, volle Aschenbecher, benutzte Kaffeetassen, Staub und Altpapier. Und nach wie vor stellen sie ihren »lebendigen Spielgefährten« die ganze elterliche Wohnung zur Verfügung. Speziell das Badezimmer. Besonders gern hinterlassen sie da Spielgefährten, für die mir nur der Ausdruck »Textil-Krapfen« einfällt.

Selbige entstehen, wenn jemand zu müde oder zu faul ist, Kleidungsstück um Kleidungsstück einzeln vom Körper zu entfernen, sondern sich des Textilen mit zwei Handgriffen entledigt; einen von der Taille abwärts, einen von der Taille aufwärts. Wodurch der eine auf dem Boden lagernde »Krapfen« (wenn wir von einem Mädi ausgehen) aus Strumpfhose, Hose und Unterhose besteht, der andere aus BH, Pulli, Bluse und Hemderl. Der Unterschied zu frühen Kindertagen liegt allerdings darin, dass die Mama nun alle »lebendigen Spielgefährten« ruhig schlachten darf.

Heißt: in Einzelteile zerlegen, waschen, bügeln und im Kasten stapeln, damit Bubi und Mädi alle seine »Spielgefährten« wieder findet.

Mutterauge: kurzsichtig – weitsichtig!

Hört man Mamas zu, die von ihren Kindern erzählen, kommt man aus dem Staunen nicht heraus, falls man diese Kinder kennt. Da sieht die Mama den Knirps, den man für »geistig träge« hält, als »hochintelligent«. Das Mäderl, das man wegen seines unvorteilhaften Äußeren bemitleidet, wird von seiner Mama als »Schönheit« hochgelobt, und der kleine Satan, der sich gern Fliegen vom Fliegenfänger grapscht und ihnen die Flügel ausrupft, ist in seiner Mama Augen »ein weichherziges Patscherl«.

Vernünftige Mütter müssten eigentlich aus solchen »Anhörungen« auf sich schließen und einsehen, dass auch sie ihre Kinder nicht objektiv beurteilen. Aber kaum eine Mama schafft diesen simplen logischen Schluss. Fast jede hält sich für eine Ausnahme und meint, gerade ihr Mutterauge habe keine trübe Linse und sei nicht mit Blindheit geschlagen.

Und wenn einmal das Bild, das sich die Mama vom Kind macht, mit der Realität so wenig übereinstimmt, dass das sogar der Mama auffallen muss, sucht die gute Frau Gründe für das kindliche »Fehlverhalten«, die das schöne Bild vom Sproß möglichst wenig ramponieren.

Warum das – laut Mama – hochbegabte Kind die Klasse wiederholt? Na, so »verspielt« ist es! Oder an anderen interessanten, aber außerschulischen Problemen mehr interessiert. »Stinkfaul« ist auch eine Möglichkeit, denn faul sein ist in unserer Gesellschaft ein geringerer Makel als minder begabt sein!

Wo es um künstlerisches Talent oder Schönheit geht, braucht es keine mütterlichen Zusatzerklärungen, denn ob eine große Nase oder ein gekleckstes Gemälde von Schönheit beziehungsweise Talent zeugt, ist Geschmackssache und unterliegt keinen gültigen Regeln. Und wenn es um das gute »Herzerl« geht, lassen sich im Konfliktfall leicht böse, verführende Freunde ins Feld führen, die das Kind nicht so gut und edel sein lassen, wie es seiner Natur entspräche.

Aber schelten wir das kurzsichtige Mutterauge nicht, denn letztlich ist es nämlich sehr »weitsichtig« und verschafft dem Kind, was jedes Kind braucht, um zu einem unverzagten, lebensfrohen, optimistischen Menschen heranzuwachsen, nämlich: die Sicherheit, dass es wenigstens einen Menschen auf der Welt gibt, der es für schön, klug und gut hält!

Davon wird ein Kind zwar weder schön noch klug oder gut, aber es ist wenigstens ein fester Grundstein dafür, dass man im Leben nicht unglücklich wird.

Sandwich – menschlicher Art!

Psychologen kennen das »Sandwich-Kind«. Es ist das mittlere von drei Geschwistern und arm dran, denn es bekommt zu wenig Zuwendung von den Eltern, die sich mehr um das »große« und das »kleine« Kind kümmern. Und so fristet das »mittlere«, zwischen oberer und unterer Brotschnitte, ein Dasein im Verborgenen; dabei weiß ja jeder, dass der Belag das Köstliche am Sandwich ist! (Bei Familien mit 5, 7 oder 9 Kindern tritt der Sandwich-Effekt nicht ein, obwohl es auch ein »mittleres« gibt. Wahrscheinlich deshalb, weil bei so großer Kinderschar nimmer leicht auszumachen ist, wem etwas mehr elterliche Zuwendung zuteil wird.)

Trägt man diese Sandwich-Theorie einem »mittleren« Kind (ganz gleich, welchen Alters) vor, bekommt man heftige Zustimmung. Da können siebzigjährige Damen – immer noch weidwund – Erinnerungen vorbringen, die von liebloser Vernachlässigung zeugen!

Ja, ja, die große Schwester war immer die Kluge und Vernünftige, die dauernd gelobt wurde! Und der kleine Bruder war der verhätschelte Darling, dem man alles durchgehen ließ!

Anders hört sich das an, wenn man »große« und »kleine« Geschwister fragt. Erstgeborene behaupten, sie seien die ärmsten in der Familie gewesen!

Enormer Leistungsdruck! Und immer hieß es: »Du bist doch der (die) Große! Gib nach, sei vernünftig!« Versuchskaninchen für elterliche Erziehung waren sie zudem. Bei den Nachkommenden sei die Mama schon viel lockerer mit Ge- und Verboten gewesen! Manch erwachsene Frau kann heute noch vor Wut beben, wenn sie daran denkt, dass sie mit 16 Jahren um 9 Uhr abends daheim zu sein hatte, ihren Geschwistern aber – Jahre später – im gleichen Alter Ausgang bis 11 Uhr gestattet war!

Und die »Kleinen«? Na, die beklagen sich, dass sie von den zwei größeren unentwegt schikaniert wurden und die vermehrte elterliche Zuwendung, die ihnen eher lästig als angenehm war, mit sadistischen Akten der Geschwister zu bezahlen hatten.

Und in schöner Einigkeit sind sich »Große« und »Kleine« ganz sicher, dass ihr »Sandwich-Geschwister« das beste Kinderleben hatte, weil es sich ungestört ganz nach eigenen Vorstellungen und Zielen entwickeln durfte. »So sei doch froh, dass sie dich in Frieden gelassen haben«, schnauzen obere und untere Brotschnitte vergrämt den Belag an!

Einzig möglicher Schluss daraus: Kind zu sein ist so schwierig, dass jeder Mensch sein Kindheitslos für das härteste hält!

Ein Platz im Mutterherzen!

In alten Lustspielen und noch älteren Witzen ist es gern die Schwiegermutter, die dem Manne das Leben schwermacht, weil sie meint, ihre Tochter hätte sich »was Besseres als den Kerl« verdient!

Mag sein, dass es früher Schwiegermütter dieser Art gab, aber wenn man sich heutzutage bei Müttern von Töchtern umsieht, ist die Lage anders. Vor allem Mütter, die nur mit Töchtern gesegnet sind und keinen eigenen Sohn am Halse haben, müssen da Nachholbedarf befriedigen!

Schon wenn das Teenager-Töchterl die »erste Liebe« heimbringt, schließt üblicherweise die Töchtermutter den guten Knaben – so er sich nicht gleich auf den ersten Blick als Ungustl erweist – in ihr Herz, wo noch kein männlicher Teen seinen Platz hat. Und ist der Knabe einmal in ihrem Herzen, umsorgt sie ihn derart liebevoll, dass oft seine eigene Mutter grantig wird, weil es nervend ist, dauernd hören zu müssen, dass die Mama seiner Flamme extra für ihn Powidltatschkerln macht, unendliches Verständnis für seine Probleme hat, und den Knopf, der seit Wochen von seiner Jacke baumelt, den hat sie ihm auch festgenäht!

Da aber erste Lieben zu 99 Prozent nicht von Dauer sind, kommt einmal der Tag, an dem die Tochter verheult verkündet: »Aus ist es! Wir haben Schluss gemacht!«

Und dann steht die arme Töchtermutter schön da, mit der Tochter »Ehemaligen« im weiten Herzen! Er hat für sie schon richtig zur Familie gehört! Und ihr hat er doch auch keinen Seelenschmerz zugefügt! Und sie hat ihm ja auch nichts angetan! Aber es ist halt nicht üblich, dass »abgelegte Lieben« der Töchter innigen Kontakt zu deren Müttern aufrechterhalten! (Kämen auch im Laufe der Jahre allzu viele Damen in den besten Jahren zusammen, die ein Mann zu betreuen hätte!) Und der Tochter wäre es ja auch nicht lieb, den »Ehemaligen« daheim im Gespräch mit Mama vorzufinden, wenn sie mit dem »Aktuellen« ankommt. So bleibt der Töchtermama eben nichts anderes übrig, als stumm leidend eine Liebe zu begraben!

Im modernen Lustspiel und Up-to-date-Witz wäre eher die spaßige Situation angesagt, dass eine Mama der Tochter gut zuredet, »es doch noch einmal mit dem Kerl zu versuchen«, nur damit in ihrem eigenen Herzen kein nagendes Vakuum entsteht, welches nur mit einer neuen Liebe der Tochter gefüllt werden kann; wozu Mütter zwar bereit sind, aber nur mit heftigen Skrupeln, denn Mütter sind nun einmal wesentlich treuer als ihre Töchter!

Apfelstrudel wie Strumpfhose

Kochbücher und Sachbücher, Kindererziehung betreffend, haben meistens gemeinsam, dass man beim Lesen alles vernünftig und brauchbar findet, aber beim Umsetzen der Anleitungen in die Tat Probleme kriegt, die das Buch nicht kennt. Genauso keck wie uns das Kochbuch anweist, den gerollten Apfelstrudel vom Tuch auf das Blech zu übersiedeln, und so tut, als schaffe das jeder sofort perfekt, genauso dreist behauptet der Erziehungsratgeber, man müsse es nur dem Kleinkind selbst überlassen, sich des Morgens eine Strumpfhose auszusuchen, und schon sei das Getobe aus der Welt geschafft, welches pünktlich erfolgt, so sich die Mama mit einer Strumpfhose ihrer Wahl dem Knirps nähert.

Nun, wenn es um Apfelstrudel geht, steht man halt dann da, ein Strudelende in der rechten Hand, eines in der linken, und der Belag mitten auf dem Blech! Ärgerlich, aber zu verschmerzen. Und wer geduldig ist und siebenmal diesen Frust durchsteht, wird beim achten Versuch den Trick von selber raus haben, den ihm der Kochbuchautor diskret unterschlagen hat.

Beim Kleinkind, das jeden Morgen einen Tobsuchtsanfall kriegt, wenn es von der Pyjamahose in die Strumpfhose wechseln soll, bringt wackeres Üben aber gar nichts. Das Kind lehnt das Angebot, sich selbst eine Strumpfhose zu wählen, auch am achten Tag ab.

Ausgehend davon, dass der Sachbuchautor wissender Experte ist, erhebt sich dann die Frage: wer kriegt den »Schwarzen Peter«? Ist das Kind abnormal, weil es sich nicht, wie alle anderen Kinder, das Toben abgewöhnen lässt? Oder versagt die Mutter, weil sie mit einem Trick, der allen Erfolg beschert, keinen hat?

Das Kind ist gerechterweise zu entlasten, es ist Produkt aus Erbmasse und Aufzucht, die Aufzucht tätigt die Mama, die halbe Erbmasse hat sie auch beigesteuert, und an der väterlichen ist sie insofern schuld, als sie diesen Vater gewählt hat. Also fällt der »Schwarze Peter« ihr zu.

Aber Frauen sind ja schlau. Vielleicht merkt die Mama plötzlich, dass das Kind an Tagen, an denen es nicht in den Kindergarten gehen muss, sich willig in jede Strumpfhose stopfen lässt. Woraus sie schließt, dass das Kind die Strumpfhose verweigert, damit es nicht in den Kindergarten gehen muss. Und dann braucht die Mama im schlauen Erziehungsbuch ja nur nachzulesen, was zu tun ist, wenn Kleinkinder den Kindergarten ablehnen.

Vielleicht hat sie mit dem bezüglichen Experten-Tipp mehr Erfolg. Manche Rezepte im Kochbuch sind ja auch problemlos nachzukochen!

»Wir-Mütter« und ihre Schulprobleme

Heute sagte mir eine Freundin am Telefon, dass für sie nun wieder die schreckliche Zeit der Qualen und Aufregungen, der Sorgen und Kümmernisse angebrochen sei. Den Grund für diesen traurigen Seelenzustand formulierte sie folgend:

»Die Ferien sind aus! Wir gehen ja jetzt wieder in die Schule!«

Es ist nicht so, dass meine liebe Freundin im zweiten Bildungsweg noch einen Beruf erlernte und dadurch Kümmernisse hätte. Sie hat bloß einen Sohn, der in die Schule geht. Und sie ist eine WIR-MUTTER.

Man kann von ihr auch hören: »In Englisch haben WIR ein Genügend!« Und: »In Turnen sind WIR der Beste!« Und: »Der Mathe-Professor mag UNS nicht!« Wobei die letzte Feststellung tatsächlich zutreffen könnte, denn viele Mathematiklehrer haben etwas gegen Mütter, die dreimal pro Monat bei ihnen vorsprechen und Beschwerden einbringen und angebliche Benachteiligungen anklagen.

Auch die geseufzte Aussage dieser WIR-MUTTER: »WIR müssen heute noch einen Aufsatz schreiben!« entspricht der Sachlage, denn sie schreibt wirklich zusammen mit ihrem Sohn den Aufsatz. Korrekt müsste sie sogar sagen: »Ich muss heute noch einen Aufsatz schreiben«, denn der Arbeitsanteil, der beim Aufsatzschreiben auf den Sohn entfällt, ist ein minimaler; er lässt sich diktieren und seufzt dabei.

Aber so kleinliche Unterscheidungen treffen WIRMÜTTER nicht.

Sie haben die Anliegen ihrer Kinder so sehr zu ihren eigenen gemacht, dass sie tatsächlich unter den schlechten Noten ihrer Kinder so leiden, als wären sie selber benotet worden.

Und nicht nur, wenn es um die Schule geht, auch sonst im Leben tut sich eine WIR-MUTTER schwer mit der treffenden Wahl der persönlichen Fürwörter.

»WIR haben heuer schwimmen gelernt«, sagt die WIR-MUTTER, die seit zwanzig Jahren schwimmen kann. Und sie sagt auch: »WIR fürchten uns in der Nacht nicht mehr!« Und: »WIR machen nicht mehr in die Hose!«

Die Kinder der WIR-MÜTTER allerdings beherrschen die treffende Auswahl der persönlichen Fürwörter exakt. Sie sagen zu ihren Müttern:

»ICH habe schwimmen gelernt!«

Und:

»DU hast einen Fünfer bekommen!« Recht geschieht den WIR-MÜTTERN!

Wenn man »ein Dickerl« hat ...

Kinder sollen schlank und rank sein, das ist gesund, und die Person, die verhindern muss, dass sich Fett an ihnen ablagert, ist die Mutter. Väter sind, so überhaupt, zuständig für die geistige Entwicklung des Kindes, Übergewicht geht sie nur insofern an, als dass sie's sehen und die Mutter darob rügen. In guter alter Zeit konnte die Mutter sagen, Babyspeck brauche das Kind »zum Zusetzen«, falls ihm Krankheit Gewicht raube. Aber wir leben in aufgeklärter Zeit und wissen, dass Kinder keine Kamele sind und Bäuche keine Höcker, die in »dürren Zeiten« Kalorien abgeben. Also versucht die Mutter, des »Dickerls« Leibesumfang zu reduzieren. Meistens bedarf sie da guten Rates. Der ist in Büchern und Zeitungen zu finden.

Egal, wie er im Detail lautet, letztlich läuft's drauf raus: Das Kind ist falsch ernährt, bewegt sich zu wenig, hat seelische Schwierigkeiten! Da darf man sich dann aussuchen, welches Problem zuerst da war und die anderen nachzog. Machte falsche Kost das Kind träge und unglücklich? Trieb Kummer es zu Mampfen und Unbeweglichkeit? Oder war zuerst Trägheit da, und dadurch entstandene Langeweile führte zu Fresserei und Psycho-Problem? Wie immer es sich verhält, »Diät« ist jedenfalls angesagt.

Aber was tut die Mutter mit dem Kind, für das es höchstes Glück ist, Germstriezel zu verputzen? Die von der reinweißen Sorte, wo man – als wär's Watte – Stücke abzupfen kann, die, genauso wie Watte, flaumige Zupfbärte haben. Keine Frage, die Mutter muss das Kind von der Striezel-Zupfsucht abbringen! Wie gelingt's?

Gibt man dem Kind harmlosere Drogen, nach dem Vorbild: Methadon statt Heroin? Vielleicht Karotten oder Gurken? Unmöglich, die lassen sich nicht zupfen! Nichts, was nicht dick macht, lässt sich zupfen wie Striezel.

Ihn also ersatzlos verbieten und durch sportive Übungen »Entzugserscheinungen« überbrücken? Der einzige Sport, den Striezel-Zupfer üblicherweise nicht verweigern, ist plätscherndes Schwimmen; aber dabei verliert man weder Kilo noch Gier nach

Striezel, und das seelische Problem vertieft sich, da man sich ungeliebt fühlt. Eh klar, wer geliebt wird, dem raubt man nicht sein ganzes Glück! Tja, da ist guter Rat teuer!

Wenn das eine wie ich zugibt, die selbst Striezel-Zupferin war und eine Striezel-Zupferin zur Tochter hatte, ist das nicht nur so dahingesagt. Trost hätte ich aber: Weder ich noch meine Tochter sind dick geblieben, obwohl wir oft noch ins Zupfen geraten, wenn uns zufällig ein Germstriezel in die Finger kommt. Und die »Entwöhnung« ging irgendwie so sang- und klanglos vor sich, dass wir nicht mehr wissen, wie's geschah. Jedenfalls garantiert nicht dadurch, dass uns wer bei jedem Bissen unser Gewicht vorhielt.

Der Allerbeste

Die guten alten Zeiten, in denen Eltern das Recht in Anspruch nahmen, ihren Kindern die Freunde auszusuchen, sind vorbei. Es hat sich nichts mehr mit: »Der ist kein Umgang für dich!«

Heutzutage wissen Eltern: Kinder haben das Recht, ihre Freunde selbst zu wählen, und Eltern haben die Pflicht, diese Wahl ohne Murren hinzunehmen. Sie dürfen sich höchstens geheime Gedanken machen, warum sich ihr gutes Kind ausgerechnet so einen Widerling zum allerbesten Freund nimmt. Laut aussprechen dürfen sie diese geheimen Gedanken jedoch nicht, sonst könnte das gute Kind dieses vernehmen und zur Meinung kommen: Wenn meine Eltern meine Freundeswahl nicht akzeptieren, akzeptieren sie mich nicht, und das heißt: Sie lieben mich nicht!

Und da liebende Eltern solch traurige Gedanken in ihrem Kind nicht keimen lassen wollen, müssen sie den Widerling akzeptieren. Und aushalten! Denn Kinder treffen ihren »allerbesten« Freund ja leider nicht bloß im Park und auf dem Schulhof. Sie bringen ihn heim. Und bestehen darauf, dass er bei ihnen nächtigt. Ins Wochenende muss er auch mit. Und zur Oma in den Garten! Und ins Kino und in den Zirkus! Überallhin mit muss der »Allerbeste«. Und so hat man plötzlich – ein Pflegekind, das nach einer Stunde Laufen vier Fußblasen hat und sich aufführt, als müsse man an Fußblasen sterben. Beim Autofahren wird ihm übel, Erbsen in der Suppe sind ihm ein Graus, dafür trinkt es im Gasthaus fünf Colas und rülpst nachher ausführlich. Zudem verbreitet es stolz die politischen Ansichten seines Papas, die den unsrigen sehr entgegengesetzt sind. Und die Katze zieht es heimlich am Schwanz!

Aber was soll's? Hauptsache, unser gutes Kind hat seinen Spaß an dem widerlichen Kerl. Und außerdem ist kein Kind wirklich widerlich! Man muss sich bloß um einen positiven Blickwinkel bemühen. Den findet man schließlich auch, gewinnt den zwangsverordneten Familienzuwachs fast lieb. Und exakt dann, wenn man diese harte Arbeit geschafft hat und fähig wäre, dem kleinen Kerl nicht mehr mit zusammengebissenen Zähnen, sondern mit strahlendem Lächeln die Tür zu öffnen, steht er nicht mehr vor selbiger. In aller Seelenruhe erklärt unser gutes Kind: »Den Widerling hab ich abgelegt!«

Jetzt hat er einen neuen »Allerbesten«. Der mag nur Erbsen in der Suppe, kriegt Durchfall, wenn er Cola trinkt, und isst seine Rotzrammeln. Und fluchen, erklärt uns unser gutes Kind, dürfe man vor dem ja nicht! Seine Mama ist etepetete! Zu fluchenden Leuten dürfte er nicht gehen!

Ja, Himmel, A.... und Zwirn, das wäre eine Chance! Aber gute Eltern denken an ihr Eigenwohl zuletzt.

Selbstgemachtes

Für alle jene Kinder und Kindeskinder, die sich – sei es aus Geldmangel, Geiz, Zeitmangel, Bequemlichkeit oder Vergesslichkeit – nicht in der Lage sehen, der Mutter bzw. Schwieger- oder Großmutter am Muttertag ein Geschenk zu überreichen, gibt es einen netten Ausweg. Ein Gedicht! Aber bitte ein selbst gemachtes! Wir leben schließlich in Zeiten, wo das Selbstgemachte, von der Marmelade über den Pullover bis zur Malerei auf Seidentüchern, in weit höherem Ansehen steht als gekaufte Produkte. Also bitte nicht einfach bei Tucholsky nachblättern und »Mutterns Hände« in Zierschrift zu Papier bringen. Selber reimen muss sein!

Erstens zeigt das der Mutter, dass sie ihr Kind zu einem »kreativen« Menschen erzogen hat, und da kann sie stolz drauf sein, und zweitens zeugt es auch von der Mühe, die sich der Schenker gemacht hat. Nicht einfach husch-husch-husch rein in den Haushaltswarenladen, um eine 72-Tassen-Filter-maschine ist er, und dann ruckzuck in das Blumengeschäft, um eine dreiköpfige Hortensie, nein, er hat sich, im Schweiße seiner grauen Zellen, extra fürs Mütterlein, poetische Gedanken gemacht!

Aber ich sehe schon ein, dass Reimen auch eine Sache des Handwerks und der Übung ist! Daher folgende diskrete Hinweise:

Das Wort »Mutter«, und ohne dieses wird ja schwerlich auszukommen sein, reimt sich bloß auf: Butter, Futter und Kutter.

»Kutter« taugt nur für Mütter, die früher zur See gefahren sind, und mit »Butter« und »Futter« lassen sich kaum würdige, dem Anlass entsprechende Verse schmieden. Etwa:

»Meiner lieben Mutter danke ich fürs Futter aus reiner Markenbutter«, entspricht nicht jedermutters Poesieverständnis. Beachte daher:

Entweder »Mutter« nicht ans Zeilenende setzen, oder auf »Mütterlein« kommt auch der Anfänger bestens voran.

»... nur du allein«

»... Not und Pein«

»... auf ewig dankbar sein«

»... heute groß, früher klein«

»... nie einsam sein«

»... Liebe, gut und rein« und so weiter und so fort. Auch »Mutterherz« bietet eine wunderbare Möglichkeit. Aber nein! Nicht »Nerz« und auch nicht »Scherz«. Und »Sterz« schon gar nicht. »Schmerz« natürlich! Weil der Muttertag je kein Fest voll ausgelassenem Frohsinn ist, sondern eine rührselige Sache, mit mütterlichen Opfertränen im Augenwinkel und kindlicher Reueeinsicht. Und nimmt man das Herz in der Mehrzahl, kann man auf »Herzen« gut »Kerzen« tun. »Mütter, tief in euren Herzen, leuchten 1000 Opferkerzen!«

Gefällt Ihnen nicht? Na bitte, dann wird's eben heuer wieder eine Hortensie.

Arg überbetreut

Kinder müssen beschützt und behütet werden, damit sie -heil an Leib und Seele – ihre Kindheit überstehen. Dieses weiß wohl jeder, doch die Vorstellungen darüber, wie das Beschützen und Behüten in der Praxis auszusehen hat, sind verschieden. Was die eine Mutter als Minimum ihrer Sorgepflicht ansieht, hält eine andere bereits für »Gluckhennenwahn«, was eine als »ausreichend betreut« versteht, verdammt eine andere als »unglaubliche Verwahrlosung«.

Sicher ist auch, dass nicht jedes Kind das gleiche Ausmaß an Obhut und Zuwendung braucht. Oft ist die kleine Schwester selbstständiger als der große Bruder und kommt mit Problemen und Situationen zurecht, in denen der große Bruder noch immer des mütterlichen Beistandes bedarf. Sicher ist aber auch, dass sehr viele Kinder unter »Übertreibung« enorm zu leiden haben.

»Meine Mutter macht mich noch wahnsinnig«, sagte unlängst ein zwölfjähriger Bub zu mir.

»Gelt, sie ist ein bisserl eine Glucke«, meinte ich.

»Was heißt da eine Glucke!«, rief er verbittert. »Sie hockt auf mir drauf und drückt mir die Luft ab!«

Des verbitterten Knaben Mutter sagt aber immer, sie wolle nur »das Beste«. Das wollen sie alle, die lieben Überbetreuerinnen! Warum kann Frau Meier nicht einsehen, dass es lächerlich ist, einen Zwölfjährigen tagtäglich von der Schule abzuholen? Warum stopft die Frau Huber ihrer armen Tochter jeden Morgen Watte in die Ohren, obwohl die Mittelohrentzündung seit zwei Jahren vorüber ist? Warum besteht die Frau Berger darauf, jedes Kind, mit dem ihr Sohn mehr als drei Worte redet, kennen zu lernen, um zu beurteilen, ob das auch »ein Umgang« für ihr Burli sei? Und warum darf Frau Schestaks Liebling, bloß weil er einmal geniest hat, drei Wochen nicht schwimmen gehen? Und wieso kapiert Frau Eder nicht, dass es lächerlich ist, die Teenager-Tochter nur in Begleitung des großen Bruders das Theater besuchen zu lassen?

»Man hat halt immer Angst«, erklären die Damen meistens ihr sonderliches Verhalten, welches ihre Kinder zur Verzweiflung treibt.

Also: Angst, verehrte überbetreuende Mütter, haben andere Mütter auch um ihre Kinder. Und nicht minder! Doch mit dieser Angst muss man allein fertig werden. Sie einfach auf dem Buckel der Kinder abzuladen, ist selbstsüchtig.

»Ich bin nur ruhig, wenn ich ihn in meiner Nähe hab«, sagt Frau Meier über ihren Sohn und kommt sich dabei noch als Gipfel der guten Mütterlichkeit vor. Sie wäre wohl arg entsetzt, wenn sie wüsste, was sich ihr Sohn so über die schöne mütterliche Nähe denkt ...

Nur ein Blick

Frau Z. liebt ihren Sohn. Aber den Vater ihres Sohnes liebt Frau Z. überhaupt nicht, von dem hat sie sich vor zehn Jahren scheiden lassen, und richtig verheilt sind die Wunden, die er ihr zugefügt hat, noch immer nicht.

Erst zwei Jahre alt war der Sohn, als die Scheidung ausgesprochen wurde. Sein Vater kümmert sich seither nicht um ihn, nimmt das Besuchsrecht kaum wahr, schickt höchstens zu Weihnachten und zum Geburtstag ein Paket mit unpassenden Geschenken.

Gesehen hat Frau Z.s Sohn seinen Vater in diesen zehn Jahren – alles in allem – höchstens zwölfmal. Der Knabe kennt also den Vater so wenig, dass er sich Mimik, Gestik und Art zu reden kaum von ihm abgeschaut haben kann.

Aber es gibt halt auch eine »Erbmasse«, und darum wirkt Frau Z.s Sohn oft wie der kleine »Ableger« seines Vaters.

Wie er den Kopf hält, wenn er zuhört, wie er beim Lächeln die Augen zukneift, die vage Handbewegung, die er macht, wenn er verlegen ist, das Heben der linken Augenbraue, wenn er Erstaunen kundtut, die kleine Kunstpause, die er vor bedeutsamen Halbsätzen einlegt, alles, alles ganz der Papa!

Frau Z. macht das irgendwie zu schaffen. Ist eben nicht ganz einfach auszuhalten, wenn einen ein geliebter Mensch täglich – und sei es ohne Eigenverschulden – an einen verhassten Menschen erinnert.

Gestern nun hockte Frau Z.s Sohn fernschauend im Wohnzimmer, und da sagte Frau Z., relativ freundlich, zu ihm: »Schau dir nicht den blöden Käse da an, räum lieber endlich einmal dein Zimmer auf.«

Und da lehnte sich der Sohn zurück und schaute Frau Z. an. Mit dem ganz gewissen Blick, der sie sechs Ehejahre lang hilflos wütend gemacht hat. Exakt der unermesslich arrogante Blick ihres Geschiedenen war das! Dieser abfällige Blick, der stets besagt hat: Red nur, geht mir bei einem Ohr rein, beim anderen raus!

Und da hat Frau Z. ihrem Sohn eine Ohrfeige gegeben. Eine, wo nachher vier rote Streifen auf der Wange zu sehen waren.

Dabei haut Frau Z. sonst nie, erzieht ganz ohne Gewalt!

Der Sohn war eher verblüfft als seelisch schwer verletzt.

Und Frau Z. entschuldigte sich ja auch sofort danach. »Die Nerven«, sagte sie. »Nur die Nerven!« Von Ärger im Büro redete sie und von schrecklichem Kopfweh.

Für die Wahrheit, also für: »Ich habe gar nicht dich geschlagen, sondern deinem Vater verpasst, was ich seinerzeit versäumt habe«, hätte der Sohn wohl gar kein Verständnis gehabt.

Ganz anders als meine Mutter

Was wollen liebende Mütter ihren Töchtern nie antun? Natürlich das, worunter sie selbst als Kinder besonders gelitten haben!

Diesen Vorsatz hat auch Frau X. Die wurde von ihrer Mutter immer »runtergemacht«. Rein gar nichts hat ihr die Mutter zugetraut, dauernd hat sie ihr andere Kinder »vorgehalten«; dass sie sich an denen ein Beispiel nehmen soll! Zum »Versager« wurde sie gestempelt. Ewig hat sie gehört: »Dafür bist du zu ungeschickt, mit deinen zwei Linken!« Und: »Das Gymnasium schlag dir aus dem Kopf, das schaffst du nicht!« Angeblich wurde ihr sogar gesagt, dass sie wenig Charme habe und mit äußeren Vorzügen nicht gesegnet sei.

Ob es wirklich so gewesen ist, wer kann es wissen? Frau X. jedenfalls hat es so empfunden und sich dadurch minderwertig gefühlt und keinerlei Selbstbewusstsein entwickeln können. Und schon als Kind hat sie sich geschworen, es dereinst besser zu machen.

Nun hat Frau X. seit 15 Jahren eine Tochter und hält sich daran. Von klein auf hat sie ihre Tochter nie »runtergemacht«, immer »aufgebaut«. Stets hat die Tochter zu hören bekommen, dass sie hochintelligent sei, tüchtig, bildhübsch, geschickt, charmant und ... und ... und ...

Frau X. ist perfekt darin, ihrer Tochter alles zuzutrauen. Ist die Tochter verzagt, sagt sie ihr lachend: »Aber klar kannst du das! So ein tolles Mädel wie du! Wär doch gelacht!«

Und was sagt die Tochter? Die beklagt sich bitter. Sie fühlt sich von einer Mutter, die ihr »alles« zutraut, überfordert. Sie sagt, dass sie die Erwartungen, die ihre Mutter in sie setzt, nie erfüllen könne. Die seien viel zu hoch! Dadurch fühle sie sich minderwertig und könne kein Selbstbewusstsein entwickeln.

Da führt also konträres mütterliches Verhalten zum gleichen negativen Ergebnis?

Schaut nur auf den ersten Blick so aus. Näher betrachtet, führt sich Mama X. ja genauso auf wie seinerzeit ihre Mutter, nämlich total »bestimmend und vereinnahmend«. Insofern, als sie es ihrer Tochter nicht gestattet, selbst herauszufinden und zu entscheiden, was sie kann und was nicht, wo ihre Vorzüge und ihre Mängel liegen, kurz: Wer sie ist!

Zu viel Lob kann genauso die Luft abdrücken wie zu viel Tadel. Will es Frau X. wirklich anders als ihre Mutter machen, müsste sie zuerst einmal lernen, sich taktvoll zurückzuhalten und Kommentare, Urteile und Zuspruch nur dann loszulassen, wenn sie darum gebeten wird.

Wie ausgewechselt

Es ist erstaunlich, wie oft Mütter erzählen, dass Sohn oder Tochter plötzlich »wie ausgewechselt« sei. Diese »Auswechslung« fand stets vom Positiven zum Negativen statt, und immer ist ein böser Mensch daran schuld, dem das Kind »total verfiel«.

Da ist die Mutter, die eine einsichtige, liebenswert-liebenswürdige Tochter hatte, bis dieser Kerl kam. Kaum währte die Beziehung drei Wochen, war die Tochter »wie ausgewechselt«, hörte nur mehr auf den Kerl, war keinem Argument zugängig und warf der Mutter Worte an den Kopf, die ihr früher nie über die Lippen gekommen wären. Und da ist die Mutter, die einen Prachtsohn hatte, bis er diese Frau traf, »wie ausgewechselt« war, auszog und den Kontakt zur Mutter abbrach.

Hört man solche Geschichten, denkt man: Sollte das so sein, müssten diese Kinder diabolischen Verführern auf den Leim gegangen sein. Aber derartige Typen sind rar, die gibt es seltener als solche Geschichten. So hurtig ändert sich niemand; selbst wenn es da jemanden gibt, der das Kind gegen die Mutter »aufhetzt«. War das Verhältnis zwischen Mutter und Kind gut, mag es sich durch Konflikt trüben, aber sich nicht von einer Seite in Abneigung oder gar Hass verwandeln.

»Wie ausgewechselt« erscheinen Menschen nur, wenn man sie durch die rosarote Brille sah und dann gezwungen ist, die Brille abzunehmen. Man hatte Illusionen, die müsste man aufgeben. Weil Mütter sich aber vom idealen Bild, das sie von ihrem Kind haben, schwer trennen, suchen sie jemanden, auf den die Schuld zu schieben ist. Ist ja unmöglich, dass man sein Kind falsch gesehen hat! Nein, nein, die böse Frau, der böse Mann haben es »ausgewechselt«! Und falls Sohn oder Tochter der Mutter dann im Streit vorhält: »Du liebst mich nicht mag daran ein Hauch Wahrheit sein. Denn geliebt wurde da nicht ein Kind, wie es ist, samt allen negativen Eigenschaften, sondern das »edle Bild«, das man von ihm gemalt hat.

Da hilft nur: Tief Luft holen, sich das Bild vornehmen und alle verschönernden Retuschen, die man im Laufe der Jahre angebracht hat, tilgen. Das Bild, das man dann erhält, mag weniger schön sein, aber nach dem ersten Schreck auch liebenswert. Die meisten Kinder werden es der Mutter danken, und der Versöhnung ist der Weg bereitet.

Zu hoffen, dass das Kind ein Einsehen habe und sich wieder ins »edle Bild« füge, das man gern von ihm hätte, bringt jedenfalls gar nichts.

Achtung, Miterzieher!

Es gibt eine Menschensorte, vor der ich – solange ich noch kleine Töchter hatte – panikartig flüchtete. Ich meine die »Miterzieher«. Da ich mit keinem Vertreter der Sorte näheren Kontakt hatte, weiß ich nicht, ob das kinderlose Leute sind, die irgendwo ihren Bedarf an Erziehung austoben, oder es sich da um Eltern handelt, die eigene Kinder so perfekt erzogen haben, dass sie meinen, hilflosen Mamas und Papas mit ihrem Erziehungstalent beistehen zu müssen. Wahrscheinlich sind beide Varianten möglich und, wie ich feststelle, noch immer nicht ausgestorben.

Da ist die Dame, die bei der Sandkiste steht und ein fremdes Kind rügt: »Pfui-pfui, net geizig sein! Gib dem Mädi brav dein Schauferl!«

Da ist der Herr, der mit dem Zeigefinger vor den nassen Augen eines kleinen Buben wackelt und mahnt: »Aber, aber, ein Bub weint nicht!«

Gibt auch das Ehepaar, das einem Knirps tadelnd auf den prallen Popo tapscht und ruft: »Bist sicher bald drei Jahr' und hast noch eine Windel? Schäm di!«

Andere Miterzieher wenden sich nicht an das Kind, sondern an die Begleitperson. Meistens, wenn das Kind seinen eigenen Willen durchsetzen will, was – wie man weiß – mit Gebrüll verbunden ist. Da wird üblicherweise angeraten, dem Kind doch endlich eine Watsche zu geben.

Aber Miterzieher reden nicht nur, sie handeln auch. Da sitzt etwa ein Kind friedlich neben der Mama in der Straßenbahn, schleckt an einem Lolli. Dem Kind gegenüber sitzt eine Frau, lächelt dem Kind zu, grapscht nach dem Lolli, entwindet der Kinderfaust das Lolli-Stangerl und ruft schelmisch: »Mir g'hört's!«

Das war dann eine Lektion in »Teilen lernen«, und wenn das Kind zu plärren anfängt, kriegt es seinen Lolli eh zurück! Unlängst sah ich eben beschriebenen Vorfall wieder einmal. Bloß reagierte das Kind nicht mit Gebrüll, es saß bloß still da und schaute die Frau an.

»Du bist aber brav«, sagte die mit Honigstimme. »Schenkst mir den Lolli?«

Das Kind nickte.

»Nein, nein, kannst ihn eh wieder haben«, sagte die Frau und hielt dem Kind den Lolli hin. Das Kind schüttelte den Kopf und verbarg die Hände hinter dem Rücken. Die Frau wollte der Kindsmutter den Lolli überreichen, aber die lehnte auch ab, hob ihren Nachwuchs hoch und strebte dem Ausgang zu.

Die Frau saß da, mit dem tropfenden, klebrigen Lolli in der Hand, und in mir wuchs die Hoffnung, dass da ein Miterzieher »umerzogen« worden ist.

Die kleinen Prinzen

Das Schuljahr ist jung und, was Konflikte zwischen Lehrern, Eltern und Schülern angeht, meistens noch im Stande der Unschuld. Im berühmten »Eltern-Schüler-Lehrer-Dreieck« überwiegen an allen Eckpunkten gute Vorsätze. Bloß bei Schulanfängern und deren Eltern kommt bereits oft Schul-Frust auf.

Viele Knirpse, denen die gesamte Verwandtschaft vorgeschwärmt hat, wie schön es in der Schule sein wird, sind enttäuscht. So »lieb«, wie man ihnen erzählt hat, finden sie weder die anderen Bubis und Mädis noch die Lehrerin. Und manch Papa und Mama können gar nicht verstehen, dass ihnen die Lehrerin nicht bereits Dankesworte übermittelt hat, weil sie glücklich ist, ein so gescheites, über sein Alter hinaus reifes Kind in der Klasse zu haben.

Besonders kleine »Prinzen« und »Prinzessinnen«, aus Familien, wo sich alles um sie dreht, vielleicht auch noch ohne Kindergarten-Erfahrung, haben es anfangs in der Schule schwer. Dass sie am Vormittag, wenn sie nimmer »Mamas Liebling« sind, nicht automatisch »Lehrers Liebling« sind, müssen sie erst verdauen. Und von anderen Kindern nicht als »Star« behandelt zu werden, sondern sich in die Gemeinschaft einzuordnen, müssen sie erst lernen. Da kann es während dieses Lernprozesses passieren, dass Prinz oder Prinzessin schreit: »Ich geh' nimmer in die Schule, dort sind alle blöd! Die Lehrerin auch!«

Ist leider kein Einzelfall, dass sich Eltern dann vorschnell dieser Kindesmeinung anschließen. Natürlich gibt's ekelhafte Mitschüler. Keine Frage, es gibt auch unmögliche Lehrer! Momentane Schul-Verweigerung eines Kindes ist aber kein Beweis, dass das Kind an solche Mitschüler und einen solchen Lehrer geraten ist. Man sollte in so einer Lage eher das eigene Verhalten überdenken und, falls einem klar wird, dass man sich einen »Prinzen« oder eine »Prinzessin« herangezogen hat, darangehen, den »Star« zum »Choristen« zu machen. Manchmal reicht es schon, regelmäßig ein paar Mitschüler zum Spielen einzuladen, damit sie vom Kind akzeptiert werden. Vor allem aber – und das ist härtere Arbeit – hat man sich von den Erwartungen zu trennen, die man in sein Kind setzte.

Ein Kind, dessen Eltern sich lauter »römische Einser« von ihm erwarten, weiß das; selbst wenn es ihm nie gesagt wird. Ist es ein Wunder, wenn dieses Kind die »böse Schule« ablehnt, die ihm nicht gibt, was es heimbringen müsste, um die Eltern zu erfreuen und der kleine »Prinz« zu bleiben?

Die Vertreibung aus dem Paradies

Viele erwachsene Menschen, die auf eine halbwegs glückliche und halbwegs behütete Kindheit zurückblicken können, bedauern des öfteren die Vertreibung aus dem sogenannten »Paradies der Kindheit«.

Meistens ist der erwachsene Mensch bei diesem nostalgischen Rückblick ja enorm im Irrtum. So schön, so ungetrübt, so voll Glückseligkeit, wie er das verklärt erinnert, war sein Kinderleben garantiert nicht. Aber es gibt schon Sachen, die einem unwiederbringlich verloren gegangen sind, wenn man erst einmal sich selbst verantwortlich geworden ist und seinen Mann oder seine Frau zu stehen hat. Ich, zum Beispiel, trauere Herbst für Herbst, wenn mich ungeimpfterweise Schnupfen-Husten-Heiserkeit mit erhöhter Temperatur überfällt, meinen Kinderkrankenständen nach. Zehn Jahre alt sein, einen Wollschal um den Hals gewickelt haben und die Füße in sauer riechende Essigpatschen gepackt zu drei winzigen Schlückchen Majorantee überredet werden, einen vierten Polster anfordern dürfen, »Mama, der Hals tut weh« jammern können, etwas Schöneres hat das Leben nie mehr zu bieten!

Vor dem Fenster regnet es und der Wind heult, wer von draußen hereinkommt, ist nass und durchfroren und sagt, man könne froh sein, im warmen Bett zu liegen. Und in der Schule haben sie gerade Mathe-Schularbeit und man ist total unschuldig daran, dass man sie versäumt. Ob man Lust auf Apfelkompott hat, wird man gefragt, und jede halbe Stunde wird einem die Tuchent gewendet. Und wenn man leidend klagt, dass einem bettlägerig »fad« sei, erbarmt sich ein Familienmitglied und spielt Karten mit einem und verliert dabei aus lauter Mitleid absichtlich. Natürlich kann man auch als Erwachsener, so man sich eine nette Familie gegründet hat, im Grippefall die Tuchent wenden lassen, um Majorantee bitten und Essigpatschen und Wollschal anfordern. Aber einen zu finden, den man ganz ernsthaft wegen der Halsschmerzen anjammern kann, ist schon schwerer. Und an die Arbeit, die man gerade erledigen würde, wäre man gesund, lässt sich überhaupt nicht denken. Vor allem aber kann sich der erwachsene Grippekranke nicht mehr als geliebter Mittelpunkt der Familie vorkommen. Und das ist es ja, was die Krankenstände der Kinderzeit so wunderschön gemacht hat.

Die Bescheidenheit der Mütter

In vielen Familien gibt es ein Problem, das früher kaum auftrat. Kinder weigern sich – oft von einem Tag auf den ändern -, die »höhere Schule« weiter zu besuchen. Das tun nicht nur Schüler mit schlechten Noten, bei denen dieses Verhalten leicht zu begreifen wäre. Auch Jugendliche mit gutem Schulerfolg erklären immer öfter: »Keinen Tag länger bringt ihr mich in diesen Tempel!« Dann fragt man in der Schule nach, »ob es etwas gegeben habe«, aber da sind keine disziplinären Schwierigkeiten, da ist kein Lehrer, mit dem das Kind auf speziellem Kriegsfuß stünde, auch bei den Mitschülern ist es nicht so unbeliebt, dass man da einen Grund für die Schulablehnung sehen könnte.

Was aber noch schlimmer ist: Der junge Mensch kann nicht sagen, was er denn lieber möchte als Schule! Er hat kein Berufsziel, für das eine andere Art von Ausbildung nötig wäre. Grundtenor des Jugendlichen in dieser Situation: Ich weiß nicht, was ich will, ich weiß nur, was ich nicht will! Das Argument, dann sei es besser, in der Schule zu bleiben, bis er wisse, was er wolle, zieht nicht. Kein Argument zieht. Je mehr der verwirrte, streikende Schüler mit Argumenten bombardiert wird, umso panischer und verzweifelter reagiert er.

Rezepte zur Behandlung von Schulverweigerern gibt es nicht. Aber Ruhe bewahren und Gelassenheit zeigen, könnte ein Ratschlag sein. Und nicht so tun, als sei die elterliche Enttäuschung nun perfekt, als gehe das Leben nicht weiter, als habe man einen Versager und Tunichtgut großgezogen. Ein ratloser junger Mensch braucht Hilfe und wenn wir ihm die nicht geben können, weil wir nicht verstehen, wo sein wirkliches Problem liegt, dann können wir wenigstens versuchen, ihn nicht in bockende, trotzende Isolation zu treiben.

Wir müssen schauen, dass ihm »Hintertürln« offen bleiben, dass der Schritt von der Schule weg, so er als falsch eingesehen wird, wieder revidiert werden kann. Manchmal, ich weiß es aus Erfahrung, genügt schon ein zweiwöchiger gemogelter Krankenstand, um eine Siebzehnjährige hinterher wieder grämig, aber doch, zum Schulgang zu bewegen.

Sagen Sie nicht, das sei bloß ein »Aufschub« und ändere die Lage nicht. Viermal aufgeschoben ist schon halb maturiert! Man wird sehr bescheiden als Mutter in diesen Zeiten!

Morgenelend vor dem Badezimmer

Eine Mutter berichtete mir, dass ihr Sohn in letzter Zeit von dem, was die Schule zu bieten hat, nicht angetan war und ihr fernbleiben wollte.

Als ein Taferlklassler – ohne die raffinierten Schwänzermöglichkeiten der reiferen Jugend – verfiel er auf die verzweifelte Idee, gleich nach dem Erwachen aufs Klo zu gehen, um sich dort einzuschließen. Weder freundliches Locken noch wildes Pochen, noch Drohungen konnten ihn zum Verlassen des Örtchens bewegen. Er rief bloß: »Ich bin noch nicht fertig!« Ein Psychologe riet zur Geduld. Man müsse, sagte er, den Grund des Schulunwillens erforschen; dann werde sich der Klotick von selber geben.

Die Mutter wäre zu dieser geduldigen Methode bereit gewesen, hätte der Knirps nicht das Klo als Zuflucht gewählt. Aber in diesem Haushalt gibt es auch noch einen Vater und zwei Töchter! Herzzerreißende, nervenzermürbende Szenen spielten sich jeden Morgen vor dem Klo ab. Der Vater, ansonsten liberaler Erzieher, ließ sich zu Morddrohungen hinreißen und die Schwestern waren willens, diese ohne Skrupel auszuführen.

Es gab einen Trick, das Kind aus dem Klo zu locken! Die Mutter rief: »Dreiviertel acht! Wir müssen gehen!« Dann imitierten alle hastige Schritte und Aufbruch. Man riss die Wohnungstür auf, schlug sie wieder zu, schlich leise zum Klo und wartete mit angehaltenem Atem, bis der getäuschte Knabe die Tür öffnete. Dann entriss man ihm die Tür, stieß ihn ins raue Leben hinaus und stritt nun untereinander, wer in größerer »Not« und in welcher Reihenfolge das Örtchen nun zu benutzen sei.

Eine Woche währte dieser unwürdige Zustand, dann beendete ihn die Mutter durch Abschrauben des Türriegels. Diese Geschichte, so sonderlich sie ist, ist aber nur die Zuspitzung eines Morgenzustands, der in allen Familien von einiger Größe auftritt. Es gibt ja nicht nur verzweifelte Knirpse, sondern auch hartleibige Dauerhocker und Kloleser und Bauchwehkranke. Und wenn der Lokus nicht Ursache des Morgenelends ist, ist es das Bad.

Schon eine Tochter, die das hygienische Recht wahrnimmt, zu duschen, Wimmerl auszudrücken und sie unter perfektem Make-up zu verdecken, bringt alle andern in Morgenpanik. An das schreckliche Los derer, denen satanische Bauherren das Klo ins Bad gebaut haben, will ich gar nicht denken! Warum es in Wohnungen für größere Familien nicht schon längst zwei Klos gibt und im Bad mehrere Waschbecken, ist rätselhaft, denn für alle Architekten ist das eine Selbstverständlichkeit! – Zumindest in ihren eigenen Wohnungen.

»Sei ruhig, geh spielen, Schatz!«

Kinder, das weiß doch jeder, haben ein paar kleine Pflichten -wie Schulgang und Mistkübel ausleeren – zu erfüllen, ansonsten aber verbringen sie ihren Wachzustand spielend. Dieser kindlichen Tätigkeit gehen sie mit enorm viel Phantasie nach. Ein Stück Holz nehmen sie als Tragflügelboot und ein Waschbecken als Ozean, ein Bündel alter Socken wiegen sie als ihr Baby, ein aufgeklapptes Bilderbuch ist ihnen der Semmeringtunnel und manchmal führen sie ganz allein mit sich selbst ein dreiaktiges Vier-Personen-Stück auf. Und ganz versunken sind die lieben Kleinen in ihre phantasievollen Spiele! So ist das doch, oder? Es muss so sein, denn ich habe das schon sehr oft irgendwo gelesen und auch von vielen Leuten gehört, dass sie solche Kinder gewesen seien. Schaue ich mich allerdings in der

Bekanntschaft um, muss ich das schöne Bild vom versunkenen Spielkind bezweifeln. »Geh doch spielen, Schatzi«, ist ein flehender Muttersatz, den man oft hört, und genauso oft kann man hören: »Er hat Berge von Spielsachen, aber er spielt nicht. Dauernd ist ihm fad. Er wartet nur, bis im Fernsehen das Kinderprogramm anfängt!«

Es stimmt! Viele Kinder können nicht mehr spielen. Sie können ihre Unterhaltung nicht aktiv gestalten, sondern warten darauf, unterhalten zu werden.

Woher sie das wohl haben, die lieben Kleinen? Vielleicht gar vom lieben Papi und der lieben Mami, die ihre Freizeit so arg kreativ vor dem Fernseher zubringen und für das liebe Kind eine Gute-Nacht-Geschichten-Platte gekauft haben, um den Anfang des Hauptabendprogramms in Ruhe und Frieden konsumieren zu können?

Eine Verkäuferin in einem Spielzeuggeschäft erklärte mir: »Die Eltern suchen gern Spielwaren aus, mit denen sich ein Kind allein beschäftigen kann. Bietet man ihnen Gesellschaftsspiele an, haben sie gleich Angst, dass sie dann mitspielen müssten!«

Spielen scheint für viele Eltern so viel wie »ruhigstellen« zu bedeuten. Kein Wunder, dass die Kinder das bestreiken!

Müttersorgen in den Ferien

Um diese Jahreszeit gibt es hierzulande eine Menge Mütter, die täglich voll der guten Hoffnung des Briefträgers harren und dann tief enttäuscht allerhand Reklamematerial durchschauen und bekümmert murmeln: »Warum schreibt er (sie) denn noch immer nicht?«

Mütter wollen immer wissen, wie es ihren Kindern geht. Haben sich die Kinder von ihnen entfernt, wollen sie es besonders dringend wissen. Das ist zu verstehen. Man macht sich schließlich Sorgen! Züge können entgleisen, in Heimen grassieren gern Infektionen, auch Heimweh ist eine schreckliche Krankheit.

Und wenn dem Buben keiner sagt, dass er die nasse Hose ausziehen muss, dann hat er doch gleich den Schnupfen! Und wenn auf das Mädel keiner richtig aufpasst, dann verliert sie doch alles, Geld und Regenmantel, guten Mut und Zuversicht!

Der Sohn der Frau X., der kleine Depp, hat in London eine Schallplatte gestohlen. Das hat Folgen gehabt, die kann man sich gar nicht vorstellen! Die arme brieflose Mutter durchzuckt ein eiskalter Blitz und sie denkt: »Vielleicht sitzt meiner auch schon auf einer Polizeistation!« Wäre heute endlich ein Brief von dem Kerl gekommen, wüsste die arme Mama wenigstens, dass es dem Sohn vorgestern noch gut gegangen ist. Dann wäre ihr schon ein wenig leichter.

»Zwei Zeilen wenigstens«, klagt die arme Mama dem Papa, »könnten wir ihm doch wert sein!« Und der Papa tut dann auf Optimist und so, als wäre es ganz ausgeschlossen, dass einem Kind in der Urlaubsferne etwas zustoßen könnte, und er spricht den Beschwichtigungssatz: »Aber geh, wenn das wär', hätt' man uns doch verständigt!« Ganz glaubt das die Mama nicht, aber Trost ist das doch ein bisschen. Eine Mutter kenne ich allerdings, die hat keinen Briefkummer mit ihrem Sohn. Die Frau sorgt aber auch vor! Fährt der Sohn – zum Beispiel – nach England, besorgt sie sich englische Briefmarken, klebt sie auf Postkarten, versieht diese mit ihrer Adresse und dem Satz: Es geht mir gut/schlecht. Eins der letzten zwei Worte durchzustreichen und die Karte in den Postkasten zu werfen, schafft das Kind!

»Grosses Mutterleid« zum Beruf gemacht

Eine weibliche Person, die ich seit langem kenne und manchmal, meistens beim Einkaufen, treffe, beschwert sich gern und ausführlich bei mir über ihre Kinder. Sie hat zwei Stück, eines männlich, eines weiblich, beide in den besten Aufzuchtsjahren, so genannte »Teens«.

Seit Jahren, immer wenn wir aufeinander stoßen, erklärt mir diese Person, wie sehr sie unter ihrem Nachwuchs leide, weil der nur bei unerhört lauter Musik lebe.

Sie jammert: »Kaum sind sie bei der Tür reingekommen, drehen sie das Radio an! Dass es auch einen Knopf zum Abdrehen hat, wissen sie gar nicht! Und die ewigen CDs! Und der verdammte Recorder! Es ist einfach nicht auszuhalten. Ins eine Ohr säuselt mir der Disco-Sound, ins andere zischt müder Hardrock und die Bässe wummern mir auf die Brust, als ob ich Herzflattern hätte!«

Wenn mir die Person ihren Gram vorträgt, fühle ich mit ihr, denn auch ich habe sensible Ohren, die den musikalischen Alltagswohnheiten der Menschen, mit denen ich hause, oft nicht gewachsen sind, und weiß, wie höllisch einem zumute wird, wenn man im Schnittpunkt von drei üppig fließenden Musikquellen hockt und tiefe Gedanken fassen soll.

Heute traf ich die weibliche Person wieder. Am Markt, bei einem Standl, befingerte sie Salat auf die Festigkeit ihrer Herzen hin und auf meine Frage, wie es denn so gehe, seufzte sie gequält und legte dann los: Nicht auszuhalten sei es mit dem Nachwuchs und der Musik! So was von Irrsinn und nervtötendem Wahnsinn sei familienzerstörend!

Weil ich immer detailliert wissen will, an was meine Mitmenschen leiden, fragte ich: »Spielen die Ihren jetzt auch dauernd diese verdammte blümchenblaue New wave, dieses einfallslose Gedudel?«

Da rief die weibliche Person empört: »Woher soll ich denn das wissen? Sie haben doch diese entsetzlichen Dinger auf der Brust und über den Ohren! Zugestoppelt und unansprechbar gehen sie durch die Wohnung. Sogar aufs Klo gehen sie damit! Zum Wahnsinnigwerden ist das! Verboten gehörten diese Walk-Männer!«

Daraus lässt sich eigentlich nur eines schließen: Eine gewisse Sorte von Müttern hat das Unter-Kindern-Leiden zu ihrer Lieblingsbeschäftigung erklärt. Man leidet unter lauten Kindern – und werden die Kinder leise, leidet man eben unter leisen Kindern. Wer das »große Mutterleid« zu einem Beruf gemacht hat, findet immer Arbeit.

Kindern kann man nichts vormachen

Eltern, das weiß jeder, sollen ihre Kinder nicht nur anleiten und ermahnen und ihnen theoretisch darlegen, wie man anständig und ehrenwert zu leben hat, sie sollen ihnen als gutes Beispiel Sitte, Anstand und Moral vorleben.

Die meisten Eltern sind auch sehr überzeugt davon, dass sie dies wirklich tun und ein Leben führen, das ihren Kindern als Vorbild dienen kann.

Hört man sich allerdings in Kinderkreisen ein bisschen um, erfährt man allerhand, was diese schöne Erwachsenenmeinung nur allzu rasch als trügerische Selbstgerechtigkeit entlarvt.

Total naiv und unschuldig sagt mir da etwa ein fünfjähriger Knirps: »Am Sonntag kostet die Zeitung nur zehn Cent, aber ganz ohne Geld darf man sie nicht nehmen, weil die anderen sehen müssen, dass man etwas reinwirft!«

Ein gleichaltriges Mädchen teilt mir strahlend mit: »Meine Tante mögen wir nicht, aber wir müssen lieb zu ihr sein, weil sie uns immer Geld borgt!«

Von Kindern kann man auch hören, dass der Papa eine Freundin hat, dass die Mama den Opa nicht im Altersheim besuchen mag, dass der Papa die Mama nicht mehr liebhat, weil sie soviel schimpft, und dass es nicht schön von der Oma ist, auf Urlaub nach Mallorca zu fliegen, weil der Papa das Geld für die Autoreparatur brauchen könnte.

So ziemlich alles, was mies und billig ist, kann man von manchen Kindern hören, wenn sie aus ihrer »Eltern-Schule« plaudern.

Da ich nicht nur diese Kinder, sondern auch deren Eltern kenne, weiß ich, dass diese Eltern vor ihren Kindern nie über 10-Cent-Zeitungen, Altersheim-Opas, Omas Urlaubspläne und über Erbtanten reden. Sie streiten auch nicht vor den Kindern.

Aber Kinder hören eben auch, was im Nebenzimmer gesprochen wird, sie wissen erstaunlicherweise sogar um elterliche Mitternachtsgespräche Bescheid und spüren allerhand, was nie ausgesprochen wurde.

Kindern kann man einfach nichts vormachen:

Das »Rechte« reden und das »Falsche« tun, bringt nichts, außer der kindlichen Erkenntnis, dass die Eltern neben etlichen anderen Charakterfehlern auch noch die Untugend der Verlogenheit an sich haben.

Ehepaar mit Kleinkind geht essen

Manchmal geht ein Ehepaar mit Kleinkind essen. Dieser Ausgang wird selten ein Vergnügen, denn die Anstrengungen, die man unternimmt, um ein Kind »lokalfähig« zu halten, sind enorm.

Ich sah Eltern, die zu keinem warmen Bissen kamen, weil sie unentwegt ein Saftglas vor dem Kippen bewahren mussten. Irgendwann kippte es doch, nässte Tisch und Kind und brachte, nach Trockenlegung beider, Konfliktstoff: Ob neuer Saft bestellt wird! Die Entscheidung liegt beim Kind. Quengelt es leise, bleibt das Glas leer. Brüllt es laut, kommt neuer Saft; denn Eltern werden in Lokalen kaum erziehlich. Anderes Ungemach bringt der Kindertrieb, »Selbermachen« zu wollen. Essen mit Ketchup garnieren etwa. Davon können Knirpse so angetan sein, dass sie mit dem »Selbermachen« erst enden, wenn alle Nahrung unter roter Soße verborgen ist. Dann wollen sie neue Nahrung. Um an ihr den Senfspender zu erproben.

Größere Kinder lieben Salzstreuer, Zahnstocher und Bierdeckel. Sie bauen daraus Häuser, legen Gärten an und der Streuer wohnt darin. Dumm ist nur, dass sie die Bierdeckelhäuser so hoch planen. Die stürzen dann ein und ein Deckel klatscht in Papas Suppe. Und manche Ober mögen es nicht, wenn sich Kinder von allen anderen Tischen die Zahnstocher holen!

Auf das Nachtischeis aber freut sich jedes Kind. Leider kommt es dann in einem hohen Glas, schlagobersverziert, soßeunterzogen. Das Kind nimmt den Löffel und sticht ins Hochgetürmte. Die Köstlichkeit rinnt glasabwärts in die Untertasse. Das Kind löffelt aus der Untertasse, verzieht das Gesicht und spuckt.

Bis zur Küche ist die Bitte, den »Coup Rio« ohne Rum zu servieren, halt nicht gedrungen! Die Mutter verspricht dem Kind ein Stanitzeleis für später und der Vater ruft seufzend nach der Rechnung.

Zu Hause geloben Vater und Mutter fernerhin Abstinenz von derartigen Unvergnügen und träumen davon, dass kinderfreundliche Wirte außer einem »Rotkäppchen-Steak« noch anderes zu bieten hätten: Stühle diverser Höhen, Esswerkzeug für Kinderfinger, Babybecher, die nicht kippen, und als Wichtigstes – aber das kann kein Wirt beschaffen: An den anderen Tischen sollten Leute sitzen, die durch Blicke und Worte Verständnis zum Ausdruck brächten! Darum – namens vieler Eltern – folgende Bitte: Wenn Sie wo essen und am Nebentisch quält sich ein Paar mit Kind durchs Menü, lächeln Sie ihm zu! Spenden Sie noch ein paar Bierdeckel! Sagen Sie, auch wenn es gemogelt ist, dass Sie sich nicht inkommodiert fühlen! Tiefster Dank wird Ihnen sicher sein.

Vaterlose Kaiserschnittkinder

Manchmal betrachte ich verwirrt meinen Nachwuchs und möcht' am liebsten stammeln: »Ihr Braven, danke, dass aus euch was geworden ist, obwohl ich so sehr gegen alles verstieß, was euch frühkindlich not tat!« Denn wahrlich, das tat ich!

Schuldlos zwar, aber das konnten die Babys ja nicht wissen. Ich weiß es schließlich auch erst, seit ich in den letzten Jahren allerhand Einschlägiges gelesen, gehört und gesehen habe.

Ich habe meine Kinder nicht »sanft« geboren, sie lagen nach der Geburt nicht auf meinem Bauch und ihr Vater war nicht anwesend.

Eine Schwester wusch, wickelte und zeigte sie mir kurz, dann kamen sie ins Säuglingszimmer:

»Rooming in« war damals ein unbekannter Ausdruck und Väter an Geburtswehen zu beteiligen, ein absurder Gedanke.

Einmal allerdings hatte ich davon gelesen. Bei Hemingway. Da hält ein Indianer den Geburtsschmerz seiner Frau nicht aus und erhängt sich.

Es war damals also nicht bloß so, dass mir eine uneinsichtige Obrigkeit die Anwesenheit meines Partners verweigerte, ich hatte damals einfach kein »feeling« dafür, dass er hergehören würde; nicht nur wegen der von Hemingway angedrohten Folgen, sondern vor allem, weil man mir beigebracht hatte, dass eine Frau, so sie erotisch begehrt werden will, vor einem Mann nicht zu schwitzen, zu röcheln und zu stöhnen hat. Schön blöd, aber so war's halt! Und das ausgiebige Stillen, das zum guten Start ins Leben gehört, das haute auch nicht hin! Nach ein paar fruchtlosen Versuchen sagte die Schwester: »Es kriegt die Flasche und wir stillen Sie ab!« Ich stimmte ohne Skrupel zu.

Wahrscheinlich hätten mir Skrupel und Einwände bei den damaligen Zuständen auf Entbindungsstationen zu Krankenkassabedingungen aber auch nicht geholfen. Ein echtes Wunder also, dass mein Nachwuchs doch noch ganz passabel geworden ist!

P.S.: Obiges ist nicht geschrieben, um über neue, sehr richtige und sehr humane Erkenntnisse herzuziehen und sie lächerlich zu machen, sondern um den ungeheuren Leistungsdruck zu mildern, unter dem etliche der »neuen Eltern« stehen, wenn sie die »neuen Regeln« nicht befolgen können. Auch vaterlose Kaiserschnittkinder ohne Mutterbrust haben enorme Chancen auf ein glückliches Leben!

Kinderfasching

In der Faschingszeit freue ich mich immer, dass meine Kinder schon erwachsen sind und ihre Freizeitgestaltung nicht mehr meines Rates und meiner Hilfe bedarf. Ich muss keinen Kinderfasching mehr durchstehen! Kinderfasching ist nämlich eine harte Sache.

Jedes halbwegs beliebte Kind kommt um diese Zeit mit elterlichen Einladungen an, bei denen es verkleidet – natürlich jedes Mal anders – erscheinen will. Einmal als Dornröschen, einmal als Astronaut, einmal als Miß Piggy und einmal als Harlekin.

Also übersät die Mutter einmal ein Nachthemd mit rosa Rosen, endelt einmal Rhomben aneinander, werkt einmal mit Alufolie und zerbricht sich einmal den Kopf, wie man ein Wimper-Klimper-Schwein richtig gestaltet.

Noch schwieriger ist es, der kugelrunden Tochter die Idee mit der »Waldelfe« auszureden. Dazu gehört viel sensibler Takt! Und kommt dann ein Bruder daher, der der Schwester als einzig mögliche Verkleidung einen »Postsack« anrät, gibt es Tränen.

Aber das ist ja alles noch ziemlich harmlos! Problematisch wird es, wenn das eingeladene Kind erklärt, nun sei es an der Reihe, eine Einladung auszusprechen. Die Mutter, die sich auf dieses Ansinnen einlässt, muss wissen, dass Kinderfeste eskalieren.

Das beginnt schon bei der Gästeliste. Das Kind will zehn Kinder, die Mutter will sechs, man einigt sich auf acht, schließlich kommen vierzehn.

Man soll auch nicht meinen, das Fest werde sich auf Kinderzimmer und Wohnzimmer beschränken. Weder Bad noch Klo, weder Schlafzimmer noch Abstellkammer werden unberührt bleiben. Aber über das Festessen braucht man sich keine Gedanken zu machen. Regel ist: Was üppig vorhanden, wird nicht sehr gemocht, was rar ist, darum reißt man sich.

Einzukalkulieren ist außerdem, dass man nach dem Fest den Nachbarn etliche Zeit aus dem Weg zu gehen hat. Und zu unterscheiden ist noch, ob kleine Kinder oder größere Kinder feiern.

Kleine Kinder sind relativ harmlos. Man kann sie mit Spielen zähmen. Eine Horde von Dreizehnjährigen ist eine Heimsuchung!

Da gibt es nur mehr eines: Ein Kreuz schlagen, sich ins Klo sperren und Kräfte sammeln, für die Putzerei und Wischerei, damit man in der Wohnung wieder leben kann.

Erziehung wirkt nur außer Haus

Unlängst, beim Einkaufen, traf ich Frau M. Frau M. ist die Mutter einer jungen Dame, welche oft bei mir im Haus weilt, weil sie mit meiner Tochter befreundet ist. Da ich Frau M. nicht näher kenne, wusste ich nicht so recht, was mit ihr reden, und dachte: Redest halt über ihre Tochter! Mütter hören immer gern gute Worte über ihren Nachwuchs!

So ließ ich viel Positives über die junge Dame verlauten, die so oft bei mir zu Hause weilt. Ich lobte nicht nur ihr Aussehen und ihre Intelligenz, sondern auch ihr nettes Benehmen. Dabei log ich mit keinem Wort und keiner Silbe, denn die junge Dame ist mir ein wirklich angenehmer Hausgenosse. Sie deckt, ohne extra darum gebeten zu werden, den Tisch. Sie räumt das benutzte Geschirr in die Spülmaschine, sie fragt, ob sie mir Kaffee kochen solle und ob ich den Kaffee lieber mit kalter Milch oder mit warmem Obers serviert haben möchte.

Stellt sie bei uns den CD-Player an, tut sie es nicht, ohne vorher zu fragen, ob dadurch auch niemand gestört werde. Und wenn sie bei uns duscht, dann putzt sie hinterher die Wanne sauber.

Dies lobte ich lauthals von der jungen Dame und sprach Frau M. meinen Respekt vor ihren Erziehungskünsten aus. Frau M. hörte mir kugelrunden Auges zu, seufzte und sprach dann: »Frau Nöstlinger, Sie verwechseln mich leider. Ich bin Frau M. und meine Tochter ist die Fifi!« »Aber ja doch!« sagte ich. »Ich weiß, wer Sie sind. Und ich rede ja von der Fifi!« Es bedurfte noch etlicher Versicherungen meinerseits, bis Frau M. einsah, dass da keine Verwechslung vorlag und ich auch die reine Wahrheit sprach.

Und dann legte Frau M. los! Dass ihre Fifi daheim noch nie die Badewanne gesäubert habe; auch nach zehnmaliger Anmahnung nicht! Dass die junge Dame gar nicht wisse, wo zu Hause der Geschirrspüler stehe und gefragt, ob die Mama eine Tasse Kaffee möchte, habe Fifi ihr Lebtag lang noch nie! Zu Hause, versicherte Frau M. glaubwürdig, sei die Fifi ein Ausbund an Schlamperei, Unwilligkeit und Unhöflichkeit! Das ist doch ein

Trost für uns alle, geneigte, liebe Leserinnen, die wir unwilligen, schlampigen, unhöflichen Nachwuchs zu haben meinen!

Einen Schmarren! Gut erzogene Kinder haben wir! Fragen Sie nur bei den Eltern der Freunde an! Wir haben leider anscheinend »für außer Haus« erzogen. Und das ist schließlich immer noch besser als gar nicht.

Der Kindertraum vom »Ausziehen«

Immer öfter höre ich von einem Familienproblem, das so schwerwiegend ist, dass die Betroffenen zu keiner friedlichen Lösung kommen. Das Problem tritt in Familien auf, die mehr Geld als unbedingt nötig und dazu noch ein fast erwachsenes, studierendes Kind haben. Und dieses Kind, das wirklich alles hat, vom Kleinwagen bis zum herrlichen Jugendzimmer, erklärt eines Tages, dass es »ausziehen« möchte. Weg von Mama und Papa! Da ist eine Wohnung, von Freunden gemietet, in der ist noch ein Zimmer frei. Das Kind macht den Eltern einen Kostenvoranschlag. Genau hat es errechnet, um wieviel das Taschengeld erhöht werden muss, damit es ausziehen kann. Die Summe scheint hoch, doch das Kind sagt, dass es diesen Betrag jetzt auch koste. Viel Aufwendiges haben ihm die Eltern in letzter Zeit finanziert und auf solchen Luxus werde es leichten Herzens verzichten, wenn sich der Traum vom »Ausziehen« erfülle.

Das Argument stimmt! Das Kind hat tatsächlich – auch im Haushalt lebend – viel Geld gekostet. Die Eltern könnten also auf das kindliche Ansinnen eingehen. Aber das tun die meisten Eltern nicht. Sie nehmen übel! Sie tun, als hätte der Ehepartner ohne Vorwarnung die Scheidung eingereicht. Sie fühlen sich ungeliebt. Was sie – in gewissem Sinn – ja auch sind, denn die Zuneigung, die ihnen von ihrem Kind entgegengebracht wird, ist eine andere als die gewünschte. Ich weiß, es fällt schwer, einzusehen, dass die Tochter lieber mit ein paar Typen im Beisl pappige Spaghetti mampft, als am guten, dreigängigen Familiennachtmahl teilzunehmen und dass sie ihre Probleme lieber mit einem jungen Dödel als mit der weisen Mama bespricht. Ich weiß, was einem fehlt, wenn einem die Kinder fehlen. Der trübe Blick ins unbewohnte Kinderzimmer ist mir so geläufig wie das plötzliche, einsame Angstgefühl: Was tut sie denn gerade, vielleicht geht es ihr gar nicht gut? Aber das sind Gefühle, mit denen alle Eltern irgendwann einmal zurechtkommen müssen.

Den Kindern das »Ausziehen« zu verwehren schiebt die Sache bloß um ein, zwei oder drei Jahre hinaus. Um ein, zwei oder drei Jahre, randvoll gefüllt mit Streit, Tränen und Szenen. Und diese grausamen Jahre könnte man sich eigentlich – wenn man sich und sein Kind mag – ersparen.

Über Kindermund und die Erbtante

Kinder haben neben vielen anderen Begabungen auch die, ihre Eltern durch allerlei Aussprüche in peinliche Situationen zu bringen. In manchen Familien hält sich diese Kinderbegabung in engen Grenzen, weil dort der Nachwuchs darauf trainiert wird, dass gewisse Sachverhalte nur den Kern der Kleinfamilie etwas angehen.

Da Kinder sehr lernbegierig sind, hat schon ein Kleinkind in solchen Familien heraus, was die Oma wissen darf, der Opa aber nicht und was vor Tante Lilo – aber nicht vor Tante Anna – gesagt werden kann.

Es soll sogar vorkommen, dass Mütter Kinder dazu verhalten, von einer Sache »vor dem Papa nichts zu sagen«, und Väter den Kindern beibringen, dass »die Mama davon nichts zu wissen braucht«.

Der ambitionierte Erzieher jedoch scheut solche Anweisungen, weil sie ihm unaufrichtig erscheinen. So, sagt er sich, kann man ein Kind nicht zu aufrechter Ehrlichkeit erziehen! Mit dieser Ansicht hat der ambitionierte Erzieher recht. Doch müsste er, um sich vor Peinlichkeit zu schützen, andauernd vor dem Nachwuchs die Zunge im Zaume halten.

Und wer kann das schon!

Meistens ahnt man ja gar nicht, wo der Nachwuchs unbedacht reden wird. Man hütet sich, vor dem Kind von den fünf Krediten, der unverzollten Kamera, dem Verdacht gegen Onkel Otto und der Erbschleicherei bei Großtante Emma zu reden. Aber dann melden sich Onkel Otto und Großtante Emma für den Sonntag zu Besuch an, und der Papa fragt: »Wann kommen denn die zwei alten Lemuren?«

Das Kind hört dies und fragt wissbegierig: »Papa, was sind Lemuren?«

Der Papa sagt, so genau wisse er das auch nicht, holt -weil man den Wissensdurst von Kleinkindern stillen soll – den Lexikonband KRI-MACE, blättert und spricht dann: »Lemure, liebes Kind, kann zweierlei bedeuten. Entweder ist eine Lemure ein altrömisches Gespenst oder ein Halbaffe!«

Wie soll der arme Papa denn ahnen, dass sein lernfähiger Sohn am nächsten Sonntag den Blick starr auf Erbtante Emma richten und, von dieser nach dem Grund seines intensiven Blickes gefragt, antworten wird:

»Weil ich schauen will, ob du ein altrömisches Gespenst oder ein Halbaffe bist!«

Wenn die Träume Haken schlagen

»Ein Ziel vor Augen haben« ist eine dringende Forderung erwachsener Leute an junge Menschen. Ein Ziel zu haben gehört sich! Ohne Ziel, auf das man zustrebt, ist das Leben wertlos und sinnleer!

Darum fragen ja auch Erwachsene schon kleine Knirpse insistierend danach, was sie einmal werden möchten und wie sie ihr weiteres Leben zu gestalten gedenken. Großer Achtung kann der Knirps gewiss sein, der erklärt, er möchte dereinst Bankbeamter mit fünfzehn Gehältern und Bilanzgeld werden, zwei Kinder und eine blonde Frau haben, in einem Reihenhaus wohnen, einen Mittelklassewagen fahren und seine Rentnertage im Heim »Zum schlohweißen Scheitel« verbringen.

Da weiß man, dass da ein zielstrebig-sinnerfüllter Mensch heranwächst!

Nicht so viel Achtung, aber großes Wohlwollen ist den Knirpsen gewiss, die erklären, Hochseefischer, Tormänner oder Torfrauen, Solotänzer oder Biogutsherren und Vater beziehungsweise Mutter von vierundzwanzig Kindern werden zu wollen.

Dann lächeln die lebenserfahrenen Erwachsenen. Ja, ja, sagen sie, das sind die Träume der Jugend, die Schäume sind. Das gute Kind wird bald einsehen, dass es da nach den Sternen greift. Aber ein Ziel hat es wenigstens und darauf kommt es an!

Verstört jedoch reagieren Erwachsene, wenn ein Kind überhaupt nicht weiß, was aus ihm einmal werden soll, wenn es sich gar keine »Ziele« setzt. Und wird das Kind älter und weiß noch immer nicht, was sein »Ziel« sein könnte, flippen die Eltern aus.

»In vier Monaten hat er Matura«, klagen sie. »Und so viel wir auch fragen, er hat keine Ahnung, was er eigentlich will! Das ist doch schrecklich!«

Ich finde das nicht schrecklich, sondern sehr verständlich. Ich kapiere schon, dass besorgte Eltern gern schöne Gewissheit über die Zukunft ihrer Kinder hätten. Aber in Zeiten wie diesen ist schöne Zukunftsgewissheit nicht einmal für den siebenjährigen Bankkassier garantiert. Und »kein Ziel haben«, wenn man jung ist, hat auch Vorteile. Wer nicht strebsam auf etwas hinlebt und hinarbeitet, ist offener, dampft nicht auf einmal gelegten Schienen dahin, kann Haken schlagen, sich auf kleinen Nebenwegen versuchen, umkehren, Rast machen und allerhand überlegen und erleben, was dem Zielstreber entgeht.

Neugierde aufs Leben ist eine positive Sache. Wer schon als Kind ein »Lebensziel« hat, kann nicht sehr neugierig sein und ist daher eigentlich sehr arm dran.

Kinder lieben Kitsch

Ein relativ kleines, aber doch ziemlich lästiges Problem ist in vielen Familien der makabre Schönheitssinn von Kindern. Kinder lieben Kitsch!

Einen Plastikgartenzwerg finden sie wesentlich schöner als die Venus von Milo. Einem Abziehbild mit schweinsrosa Rosen geben sie den Vorzug vor einer Emailminiatur aus dem Biedermeier.

Da Kinder aber mit der Venus von Milo und Biedermeierminiaturen wenig zu schaffen haben, wirkt sich das kaum auf das Zusammenleben mit ihren Eltern aus. Aufgeschlossene Eltern nehmen es auch lächelnd hin, dass ihr Kind nicht nach der edlen Kalbsledermappe für die Schulhefte giert, sondern nach einem regenbogenfarbenen Plastikungeheuer mit einem silbernen Batman drauf.

Schwieriger wird die Sache schon, wenn es um Kleidung geht. Man will seine Kinder ja nicht unterdrücken! Man will ihnen ja den eigenen Willen lassen!

Aber muss man da wirklich so weit gehen, dass man seiner kleinen Tochter – genau nach Wunsch – einen zitronengelben Rock mit rosa Zickzacksteifen häkelt und orangenfarbene Noppen in die Streifen einarbeitet?

Und wenn man sich schon zu diesem Wahnsinnswerk hergibt, muss man mit einem derart gekleideten Kind auch außer Haus gehen? Oder darf man sagen: »Wenn du mit mir fortgehst, zieh bitte etwas anderes an!«

Noch schwieriger wird die Sache, wenn es um Anschaffungen geht, die viel Geld kosten. Etwa um eine neue Kinderzimmertapete. Gut zwanzig modische, ästhetisch einwandfreie Tapetenmuster bieten wir und der Verkäufer dem Kind an, doch das Kind greift gierig nach einem bordeauxroten Samtimitat mit Goldprägung. »Die ist am schönsten!«, sagt es.

Nur sehr großzügige Eltern beschließen dann, dass es gutes Recht ihres Kindes sei, in einer bordellroten Kitschkammer zu hausen!

Ganz schwierig wird die Angelegenheit, wenn die lieben Kleinen schenken, was ihrem Geschmack entspricht. Geschenke von Kindern soll man besonders ehren! Aber ehre einer eine Urne, die mit kleinen Müschelchen beklebt ist und als Blumenvase dienen soll. Aber hänge sich einer eine Kette um den Hals, die aus den Restbeständen einer Kronlusterfabrik aufgefädelt wurde!

Beim Problem Kinderkitsch kontra Erwachsenenästhetik ist die einzige Lösung: abwarten! In ein paar Jahren ändert sich die Lage. Da belächeln dann die großgewordenen Kleinen unseren Pulli und unserer Tapete und murmeln: So ein Kitsch!

Manchmal müssen Mütter kindisch sein

Es gibt Mütter, die wissen über ihre Kinder nur Gutes zu erzählen. Erkundigt man sich bei ihnen nach Befinden und Gedeihen des Nachwuchses, hört man, dass alles zum Besten stehe, es keinerlei Probleme gebe und Söhne wie Töchter den Eltern nur schiere Freude bereiten.

Es gibt auch Mütter, die braucht man gar nicht nach dem Befinden und Gedeihen ihrer Kinder zu fragen, denn sie jammern und klagen ungefragt drauflos und berichten einem von Trotzphasen, Pubertätskrisen, Unbescheidenheit und Faulheit und sonstigen Mängeln ihres Nachwuchses.

Den Schluss zu ziehen, die freudig lobenden Mütter hätten eben wohlgeratene Kinder und die klagenden Mütter hätten eben ungeratene Kinder, wäre sehr falsch.

In Wirklichkeit kann eine Mutter, die kein böses Wort über ihren Nachwuchs fallen lässt, viel mehr Sorgen und Kummer mit diesem haben als eine Mutter, die an jeder Straßenecke bereit ist, jeder Bekannten ihr Herz auszuschütten und ihrem Unmut Luft zu machen.

Und dann gibt es natürlich noch die Mütter, die je nach Gesprächspartner positiv oder negativ über die Kinder berichten.

Zu Frau A., die mit drei mustergültigen Vorzugsschülern gesegnet ist, welche zudem noch tadellose Manieren und ein sonniges Gemüt haben und ihre Mutter uneingeschränkt verehren, spricht Frau B. nur Lobendes über ihre Kinder.

Zu Frau C. aber, die ob ihrer latenten Schwierigkeiten mit Sohn und Tochter allseits bekannt ist, sagt Frau B.: »Ihnen kann ich es ja sagen! Sie verstehen mich ja!« Und dann kommt ein langes Klagelied über Sohn oder Tochter, das nicht nur Frau B., sondern auch Frau C. guttut, weil es immer schön zu wissen ist, dass man mit seinen Sorgen »nicht allein dasteht«!

Solchem Verhalten könnte man natürlich eine gewisse kindische Unreife attestieren, die einer Mutter schlecht ansteht.

Aber wer schon einmal so einer Supermutter, bei der zu Hause »die heilste aller heilen Welten« herrscht, seine Sorgen mit den Kindern erklärt hat und im Blick der Dame, die alles so gut schafft, nicht nur Mitgefühl, sondern auch Stolz über die eigene Situation hat funkeln gesehen, der wird einsehen, dass das »kindische Verhalten« das einzig angebrachte in solcher Lage ist.

Mütter und erster Liebeskummer

Eine der schwierigsten Angelegenheiten im Umgang mit halbwüchsigen Kindern ist die mütterliche Haltung zu minderjährigem Liebeskummer. Da benimmt sich meistens auch die sensible Mutter völlig daneben!

Die Sache ist ja auch verzwickt. Einerseits weiß die Mutter mit gutem Erinnerungsvermögen an längst verjährten Liebeskummer, dass sie damals mit dem, was ihre Mutter an Trost und Zuspruch parat hatte, nicht zufrieden war. So wie seinerzeit ihre Mutter will sie nicht sein.

Sprüche wie »In zwei Jahren lachst du darüber« oder »Andere Mütter haben auch schöne Söhne« sind also tabu für sie.

Anderseits merkt sie aber doch, dass sie den Liebeskummer der Tochter oder des Sohnes nicht ernst nehmen kann. Das heißt: Den Kummer nimmt sie schon ernst, nur der Anlass dafür erscheint ihr nichtig!

Dass die »erste Liebe« früher oder später in die Brüche gehen wird, war ihr ja von Anfang an klar. Als kluge Frau fände sie es gar nicht wünschenswert, dass Sohn oder Tochter ein Lebtag lang an der »ersten Liebe picken bliebe«!

Doch solche Überlegungen sind garantiert nicht die, die ein vom Liebesleid gebeutelter Jugendlicher hören mag. Was er hören mag, merkt die Mutter, wenn die Intimfreunde und -freundinnen zu Besuch kommen.

Da werden dann, natürlich hinter verschlossenen Türen, stundenlang die Scherben der gebrochenen Liebe besichtigt und sortiert. Da auch geschlossene Türen nicht schalldicht sind, kriegt die Mutter mit, wie so ein Jugendliebeskummer verhandelt wird.

Sie hört: »Und da hat er gesagt ..., und dann habe ich gesagt ..., und dann hat er gesagt«, und die Intimfreundin fragt erschüttert: »Und was hast du ihm dann gesagt?«

Aber einer Mutter steht so eine Taktik wohl nicht zu. Die Intimfreundin nimmt ja echten Anteil an den ellenlangen »Hat er gesagt, hab' ich gesagt«-Monologen.

Die Mutter müsste einen guten Teil ihrer Anteilnahme heucheln und könnte nicht verhindern, dass sie zwischendurch ans Nachtmahlessen und anderen unwichtigen Kram denkt. Und das würde die Liebeskranke denn doch gleich merken. Was also tun?

Mein einziger Rat wäre: Lieb sein und den Mund halten! (Hilft's nicht, richtet es wenigstens nicht zusätzlichen Kummer an.)

Ein brauchbares Argument!

Über die Dauer »verantwortlicher Elternschaft« sind Väter und Mütter oft verschiedener Meinung. Mütter sehen die Aufgabe eher zeitlich unbegrenzt, Väter meinen, dass erwachsene Kinder auf eigenen Beinen »stehen« sollten, statt selbige unter ihren Tisch zu »strecken«. So fragen sie manchmal an, ob der Spross nicht daran denke, eine eigene Wohnung zu suchen. Das kränkt ein Mutterherz! Aber einfach erwidern, man wolle sein Kind noch lang – wenn's leicht ging, lebenslänglich – um sich haben, sollte die kluge Frau nicht. Ihr Mann würde es dahingehend interpretieren, dass sie dem »Leben zu zweit« nichts abgewinnen kann, dass sie lieber des mündigen Kindes harrt, um dem einen Imbiß zu kredenzen, als mit ihm zum Heurigen zu gehen, dass sie lieber des Kindes Sorgen lauscht als seinen. Kurz: Er käme zur vielleicht richtigen, aber partnerschaftstrübenden Ansicht: Sie liebt ihr Kind mehr als mich!

Um diesem Verdacht zu entgehen, sollte man nicht mit Gefühlen, sondern mit guten Gründen argumentieren, die gegen die eigene Wohnung sprechen. Einer der besten wäre der Schwund von Hab und Gut, der im Hausstand einkehrt, wenn Kinder ihren eigenen gründen. Kein Vater ahnt, was er alles entbehren wird, wenn das Kind aus dem Haus ist. Man kann von einem jungen Menschen ja nicht erwarten, dass er total »im Standard sinkt«, und da er zu wenig verdient, um sich anzuschaffen, woran er gewohnt ist, muss er es von den Eltern holen. Skrupel hat er dabei keine, er sah sich schließlich bis zum Auszug als »Mitbesitzer« der Dinge. Zudem hat er oft den Vorsatz, Annektiertes zu retournieren. Aber das Jungvolk hat an Wichtigeres zu denken als an kleinkarierte Rückgabe materiellen Gutes.

Väter, die darauf aus sind, Nagelschere, Spaghettitopf, Reisetasche, Bohrmaschine, Kamera, Suppenteller und Rasierspiegel zu behalten, sollten auch den Nachwuchs behalten! Zieht der aus, wandert das alles – und noch mehr – hinter ihm her und kommt – im Gegensatz zum Nachwuchs – nicht einmal mehr auf Besuch! Als Warnung diene jener Vater, der nie mehr hausgemachte Torte kriegt, weil sich alle Backform-Böden bei der Tochter befinden. Die wanderten als Transportstütze unter halben Torten dorthin. Ihre Wiederkehr wird von der Tochter wöchentlich einmal versprochen, steht bislang aber aus. Und so gibt's halt für den Vater keine Torte. Das hat er jetzt davon, dass er – gegen den Willen der Mutter – das Kind zum Ausziehen animierte!

Kannst alles wegwerfen!

Zuerst geht's Kind nur für ein Jahr weg, weil's superklug ist und ein begehrtes USA-Stipendium ergattert hat. Klar, dass es sein Hab und Gut daheim lässt und nur das Nötigste mitnimmt. Hernach kommt's Kind heim, aber nicht für lang. Es schaut sich nach einem tollen Job um, seiner Ansicht nach gibt's die tollsten im Ausland, so sagt's bald wieder feuchten Auges »Baba" und nimmt diesmal wesentlich mehr vom Hab und Gut mit. Ein paar Jahre später hat's Kind selbst ein Kind, lebt mit dem und Mann wieder woanders im Ausland, und eine Spedition karrt viel von seinem Hab und Gut dorthin, wo's Kind nun wohnt. Aber es bleibt noch immer ein Rest daheim bei Mama, in Kästen, Regalen und Kartons. Dann kommt's Kind zu Besuch, besieht den Rest und sagt: »Kannst alles wegwerfen!"

Das Kind fliegt dorthin, wo es jetzt daheim ist, die Mama will auftragsgemäß – auch, weil's nicht übel wäre, zusätzlichen Stauraum zu haben – das verschmähte Hab und Gut entsorgen, aber sie ist dem Auftrag nicht gewachsen! Da ist eine Schachtel mit Briefen, erste, zweite, dritte »große Liebe" des Kindes. Nein, die Mama holt die Briefe nicht aus den Kuverts, sie ist diskret, aber sie kann doch nicht das Schrifttum der jungen Männer, die ihr seinerzeit ans Herz gewachsen waren, die sie gefüttert und getröstet hat, roh in den Altpapier-Container werfen! Das kann sie auch nicht mit den Schulheften und Skripten tun, hieße ja glatt, all ihr Bangen und Daumendrücken vor Prüfungen des Kindes zu entehren. Die drei Jeans, Größe 27? Gewiss wird das Kind nie mehr in eine davon passen, aber sie sind doch »Zeitzeugen"! Und der riesige Papierfächer, made in Japan, also bitte, wochenlang hat's Kind drum gegreint, endlich hatte die Mama einen Laden eruiert, wo man ihn hatte, und das Kind ist ihr aus Dankbarkeit um den Hals gefallen, obwohl das damals bei ihm nicht mehr alltäglich war. Zudem prosaisch gedacht: Die Poster, Kinkerlitzchen, Perlenketten, Talmi-Armreifen, modischen Nippes haben die Mama allerhand gekostet! Und der kleine plüscherne Garfield war sogar einer der ersten plüschernen Garfields, die's in Wien gab, gekauft von der Mama in Paris! Das seidene Veilchen-Sträußlein? Keine Ahnung, wer es dem Kind verehrte, aber es baumelte mindestens ein Jahr lang an einem Fädchen vom Plafond über dem Bett des Kindes, damit es dieses beim Erwachen als Erstes erblickte; es muss ihm also sehr viel bedeutet haben.

Sorry, wenn's Kind dereinst weinend Mamas »Erbmasse" wird sichten, wird's verblüfft seine eigene auch wieder übernehmen müssen, aber dann wird's hoffentlich schon so lang Mama sein, dass es weiß: Keine Mutter ist fähig, des Kindes Vergangenheit einfach in den Müll zu werfen.

Wo ist mein neues Kleid?

Manchmal sieht man eine Familie mit zwei oder drei Kindern, und alle zwei oder drei – obwohl keine Zwillinge oder Drillinge – sind von Kopf bis Fuß gleich gekleidet. Da möchte man, vor allem wenn man einst selbst das jüngste Kind einer sparsamen Familie war, dem Kleinsten der Gleichgekleideten herzliches Beileid aussprechen, weil man denkt: Armer Wurm, der du die Klamotten der anderen auftragen musst! Jetzt wirst du fünf Jahre im gleichen Anorak-Modell herumrennen!

Aber einen Vorteil hat solch Geschwister-Uniform: Da muss kein Kind nach textilem Besitztum der Geschwister gieren und sich daran vergreifen. Und das erspart Familien-Ärger! Früher war es wenigstens so, dass nur unter »gleichgeschlechtlichen" Kindern heimliches Entleihen von Oberbekleidung üblich war.

Aber heute geniert sich der männliche Teen gar nicht, die Jeans seiner Schwester auszuführen. Nicht einmal, dass die mit Maiglöckerl-Parfum besprengt sind, stört ihn. Und die Schwester findet es »affengeil", zum Lastex-Mini die Lederjacke des sehr großen Bruders überzuziehen. Und dass ein Kind dünn und klein, das andere dick und groß ist, hindert nur das dicke, große

Kind am Plündern des geschwisterlichen Schranks! Das kleine, dünne Kind kann ja allemal die »geborgte” Hose hochkrempeln und oben mit einem Gürtel einengen. Und den Pulli trägt es halt als Kleid!

Halbwegs im Lot bleibt das Problem, wenn der »Borger” relativ ordnungsliebend ist, also nach der »geheimen Entnahme” das benutzte Ding unversehrt wieder in den Schrank tut. Aber jede Mutter zittert vor folgender Situation: Kommt Tochter eins, in Slip und BH, sanft erregt, und fragt kreischend: »Wo ist mein neues Kleid? Das rote!”

(Tochter zwei sitzt, gesenkten Lockenkopfes, in eine Zeitschrift vertieft.)

Der Vater schaut sinnend, nickt erinnernd und sagt: »So ein rotes Hangerl war heut' in der Früh im Bad auf dem Boden! Mit ein paar Flecken drauf. Glaub', Topfencreme oder so! Ich hab's zur Schmu ...”

Weiter kommt der Vater nicht, denn Tochter eins stürzt sich auf Tochter zwei und stößt dabei mehrmals den Schwur aus, dass die Angegriffene in Null-komma-Pepi nimmer am Leben sein wird!

Was man als Mutter dagegen tun kann? Nichts ... außer eventuell alle Gegenstände wie Scheren, Messer, Dart-Pfeile und sonstiges zum Schwestermord Taugliche bereits wegzuräumen, wenn Tochter eins nach ihrem roten Kleid fragt!

Krankhaft oder normal?

Erwachsene Töchter neigen dazu, Müttern unangenehme Wahrheiten zu sagen. Das tun sie meistens nicht in einer geplanten »Grundsatzdebatte”, das erledigen sie ganz nebenbei, in aller Unschuld und Absichtslosigkeit. So bat mich etwa gestern meine Tochter, bei mir zu Besuch, um eine sehr kleine Sicherheitsnadel, damit sie was Loses dezent an ihrer Kleidung fixieren könne. Ich sagte, dass ich leider keine sehr kleine Sicherheitsnadel besitze, worauf sie sagte: »In einem deiner krankhaften Körberln ist sicher eine!” Sie erhob sich, inspizierte Regale, öffnete Türln, zog Laden heraus, kehrte kurz darauf mit einer sehr kleinen Sicherheitsnadel zurück, und ich rief: »Wieso habe ich krankhafte Körberln?”

»Wieso du die hast, weiß doch ICH nicht”, sagte sie, fixierte das Lose an ihrer Kleidung und wechselte zu einem Gesprächsthema über, an dem ihr mehr gelegen war.

Als das liebe Kind das traute Elternhaus verlassen hatte, inspizierte ich dieses. Krankhafte Körberln? Einfach lächerlich! Wie kommt sie dazu, so was zu sagen?

Okay, ich mag Körberln, egal aus welchem Material. Nur geflochten müssen sie sein. Und da Körberln nicht teuer sind, lege ich mir halt oft eines zu. Und da Körberln nicht kaputt werden, sammelt sich da einiges an. Und es wäre doch blöd, diese kleinen und größeren Körberln leer wo zu stapeln. Körberln sind dazu da, dass man sie füllt!

Mag sein, dass sich allerhand nicht ganz Zusammenpassendes in einem Körberl vereinigt. Ich bin eine sehr berufstätige Frau, so eine kann nicht immer totale Ordnung im Kleinkram halten. Und überhaupt: Wer bestimmt denn, was »zusammenpasst”? Drei Füllfederpatronen, eine Nagelfeile, zwei Hornknöpfe, vier Lire-Stücke, der Beipackzettel von einem Medikament, ein halber Radiergummi und eine Tapezierernadel, das ist zumindest ein nettes Stillleben!

Und ein roter Bleistiftspitzer zwischen zwei grünen Wollknäueln, einer blauen Zippverschlusshälfte und einem gelben Zollstock nimmt sich auch ganz hübsch aus. Besonders wenn ein Karo-Ass das Ensemble krönt.

Aber bitte, sagte ich mir heute in der Früh, wenn das »krankhaft” ist, bringe ich Ordnung rein! So leerte ich den Inhalt von 21 Körberln aus und sortierte ihn auf dem Boden in »Zusammengehöriges”, und da liegt das Zusammengehörige nun ordentlich, Hauferl neben Hauferl. Wenn man vorsichtig die Füße hebt und darauf achtet, wo man sie wieder hinstellt, kann man sich sogar noch durch den Raum bewegen.

Und jetzt ist das Problem: Ich habe 21 Körberln und 49 Hauferln! Wie gehe ich da vor? Oder gehe ich bis auf Weiteres gar nicht vor und lege mir vorübergehend einen »krankhaften" Fußboden zu?

3. Was ein Mann nicht alles kann

Die Prachtexemplare

Die Statistik belegt, dass unsere werten Ehemänner ihre »Bärenkräfte« immer noch äußerst sparsam im Haushalt einsetzen. 7:1,5 für die Ehefrauen steht im Moment das Haushalts-Match. Aber das ist ja nur der Durchschnitt!

Da sehr viele Männer daheim gar keinen Finger rühren, es sei denn, sie lehren den Sohn das »Fingerhakln«, muss es viele andere Männer geben, die weit emsiger im Haushalt tätig sind. Und diese guten, braven Einsichtigen, die kochen und einkaufen, Kinder betreuen und Wäsche in die Waschmaschine stopfen, die sollte man auch gehörig loben.

Aber nachdem man sie gehörig gelobt hat, darf man vielleicht doch an die stolzen Besitzerinnen der Prachtexemplare ein paar kleine, bescheidene Fragen stellen.

Also: Falls, liebe gnädige Frau, eines Ihrer Kinder den Brechdurchfall kriegt und es bei ihm – wie man so anschaulich sagt – »vorn und hint gleichzeitig losgeht« und das arme, kranke Kind am stillen Örtchen die Entscheidung treffen muss, für welches Bedürfnis es die porzellanene Muschel verwenden soll, also entweder »das von vorn« oder »das von hinten« nicht einfach von der Klospülung entfernt werden kann, wer putzt es dann vom Boden und vom Kinde weg? Sie oder Ihr Prachtexemplar?

Und wenn Ihr Mann, das elitäre Kochgenie, sechs Stunden lang den Kalbsfond am sanften Köcheln gehalten hat und ihn dabei gewaltig anbrennen ließ, wer macht dann den Gusseisentopf von schmierigem Fett, Sülzigem, verbrannten Knochen und schwarzer Bodenkruste frei? Sie oder Ihr Fond-Koch?

Und wie steht es mit dem Einkaufen, wenn zwei Feiertage drohen, an denen jeweils mehrere Gäste angesagt sind? Wer schreibt dann zusammen, was alles zu kaufen ist? Sie oder Ihr Prachtexemplar? Und wer trägt die Schuld, wenn auf der Liste etwas vergessen wurde?

Na eh klar! Für die wirklich unappetitlichen Arbeiten ist so ein Prachtstück halt doch zu sensibel, die schafft er nicht einmal mit Gummihandschuhen und Mundschutz! Und so komplizierte Einkaufsprobleme, die kann er nicht koordinieren, dafür hat er zu viel anderes im Kopf!

Man darf also vermuten, dass es zwar männliche Prachtexemplare gibt, die daheim fünfzig Prozent der Hausarbeit übernehmen. Aber halt den angenehmeren Teil. Hundert Prozent von der Grausarbeit und von der Verantwortung fürs ganze Werkel bleiben halt doch meistens der Ehefrau.

Ein Traummann

Meine Oma schwärmte gern von Rudolfo Valentino und stieß damit bei Töchtern und Enkelinnen auf blankes Unverständnis. Meine Mutter wiederum hatte es mit Willi Forst und erntete dafür weder bei ihren Töchtern noch bei den Enkelinnen mehr als Gelächter. Wenn ich – rückerinnernd – erzähle, welch »toller Mann« Jean Marais in seinen besten Jahren gewesen sei, zuckt mein Nachwuchs mit den Schultern und schaut in der Zeitung nach, wo man einen Film mit Alain Delon sehen könnte.

Jede Frauengeneration hat eben, modischen Trends entsprechend, andere Vorstellungen vom »Mann der Träume«. Aber es gibt einen Kino-Mann, der ist anscheinend für alle Frauengenerationen maßgeschneidert: Humphrey Bogart!

Um in den Genuss von zwei Stunden Bogart zu kommen, pilgerte meine Oma noch in reifen Jahren quer durch Wien. Um »Bogi« wieder zu sehen, nimmt meine Mutter gegen ihre üblichen Gewohnheiten sogar den Nachtfilm-Termin wahr. Entgeht mir aus Unachtsamkeit ein Bogart-Film, bin ich traurig. Und meine Töchter hätten gern einen Video-Recorder, weil sie dann zweimal die Woche »Casablanca« sehen könnten. Da dies nicht nur in meiner Familie so ist, also nicht als seltene Erbkrankheit abgetan werden kann, muss man fragen: Was macht Herrn Bogart zum Dauerbrenner? Der Körperbau kann es nicht sein. Schließlich agiert Humphrey Bogart nicht grundlos im Trenchcoat. Bogart in der Badehose wäre ein Jammer. Sein edles Antlitz? Wohl kaum! Es hat schon aparter geraffte Knitterfalten in hageren Männergesichtern gegeben, und keine Henne hat danach gekräht. Ist es etwa seine Mimik? Da selbige nicht vorhanden ist, kann sie es nicht sein, die Frauenseelen zum Vibrieren bringt.

»Er hat eben diese unheimliche Ausstrahlung«, hört man von Bogart-Fans aller Altersgruppen. Was strahlt denn da? Vor allem strahlt da Einsamkeit! Ein »lonely wolf«, kaum fähig zur Kommunikation, kaum fähig, Trauer oder Freude zu zeigen, trabt da über die Leinwand. Natürlich hat er Gefühle. Aber er zeigt sie nicht. Höchstens, dass er hin und wieder einen Mundwinkel verzieht. Er bleibt »cool« und besäuft sich, wenn er gar nicht mehr zurechtkommt mit sich und den anderen. Aber auch nach zwei Flaschen Bourbon torkelt H. B. natürlich nicht, wird auch nicht laut, erzählt auch nicht dem Barkeeper von seinen Sorgen.

Er ist so ein echter »Wie's-innen-aussieht-geht-keinen-was-an-Mann«. Eine Frau, die mit so einem Typ zusammenleben müsste, hätte ein sehr spannendes Leben. Jeden Morgen, wenn er sich von ihr verabschiedet, dürfte sie sich fragen: »Kommt er am Abend wieder, oder sehe ich ihn nie mehr im Leben?«

Im wirklichen Leben sind Frauen an solchen Männern kaum interessiert. Warum halten sie ihnen dann im Kino jahrzehntelang die Treue? Aus dem gleichen Grund, aus dem Männer – nun auch schon seit Jahrzehnten – der Monroe die Treue halten.

Man träumt nämlich nur sehr selten von dem, was einem wirklich gut täte. Leider, leider!

Sie lässt mich ja nicht!

Sagt die Erika: »Der Erich rührt im Haushalt nicht den kleinsten Finger!«

Erwidert der Erich: »Ich würde ja gern, aber sie lässt mich nicht!«

Faucht die Erika den Erich an: »Das ist doch die Höhe! Wann, bitte, hätte ich dich je nicht lassen?«

Faucht der Erich zurück: »Jedes Mal, wenn ich was tun will!«

Und dann wendet er sich mir zu und zählt sämtliche Versuche der letzten Tage auf, im Haushalt mehr als den kleinsten Finger zu rühren. Vorgestern wollte er die Erdäpfel für den Schmarrn schälen, aber die Erika hat ihm die zu schälende Knolle entrissen und gesagt, sie mache das lieber selber. Gestern wollte er die Knackwürste schneiden, aber bevor er dazu gekommen ist, hatte es Erika schon erledigt. Und heute wollte er ein Fenster putzen, doch Erika habe ihn vom Fenster einfach weggejagt.

So geht das jeden Tag, Jahr um Jahr! Er will, sie lässt ihn nicht!

Da schnaubt die Erika wie eine wild gewordene Stute und erklärt, der Erich habe vorgestern derart brutal mit der Gabel in die Erdäpfel gestochen, dass sie, ungeschält, zu Brocken zerfallen sind. Und gejammert habe er, dass er die Hitze auf den Fingerkuppen nicht aushalte. Gestern fand er alle Messer zum Wurstschneiden zu stumpf und hatte die Absicht, einen elektrischen Messerschleifer kaufen zu gehen. Ohne solchen wollte er sich nicht ans Schneiden der Knackwürste machen. Und heute habe sie ihn gerade noch abhalten können, die Fensterflügel auszuhängen, um sie in die Badewanne, zum Abduschen, zu tragen. Wer sich so »anstelle«, sagt Erika, demonstriere doch bloß »Unfähigkeit«, in der Hoffnung, dass man ihm die Arbeit aus der Hand nehme!

»Infame Unterstellung!«, schreit da der Erich.

Als zuhörende Frau neigt man natürlich dazu, eher der Erika Recht zu geben. Aber wenn man sich zu ein wenig Objektivität durchringt, muss man schon fragen: Warum darf der Erich nicht nach seiner Fasson werken? Für Erdäpfelschmarrn braucht's eh keine unversehrten Knollen, geschliffene Messer sind nicht zu verachten, und vielleicht ist die Idee, in der Badewanne Fenster zu duschen, gar nicht so übel!

Wer Arbeit delegiert, und das nicht an eine bezahlte Kraft, sondern an den Partner, hat hinzunehmen, dass sie nicht hundertprozentig nach der eigenen Vorstellung erledigt wird. Wer »der Chef« im Haushalt bleiben will, der kriegt eben auch seine leidigen Chef-Probleme mit dem »unfähigen Personal«!

Senkrechte Helden

Herr und Frau Meier sitzen beim Nachtmahl, essen Knackwurst in Essig und Öl und schauen dabei ZiB-1.

»Was kochst denn morgen, wenn der Franz mit der Herta kommt?«, fragt Herr Meier.

Frau Meier nimmt die TV-Fernbedienung, drückt dem Vatikan-Korrespondenten die Stimme aus und antwortet: »Der Franz und die Herta werden wahrscheinlich nicht kommen. Der Franz hat seit heut' einen Hexenschuss!«

»Der Arme«, sagt Herr Meier mitfühlend. Er spießt eine Knackwurstscheibe auf die Gabel, starrt sinnend den sprachlosen Vatikan-Korrespondenten an und fragt Frau Meier: »Wieso haben nur Männer einen Hexenschuss?«

»Wie kommst denn auf die Idee, dass den nur Männer haben?«, gibt Frau Meier die Frage zurück.

»Na hörst!«, ereifert sich Herr Meier. »Allein im letzten Monat weiß ich fünf Fälle! Der Ottokar, der Hubatka, der Opa von der Anna, der Hans und der Ingenieur Pichlermeier! Alle sind sie eine Woche lang im Bett gelegen, mit dem Kreuz. Kannst du mir in unserer Bekanntschaft eine einzige Frau sagen, der das passiert wäre?«

Frau Meier schenkt Herrn Meier Bier nach. Sie bekommt zwei tiefe Denkfalten auf der Stirn. Trotzdem fällt ihr keine Frau ein, die – weder im letzten Monat noch im letzten Jahr – eine Woche lang aus Hexenschussgründen an das Bett gefesselt war.

Aber Frau Meier fällt etwas anderes ein. Sie sagt: »Weil sich die Frauen, wenn sie einen Hexenschuss haben, nicht ins Bett legen. Frauen ertragen Schmerzen leichter!«

»Einen Hexenschuss«, sagt Herr Meier und bekommt ein leidendes Gesicht, »kann man nicht senkrecht durchstehen. Es gibt eben Krankheiten, auch wenn sie nicht lebensgefährlich sind, gegen die der härteste Mann hilflos ist!«

Herr Meier weist mit dem Zeigefinger auf das TV-Bild. Auf diesem hat der Vatikan-Korrespondent Männern in Tarnanzügen Platz gemacht. Die Männer haben Stahlhelme mit Gezweig auf den Köpfen, Maschinengewehre in den Händen. Sie schleichen durch das Buschwerk.

»Nicht einmal diese Burschen«, sagt Herr Meier, »nicht einmal die, und das sind für mich Helden.«

Herr Meier unterbricht seine Rede und trinkt vom Bier. Frau Meier wartet geduldig, um zu erfahren, was es denn nun mit diesen »Helden-Burschen« auf sich habe.

Herr Meier setzt das Bierglas ab. Er wischt sich Bierschaum vom Schnurrbart und fährt fort: »Wenn einem von denen jetzt plötzlich die Hex ins Kreuz schießen tät, würd' er daliegen! Ein glatter Fall für den Sanitäter! Und wenn der Bursch auch noch so ein Held wär!« Frau Meier steht auf. Herr Meier braucht nämlich noch eine Flasche Bier.

Frau Meier geht in die Küche. Sie geht ein bisschen schief. Und ein Bein zieht sie etwas nach. Sie hat »irgendwas im Kreuz«. Es tut ziemlich weh. Aber ein Hexenschuss kann es ja wohl nicht sein ...

Was schenkt Vati Mutti?

Von uns Frauen heißt es in Männerkreisen ja allgemein, dass wir sehr rätselhafte Wesen mit unergründlichen Seelen seien, deren Wünsche von Männerhirnen schwer zu begreifen und noch schwerer zu befriedigen seien.

Eine einzige Gruppe von Männern scheint allerdings absolut nicht dieser Meinung zu sein. Die Herren, die ihr gut belegtes Brot in der Werbebranche verdienen, halten sich auf dem Sektor »Bedürfnisse der Frauen« nicht nur für Wissende, sondern sehen sich auch als einfühlsames Sprachrohr unserer geheimsten Wünsche. Gerade vor Weihnachten, wenn verzagte Ehemänner gar nicht wissen, was sie den Frauen ihrer Wahl ins festliche Papier wickeln sollen, sind die cleveren, damenkundigen Werbe-Männer eine echte Hilfe.

Nach ausführlichem Studium von Fernsehspots, Zeitungsinseraten, Postwurfsendungen, Plakaten und Radiowerbung bin auch ich nun im Besitz dieses Wissens und zögere nicht, es gratis und kurz gefasst an alle Männer weiterzugeben. Also:

Jungen, unverheirateten Frauen kann man so ziemlich alles schenken. Parfums und Pelze, Spaniels und Spitzenblusen, Diamanten und Dessous, Schuhe und Schals, Bonbons und Bücher, Pfandbriefe und Pferdehalfter.

Ist eine Frau aber nicht mehr ganz jung und dazu noch verheiratet und hat sie außerdem Kinder, dann ist sie zu einer »Mutti« geworden, und Muttis Hausmütterchenherz ersehnt total andere Geschenke. Muttis mögen so frivole Luxusartikel wie Alleszerkleinerer und Bratpfannen, so »heiße Ware« wie Eierbecher, Fritteusen und Griller. Sie gieren im tiefsten Grunde ihrer Seelen nach Joghurtzubereitern, Küchenmaschinen, Löffeln, Mixern, Omelettenpfannen und Passiersieben. Ihre geheimsten Sehnsüchte kreisen um Reindln, Spülmaschinen, Toaster, Universal-Reibeisen, Waschmaschinen und Zitruspressen.

Kurz gesagt: Wer »Mutti« ist, hat nichts mehr für sich selbst zu wollen, sondern ersehnt lediglich Arbeitshilfen, Küchenzubehör und Haushaltsgeräte, um anfallende Hausarbeit schneller und perfekter erledigen zu können.

Und da Muttis Hände – wir wissen es, seit wir unser erstes Muttertagsgedicht erlernt haben – niemals ruhen, ergibt sich aus Muttis Wünschen und deren Erfüllung die artige Konsequenz, dass Mutti nun noch mehr arbeiten kann. Die Arbeitszeit, die sie durch den Geschirrspüler einspart, kann sie ins Bodenschrubben investieren, und weil sie die Bedienung des Klopfstaubsaugers nicht mehr so erschöpft wie die des Teppichklopfers, kann sie am Abend noch locker die Hemden des Herrn Gemahl bügeln. Mit der Bügelmaschine, versteht sich, ist das ja fast keine Arbeit mehr.

Noch kürzer gesagt: Vati schenkt Mutti Dinge, die Vati davor bewahren sollen, im Haushalt ein helfendes Fingerchen zu rühren!

Alle Werbe-Männer dürften richtige Vatis sein.

Wer kann sich was leisten?

Die resignierte Feststellung: »So etwas Teures kann ich mir leider nicht leisten«, habe ich schon oft im Leben gehört und auch selbst getroffen. Aber unlängst hörte ich, zu meiner allergrößten Verblüffung, das genaue Gegenteil dieser resignierten Feststellung, nämlich: »So etwas Billiges kann ich mir leider nicht leisten!«

Anlass für diesen reichlich perversen Ausspruch war meine neue Armbanduhr. Stolz zeigte ich sie im Bekanntenkreis her und betonte, dass sie die Zeit auf die Sekunde exakt anzeige und trotzdem spottbillig gewesen sei. Wesentlich billiger sogar als die Reparatur meiner alten, teuren Armbanduhr. Daher, meinte ich, sei es doch vernünftig, sich nur mehr billige Uhren anzuschaffen, anstatt die teuren reparieren zu lassen.

Und daraufhin erklärte mir einer meiner Bekannten, ein »sehr erfolgreicher« Herr, dass er sich so eine billige Uhr einfach nicht leisten könne! Er kann sich auch keine Jeans und keine Schnürlsamthosen leisten, und einen Mittelklassewagen schon gar nicht. Er müsse, erzählte mir der »sehr erfolgreiche« Herr seufzend, eine teure Markenuhr tragen und einen Luxus-Nadelstreifenanzug. Und als Auto müsse er – wohl oder übel – eine Superkutsche haben, sonst leide sein »Image« und er gerate an den Bettelstab.

Ist ja auch klar wie Würfelsuppe! Wie sollen denn erfolgreiche Menschen andere erfolgreiche Menschen auf den ersten Blick als solche erkennen, wenn nicht an der gehobenen Ausstattung der Person? Darum tragen die »Erfolgreichen« ja auch so gern Markenartikel, die »in« sind, vorzugsweise noch mit dem Firmenemblem nach außen gekehrt. Ganz nach dem Motto: Schaut her, was ich mir doch alles leisten kann!

Vom Hals baumelt die Krawatte mit dem Cerruti-C, den Oberleib bedeckt ein Pulli mit dem Armani-Adler, am Handgelenk glitzert die Rolex-Uhr, und zur geglückten Beeindruckung in intimeren Stunden hat auch noch die rein seidene Unterhose (Boxer-Short, versteht sich!) ein Markenzeichen eingewirkt, das die erlesene Herkunft dokumentiert.

Außerdem erschnuppern sich diese »Erfolgreichen« natürlich auch an den Duftwässern. Sozusagen: Armani-Dackel riecht Zino-Davidoff-Spaniel und verbellt gemeinsam mit ihm Denim-Straßenmischung! Kennt man die Herren der erfolgreichen Sorte allerdings ein bisschen eingehender, merkt man doch, dass die Markenzeichen-Erfolgreichen bloß zu den armseligen Mittelklasse-Erfolgreichen gehören.

Zum wirklichen Erfolg im Leben gehört nämlich anscheinend, dass man sich leisten kann, sich nichts zu leisten. Die paar Millionäre jedenfalls, die ich im Laufe meines Lebens kennen lernte, trugen Schnürlsamthosen, abgewetzte Tweedsakkos und keine Krawatten, rochen nach gar nichts und fragten mich, weil sie keine Uhr hatten, nach der Zeit.

Und einer von ihnen lässt sich sogar, wenn sein Hemdkragen durchgewetzt ist, aus dem Hemdstock einen neuen Kragen machen.

Herr M. weiß Bescheid

Herr M. kennt sich aus im Leben. Er weiß Bescheid. Daher weiß er natürlich auch, was es mit den »Emanzen« auf sich hat. Das sind die »hautschiachn« Weiber, die aufgrund ihrer absoluten Hässlichkeit nie einen Mann abbekommen haben. Dadurch sind sie verbittert und böse geworden. Keinen Mann zu haben, das ist ja sonnenklar, ist schließlich das Allerschrecklichste, was einer

Frau im Leben passieren kann, denn eine Frau – solo und single – ist gar nichts. Eine Frau bedarf zur Reifung und Entfaltung und Vollendung des Ehemannes. Und die »Hautschiachn«, denen sich ein Ehemann verwehrt hat, die verkümmern halt zu »Emanzen«. So wie bei den Blumen muss man sich das vorstellen! Werden die nicht gegossen und gedüngt, unter Umständen auch an einem stützenden Gerüst festgebunden, erblühen sie nicht richtig.

Bis gestern konnte Herr M. diese schöne Theorie ohne einen Funken von Zweifel hegen und pflegen, weil er noch keiner »leibhaftigen Emanze« begegnet war. Doch gestern brachte ihm seine gute Ehefrau ein Exemplar dieser Sorte von Mensch ins Haus. Diese Person behauptete zwar, keine »Emanze«, sondern eine Feministin zu sein, aber sie behauptete auch, unsere Gesellschaft sei von den Männern beherrscht, und Frauen hätten in ihr weit geringere Chancen. Da wusste Herr M., mit wem er es da zu schaffen hatte! Verwirrend für ihn war bloß, dass diese Person nicht »hautschiach« war. Sie war sogar wesentlich hübscher als die Ehefrau von Herrn M. und sämtliche Frauen, mit denen er bisher Nahkontakt hatte. Sie war, Herr M. musste es sich eingestehen, eine schöne Frau. Da war Herr M. ein bisschen ratlos. Heute Morgen aber war die Welt für ihn wieder blitzblank in Ordnung. In einer schlaflosen Stunde um Mitternacht herum hatte er sein Problem durchdacht und gelöst.

So wie es, sagte er sich, nicht nur eine »äußere« Schönheit, sondern auch eine »innere«, also eine seelische Schönheit gibt, so gibt es auch die rein äußerlich »Hautschiachn« und die innerlich, die seelisch »Hautschiachn«.

Seit Mitternacht weiß Herr M., dass die Frauen, deren Seelenleben so schwarz und hässlich ist, dass jeder Mann vor ihnen Reißaus nimmt, »Emanzen« werden.

Es könnte leicht sein, dass Herr M. – objektiv, wie er Frauen gegenüber ist – demnächst wird feststellen müssen, dass auch die Seele der »Emanze«, die ihm seine Frau ins Haus gebracht hat, absolut nicht unter die »hautschiachn« Seelen einzuordnen ist.

Was wird er denn dann tun? Na, eine schlaflose Stunde um

Mitternacht herum wird er haben. In der wird er das Problem überdenken und lösen. Das wird nicht sehr schwer für ihn sein. Er muss ja bloß einen Grund dafür finden, warum auch Frauen, die weder »innen« noch »außen« hässlich sind, keinen Mann kriegen.

Denn dass nur der Mangel an Mann aus Frauen »Emanzen« macht, dabei wird Herr M. bleiben. Eisern. Eine Meinung, die man seit Jahrzehnten hat, die hat man schließlich lieb gewonnen und will nicht von ihr lassen.

Ausgleichshalber!

Unlängst saß ich im Speisewagen eines auf Wien zubrausenden Zuges Rücken an Rücken mit einem gesprächigen Mann, der einem neben ihm sitzenden Mann erzählte, warum er sich von seiner Frau ab- und einer anderen zugewandt habe. Ich hätte mir die Ohren mit Watte verstopfen müssen, um des Mannes Erklärungen nicht zu hören, aber derart diskretes Verhalten ist meine Sache sowieso nicht, ich lausche gern.

Also vernahm ich zuerst einmal, dass ihn, den Ehemann, in Wirklichkeit keine Schuld am Scheitern der Ehe treffe, obwohl die Kuh von einer Scheidungsrichterin das anders gesehen habe und er nun als Alleinschuldiger dastehe. Aber Richter, die fragen halt nicht nach den tieferen Ursachen und wahren Gründen ehelicher Entfremdung!

Die tieferen, wahren Ursachen und Gründe vernahm ich dann auch. Der arme Mann klagte: »Weißt, sie hat sich richtig gehen lassen, dabei war sie so eine fesche Frau, wie wir geheiratet haben!«

Und dann folgte seines Eheweibes Verfall im Detail. An Gewicht habe sie enorm zugenommen, und das nicht einmal über den ganzen Leib verteilt, total »aus der Fasson« sei sie gegangen, zu einer unansehnlichen »Wuchtel« geworden! Überhaupt nicht mehr »auf sich geschaut« habe diese Frau, ihre Frisur eine strähnige Katastrophe, ihre Kleidung reizlos, ihre Füße unentwegt in irgendwelchen Gesundheits-Latschen. Wo er doch seinerzeit gerade ihre Fußerln in den Schucherln mit den 11-cm-Stöckeln so geliebt hatte!

Dann seufzte der Mann etliche Male sehr tief und sprach: »Wenn sie sich nur net so vernachlässigt hätt!« Was wohl andeuten sollte, dass sicher alles anders gekommen wäre, hätte das Eheweib mehr »auf sich geschaut«.

Als sich der Zug Wien näherte, erhoben sich die zwei Männer, um ihrem Abteil zuzustreben, und ich hatte Gelegenheit, den armen Geschiedenen in voller Länge und Breite zu sehen. Von oben nach unten beschrieben: Spiegelglatze mit zausigen »Federn« beidseits der Ohren, Hängebackerln, Tränensäcke, Kuchenbrösel im Schnurrbart, Bauch Marke »Backhendl-Friedhof', aber behaart, wovon schwarze Haarbüschel zeugten, die zwischen den Hemdknöpfen rausquollen. Gewaltige Platt-Spreiz-Senk-Füße in dreckigen Latschen rundeten die Erscheinung ab.

Na, sagt ja schon die gute alte Tante Jolesch, dass »alles, was ein Mann schöner ist wie ein Aff, Luxus sei«. Aber damit ist noch nicht erklärt, warum ein Mann, der »um nix schöner wie ein Aff ist«, meint, es stehe ihm eine Miss Austria als Ehefrau zu.

Zum gerechten Ausgleich vielleicht?

Flotter Käfer, netter Wurm

»Der Teufel steckt im Detail«, sagt ein Sprichwort. Ob dem immer so ist, sei dahingestellt, aber wo es um Männer und ihre Einstellung zu Frauen geht, stimmt die alte Spruchweisheit garantiert.

Es gibt nämlich eine Menge Männer, die artig, brav und ehrlich immer wieder versichern, sie seien natürlich und logischerweise für die Gleichberechtigung der Frauen, Pascha-Allüren und Patriarchentum seien ihnen zuwider und nichts als echte und tiefe Partnerschaft mit Frauen sei ihr Anliegen.

Bewegt können diese Männer versichern, dass sie – hätten sie nur etwas zu sagen – nicht zulassen würden, dass Frauen für die gleiche Arbeit weniger Lohn als Männer bekommen. Ginge es nach ihnen, wären die Hälfte der Abgeordneten im Parlament Frauen und die Hälfte der Hausarbeit in jedem Haushalt Männersache.

Ganz gerührt wird man, wenn man diesen Männern zuhört. Am liebsten würde man sie zu Ehrenvorsitzenden der Frauenbewegung machen!

Doch dann geht ein hübsches Mädchen vorbei, und die so »frauenbewegten« Männer schauen dem Mädchen nach, und dann sagt einer: »Ein flotter Käfer!« Und die anderen nicken begeistert.

»Na und?«, höre ich jetzt manchen Leser murmeln. »Was ist denn daran so schrecklich?«

Also: Es gibt Marienkäfer und Kartoffelkäfer! Die Marienkäfer sind lieb, die lässt man ein bisschen auf der Hand herumkrabbeln, und wenn sie einem lästig geworden sind, pustet man sie in die Luft. Kartoffelkäfer sind schädlich und hässlich, die zertritt man. Ein Käfer zu sein, ist also keine besonders erstrebenswerte Sache, und es ist zumindestens erstaunlich, dass hübsche Mädchen von Männern mit diesem »Kosenamen« bedacht werden. Der Käfer ist aber keine Ausnahme. Die wienerische »fesche Katz« zeugt auch nicht gerade von partnerschaftlichem Interesse am anderen Geschlecht, denn Katzen hält man sich, weil sie schön sind und sich streicheln lassen und schnurren. (Aber wenigstens kratzen und fauchen können sie; das haben sie den Käfern voraus.)

Und die »klasse Puppe« hat Schlafaugen, man kann mit ihr spielen und sie weglegen, wenn man genug gespielt hat.

»O Gotterl, das ist doch arg humorlos, wenn man sich an so was stößt!«, höre ich nun wieder etliche Leser murmeln. »Ein flotter Käfer, eine klasse Puppe und eine fesche Katz, das sind doch einfach liebe, zärtliche Worte! Die sind doch weder böse noch frauenfeindlich gemeint!«

»Okay, okay! Humorlosigkeit ist ein Vorwurf, der immer trifft! Bierernst will man als Frau nun wirklich nicht sein. Darum sollten die Frauen endlich auch so viel Zärtlichkeit und Humor aufbringen wie die Männer und hinter diesen anerkennend herlinsen und dann entzückt sagen: »Schau, ein flotter Wurm!« oder: »Der dort ist aber wirklich ein fescher Kater!« oder schlicht: »Ein klasser Hampelmann!«

Wahr hingegen ist …

Herr A. M., von Beruf Abteilungsleiter in einem großen Unternehmen, hat mir einen Brief geschrieben, in dem er mich ersucht, das Problem der sexuellen Belästigung am Arbeitsplatz einmal objektiv zu »beleuchten«, und zwar so, dass endlich die Wahrheit ans Licht kommt. In seinem Betrieb nämlich, meint Herr A. M., verhalte sich die Sache exakt umgekehrt. Da werden nicht Frauen von Männern, sondern Männer von Frauen sexuell belästigt.

Ja, ja, liebe Leserinnen, so geht es in Wahrheit in der rauen Berufswirklichkeit zu!

Ei freilich, dieses sagt auch Herr A. M., »grapschen und tapschen« tun berufstätige Frauen eher nicht; soweit ihm bekannt ist. Jedoch stellen gar viele Frauen eine enorme »optische Belästigung« dar. Diese Frauen nämlich umhüllen ihre Leiblichkeit auf eine derart aufreizende Art und Weise, dass die männlichen Arbeitskollegen arg darunter zu leiden haben. Das heißt in der Praxis: Sie tragen Miniröcke, sie schreiten in Strumpfhosen mit Naht einher und prunken in Oberkörperbekleidung, die keineswegs verbirgt, dass das weibliche Geschlecht mit zwei Brüsten gesegnet ist. Besonders belästigende Kolleginnen-Exemplare stöckeln wimpernklimpernd sogar auf zehn Zentimeter hohen Absätzen durch Büroräume, in denen Männer sind. Und sie schmücken die Halslöcher ihrer Blusen nicht mit Bubikragerln, sondern belästigen hilflose Abteilungsleiter mit »Ausschnitten«, welche unter einem gewissen Blickwinkel Einsichten ermöglichen. Und dazu kommt noch die gewisse laszive, hüftschwingende Gangart, welche das Arbeitsklima vergiftet und Portier wie Generaldirektor psychisch schwer belastet.

Bedenkt man dies alles, muss man wohl einsehen, dass Herr A. M. so Unrecht nicht hat. Zudem muss man diese ganze Problematik ja auch noch »zeitmäßig« betrachten! Ein paar kleine »Tapscher« und ein paar sanfte »Grapscher«, die dauern doch bloß wenige Sekunden. Aber die Ausschnitt-Minirock-Hüftwackel-Belästigung, die währt vierzig Arbeitsstunden pro Woche! Daher schlage ich, im Interesse von Herrn A. M. und allen seinen Leidensgenossen, die »Arbeitskutte« für berufstätige Frauen vor: ein knöchellanges, lausgraues Modell aus grobem »Wischtuch«-Material, lose wallend und am Halse à la Erdäpfelsack zugebunden.

Tja, dann bliebe nur noch das von Herrn A. M. erwähnte »Wimpernklimpern«. Doch dieses ließe sich leicht hinter einer »getönten Berufsbrille« verbergen.

Sie können es!

Die Meinungen darüber, was Männer »absolut nicht können«, gehen ja in Frauenkreisen weit auseinander. Manche Frauen sind überzeugt davon, dass Männer zwar kochen können, aber unfähig sind, die Sauerei, die sie dabei in der Küche machen, wegzuputzen. Andere Frauen trauen Männern diese Reinigungsarbeit zu, sind aber überzeugt davon, dass Männer »nie im Leben« ein Herrenhemd bügeln können. Es gibt sogar Frauen, die Männer für fähig halten, Socken zu stopfen, Staub zu wischen, Marmelade zu kochen oder der Nähmaschine eine gerade Naht zu entlocken.

Ich kenne aber keine einzige Frau, die ihrem Mann zutraut, einen Koffer zu packen. Ganz gleich, ob es sich um die Koffer für den Familienurlaub handelt oder um das Köfferchen, mit dem sich der Gemahl solo auf Fahrt begibt. Die liebe Ehefrau packt ein, und der liebe Ehemann schaut zu und ist höchstens dafür zuständig, letztendlich auf dem Kofferdeckel Platz zu nehmen, damit sich dieser so weit senkt, dass die Kofferschlösser zuschnappen können.

Warum es Männern unmöglich sein sollte, Kleidung in Behältnisse mit Henkel zu verstauen, ist mir unklar. Fachwissen spezieller Art ist dazu ja wahrlich nicht notwendig. Und der Gefahr, ein auswärts lebensnotwendiges Stück vergessen zu haben, entgehen auch Kofferpacker weiblichen Geschlechts manchmal nicht. Zudem ist es ja heutzutage nicht mehr üblich, dass Männer aus der mütterlichen Totalbetreuung direkt in die eheliche Totalbetreuung überwechseln. Da sind ja im Männerleben meistens etliche »ledige« Jahre, und in denen ist der gute Mann ja auch verreist. Kaum anzunehmen, dass er dies kofferlos getan hat. Auch nicht anzunehmen, dass er am Zielort zwei Wochen lang das Hotelbett hüten musste, weil er vergessen hatte, einzupacken, was seinen Leib, Hosengürtel abwärts, zu umhüllen pflegt.

Männer, ihr lieben Frauen, sind also wirklich in der Lage, einen Teil ihres Hab und Guts ordentlich in Koffer zu legen. Männer, ihr lieben Frauen, neigen bloß dazu, »niedere Tätigkeiten« zu delegieren. Und wenn ihnen dies nicht kraft ihrer »gehobenen Stellung« gelingt, dann versuchen sie es halt dadurch zu erreichen, dass sie sich patschert stellen und sich »zwei Linke« zulegen und sich im Glanze ihrer hilflosen Männlichkeit zur Schau stellen.

Etliches wäre zu diesem Thema noch anzumerken, aber ich muss nun leider schließen, denn ich habe ganz dringend einen Koffer zu packen.

Für wen? Na, für wen schon!

Meier und Meier

Herr Meier eilt im Schnellschritt den Gehsteig einer belebten Straße entlang. Er hat es brandeilig. Sein geliebtes Eheweib harrt daheim seiner. Und es harrt schon reichlich lange! Und ist gewiss schon verbittert und wird garantiert von Minute zu Minute verbitterter, wenn es Herrn Meier noch länger entbehren muss und das Krautfleisch inzwischen auf kleiner Flamme verdorrt.

Zügig schreitet Herr Meier voran, doch dann wird der Gehsteig plötzlich sehr eng, und ein sehr alter Mann humpelt vor Herrn Meier im Schneckentempo dahin. Herr Meier kommt am alten Mann nicht vorbei. Daran hindern ihn einerseits entgegenkommende Passanten, andererseits der üppig brausende Straßenverkehr. So zappelt Herr Meier, gottergeben seufzend, hinter dem alten Mann her, bis der Gehsteig endlich wieder breiter wird und zügiges Ausschreiten wieder möglich. Um die nächste Straßenecke biegend, blickt Herr Meier schnell noch einmal zurück und denkt voll Mitgefühl: So ein armer, alter Mann! Das muss ein schweres Leben sein!

Herr Meier sitzt in seinem Auto und braust eine breite Straße entlang. Er hat es überhaupt nicht eilig. Kein Eheweib harrt, kein Krautfleisch verdorrt. Frohgemut braust Herr Meier dahin, doch dann wird die Straße plötzlich sehr eng, und ein sehr altes Auto zuckelt vor Herrn Meier dahin. Im Schneckentempo. Herr Meier kommt an dem alten Auto nicht vorbei. Daran hindern ihn einerseits entgegenkommende Autos, andererseits der Straßengraben. Da wird Herr Meier wild! Da muss er blinken, da muss er hupen! Da muss er empört den Kopf schütteln und fluchen! Da muss er zu sich selbst sagen: »Eh klar! An Hut hat er auf, der Alte!«

Und wenn er dann endlich, endlich die »Schnecke« überholen kann, zeigt er ihr einen »Vogel« und brüllt durch das vorsorglich geöffnete Fenster beim Beifahrersitz: »Kauf dir ein Hutschpferd, Opa!«

Warum verhält sich Herr Meier in zwei durchaus ähnlichen Situationen so grundverschieden?

Was macht aus dem milden, einsichtigen Fußgänger Meier den wütenden, uneinsichtigen Autofahrer Meier? Und wer ist nun der wahre Meier? Ist es so, dass auch der gütigste, mildeste Mensch durch den psychischen Stress, den Autolenken verursacht, zum aggressiven Geschöpf wird? Oder ist es so, dass sich Herr Meier durch seinen »Blechschild« auf Rädern »pferdestark« fühlt und es wagt, seinem wahren Charakter zum Durchbruch zu verhelfen?

Herr Meier selbst hat mir das klar beantwortet. Er hat gesagt: »Ein Autofahrer reagiert halt anders als ein Mensch!«

Ja, dann!

Chefköche und Pfannenschläger

Der kochende Mann liegt im Trend und ist in etlichen »Modellen« zu haben. Welches für seine Umgebung tragbar ist, hängt von deren Nerven (inklusive Magennerven) ab. Man kann in den diversen Küchen das Modell »Festtagskoch« beobachten. Es ist ein ziemlich kostspieliges, aber auszuhalten, weil es selten in Aktion tritt und sein Talent nur in den Dienst hochherrschaftlicher Verköstigung erlesener Freunde stellt. Zu diesem Tun braucht der Festtagskoch zehn Tage Vorbereitung, für Studium einschlägiger Literatur und Einkauf von Zutaten, die etwa so viel kosten, wie seine Frau für die Ernährung der Familie in drei Wochen ausgibt.

Beim Kochvorgang verausgabt sich der Festtagskoch total, schafft es aber trotzdem, während des Mahles den Gästen ausführlich seine »private« Interpretation eines Bocuse-Rezepts zu erklären und gerührt zu vernehmen, dass er den Meister übertroffen habe. Während er Lob einheimst, versucht seine Frau, die gröbsten Verunreinigungen im Schlachtfeld Küche zu entfernen.

Das Modell »Chefkoch« ist bereit, ganz spontan und bei geringerem Anlass in Aktion zu treten. Kann leicht sein, dass es, um Zwiebel ausgeschickt, mit Spargel ankommt und verkündet, die Erzeugung von Gulasch sei unverzüglich abzubrechen, nun wolle er Frau und Kindern Gutes tun! Dazu braucht er allerdings, da er ja ein Chefkoch ist, Hilfe. Er delegiert simple Dinge wie Kochzeit-Kontrolle, Petersiliehacken und Reparatur der geronnenen »Hollandaise« an die Ehefrau. Dass die, während er kreativ werkt, anfallendes Schmutzgeschirr reinigt und Arbeitsgerät herbeiholt, ist wohl selbstverständlich.

Das Modell »Pfannenschläger« ist ungefährlich, da es sich bei ihm üblicherweise um einen Single handelt, der von allem, was sich im Kühlschrank befindet, etwas in eine Pfanne mit Fett tut, um es rührend zu rösten. Bevorzugte Materialien: Eier, Wurst, Nudeln, saure Gurken und abgetropfte Dosenware.

Das Modell »Standardkoch«, welches Grießkoch in exakt der Konsistenz herstellen kann, die dem Nachwuchs genehm ist, Einbrenn ohne Bröckerln schafft, nach acht Stunden Bürojob der

Ehefrau einen Nussstrudel bäckt und Marmelade kocht, wenn die Erdbeeren im Garten reif sind, gibt es zwar auch, ist im Moment aber leider nicht auf Lager. Es ist auch nicht »gebraucht« zu erwerben, da sich Frauen, die im Besitz dieser Köche sind, von ihnen nicht zu trennen gedenken.

Mann ist selten »man«

Das liebe kleine Wort »man« ist ein indefinites Pronomen und heißt so viel wie: jeder, jedermann, jemand, die Leute ... Zu dieser vom lieben kleinen Wort »man« eingeschlossenen Personengruppe gehören also auch alle Männer.

Sichtlich fühlen sich aber sehr viele von ihnen, vor allem Ehemänner, keineswegs zu diesem Personenkreis gehörig, sondern meinen, das liebe kleine Wort sei nur anzuwenden, wenn es um weibliche Personen gehe. Sie könnten es also getrost, wie bereits in gewissen Frauenkreisen durchaus üblich, durch das ebenso liebe kleine »frau« ersetzen.

Oder haben Sie etwa, verehrte verheiratete Leserin, daheim keinen Mann, der hin und wieder sinnend in die Sockenlade schaut und murmelt: »Da sollte man einmal aufräumen!«?

Muss ja nicht gerade die Sockenlade sein. Könnte auch sein, dass er sagt: »Man sollte wieder einmal Onkel Theo anrufen und fragen, wie's ihm so geht!«

Oder: »Aber wenn wir ins Theater gehen wollen, muss man vorher Karten besorgen!« Oder: »Man sollte endlich doch einmal in die Sprechstunde vom Klassenvorstand gehen!«

Unendlich lang ist in der Normal-Ehe die Liste der Dinge, die »man« tunlichst tun sollte. Spärlich sind aber Ehemänner, die sich persönlich vom »man« betroffen fühlen und selbst Sockenladen aufräumen, alte Onkel anrufen, Theaterkarten besorgen und bei Klassenvorständen vorsprechen.

Der meisten Männer »man« ist nur ein dezenter Hinweis, dass die Frau all dieses gefälligst erledigen möge. Es drückt zudem aus, dass der Mann ein bescheidener ist, einer bar aller Pascha-Allüren! Er fordert ja rein gar nichts, er schafft nichts an, befiehlt nichts, gibt nur einen kleinen Ansporn, um Haushalt oder zwischenmenschliche Beziehungen in Ordnung zu halten. Und tut »man« nicht, was »man« tun sollte, würde solch braver Mann auch nicht auf den Tisch hauen!

Aber »frau« nimmt sich den Ansporn üblicherweise ohnehin zu Herzen und tut, was »man« tun sollte. Meldet sie dann den ordentlichen Vollzug einer dieser Tätigkeiten, kann der Mann treuherzig sagen: »Ach, das hast DU gemacht? Ich hatte mir nämlich vorgenommen, es morgen zu erledigen!«

Für den Fall, dass eine Frau dieser Aussage glaubt und nach neuerlichem »man sollte« nicht aktiv wird und drauf wartet, dass es ihr Mann werde, wird aber garantiert nicht mehr passieren, als dass der Gute wiederholtermalen und immer grämiger vorträgt, was »man tun sollte«.

Perfekter Zweit-Papa

Immer wieder muss ich über die Herren staunen, die in bereits fortgeschrittenen »besten Jahren« noch so vital und agil sind, dass sie ein »zweites Leben« anfangen.

Nicht beruflich natürlich, nur familiär!

Die »Erst«-Kinder sind, fast erwachsen, und die »Erst«-Frau hat sich im Laufe der Jahre bedauernswerterweise etwas abgenutzt, also heißt es halt tapfer wieder von vorn anfangen!

Scheidung – neue Frau – neues Kind (üblicherweise aber nur ein Exemplar, weil die Unterhaltskosten für die studierenden »Erst«-Kinder das Budget meistens doch etwas belasten)!

Was an der agil-vitalen Angelegenheit so staunen macht, ist der Umstand, dass die meisten dieser tapferen Herren zweitfamiliär ein völlig anderes Verhalten an den Tag legen als in der ersten Ehe.

Seinerzeit waren sie mit Beruf, Hobbys und Pflege von Freundschaften (zu beiderlei Geschlecht) ausgelastet. Für so Kleinkram wie Kinderaufzucht hielten sie ihre Ehefrau zuständig.

Und wenn sie sich pro Woche ein Stündchen Zeit für ihre Kinder abzwackten, hielten sie sich schon für perfekte Familienväter.

Im zweiten Eheleben jedoch schaut die Sache anders aus! Da lernt der Papa – wenn nicht schon »bei der Geburt mitatmen« – wenigstens »wickeln« und »Flascherl geben«, er sieht auch ein, dass die junge Mama ein bisschen Freizeit vom Baby braucht, während der er es zu hüten hat.

Und dass er sich, ein paar Jahre später, die Kindergärtnerin, der er seinen »Zweit«-Spross anvertraut, genau anschauen muss, damit er sein schutzbedürftiges Würmchen nicht etwa einer Furie ausliefert, versteht sich von selbst!

Und was dann die Einschulung betrifft, führt er mit der »Zweit«-Frau viele, viele Abende lang ausführliche Gespräche. Ist ja lebensbestimmend, in welche Schule ein Kindlein eintritt; das hat ein guter Papa zu bedenken. Und dazu hat er auch noch zu lernen, wie man Kasperltheater spielt! Und Märchen gut erzählt! Und aus Kastanien und Zahnstochern einen Zoo bastelt.

Macht ja nicht nur dem Kind Spaß! Macht auch dem Papa Spaß! Gar nicht gewusst hat er, wie viel Befriedigung einem Mann das Zusammensein mit Kindern geben kann!

Ist wirklich schön, wenn ein Mann – spät, aber doch – einsieht, wo die wahren Werte im Leben liegen; nur etwas befremdlich, dass es den „Erst"-Kindern oft so schwer fällt, sich darüber neidlos freuen zu können.

Der Überstundentrick

Da heutzutage alles untersucht, erhoben und gedeutet wird, ist nun auch dieses eindeutig und wissenschaftlich erwiesen: Verheiratete, mit Nachwuchs gesegnete Männer machen nicht vorwiegend deshalb Überstunden, weil es so viel Arbeit im Betrieb gibt oder sie das Familieneinkommen mehren wollen, sondern weil sie sich, Überstunden machend, der Familie entziehen können. Auch tätige Mitgliedschaft in Vereinen oder Arbeit in politischen

Parteien wird angeblich von vielen Männern nur deshalb wacker verfolgt, um außerhäuslich unentbehrlich zu sein.

Die Familie nämlich wünschen sich Männer als »Erholungsraum, Kraft-Tankstelle und Abschaltmöglichkeit bei Stress«, und all das finden sie halt weit eher zu Hause vor, wenn sie spät heimkommen, zu einer Tageszeit, wo der »Familienbetrieb« die ärgste »Stoßzeit« hinter sich hat.

Ist ja nachvollziehbar! Wer eintrudelt, wenn die Kinder längst abgefüttert sind, sich zu Tisch setzen und warten kann, bis das Essen wieder aufgewärmt ist, hat höchstens unter verminderter Essensqualität zu leiden. Das ist nicht so stressig wie in der Küche stehen und bei den diversen Vorbereitungen für das Nachtmahl einen oder mehrere Fingerchen zu rühren. Außerdem gibt es noch immer ungeahnt viele perfekte Frauen, die dem armen Überstundenmacher nichts aufwärmen, sondern hurtig etwas Frisches – ganz nach Wunsch – zaubern.

Auch zwei kleine Kinderchen, die – blitzsauber gebadet – in niedlichen Nachthemden aus den Betterln winken und auf Papis Gute-Nacht-Kuss warten, nehmen sich wesentlich reizender aus als zwei quengelnde Knirpse, die alle Tricks durchprobieren, um nicht ins Bett gehen zu müssen.

Ebenfalls keine Frage, dass es nervenentspannender ist, im Betrieb, im Verein oder in der Partei so lange »seinen Mann zu stehen«, bis der Elternabend in der Schule vorüber ist.

Von der Mann-Steherei heimgekehrt, kann sich der Familienvater dann ja berichten lassen, was der Klassenvorstand alles gesagt hat. Und er kann, was noch viel schöner ist, seiner Frau auch erklären, was sie dem Klassenvorstand zur Antwort hätte geben sollen! Und hinterher milde seufzen, dass seine Frau halt ein Hascherl und nicht schlagfertig genug ist! Und zu wenig konfliktfreudig! Und welch Jammer es ist, dass er selbst von wegen Überstunden, Verein oder Partei dem ungerechten Kerl nicht die längst fällige Meinung hat sagen können!

Neues von der Familie?

Eine neue Studie des Instituts für Demographie hat es an das Tageslicht gebracht:

Die »neuen« Männer sind nicht so unwillig, Hausarbeit zu leisten, wie man allgemein angenommen hat.

Waschen und Bügeln liegt ihnen nicht so sehr. Nur einer von zehn Familienvätern pflegt Umgang mit Waschmaschine, Wäscheleine und Bügeleisen. Geschirrwaschen und Kochen zählt auch nicht gerade zu den Lieblingsbeschäftigungen der Männer. Dem Saubermachen nähern sie sich etwas zögerlich, aber zu Ämtern, Behörden und auf Banken gehen sie reichlich.

Doch ganz groß sind die Väter da, wenn es um das Spielen mit den Kindern geht. Regelmäßig spielen 82 Prozent der Väter mit ihren Kindern! Das ist doch wirklich fein. So habe ich mir die Arbeitsteilung in der emanzipierten Familie vorgestellt! Die Mama bügelt Herrenhemden und der Papa baut aus Legosteinen einen Bahnhof. Die Mama wäscht das Geschirr ab und der Papa lässt zwei Autos über die Rennbahn sausen. Die Mama kocht ein dreigängiges Mittagessen und der Papa geht spazieren.

Mir kommt diese Art von Arbeitsteilung recht bekannt vor. So ähnlich war es doch schon in meiner Kindheit. Auch da sind die netten Väter – und die hat es schon damals reichlich gegeben – am Sonntagvormittag mit den Kindern spazieren gegangen. Auch ins Museum haben sie sich mit den Kindern begeben. Das Technische Museum, zum Beispiel, war am Sonntag voll von begeistert erklärenden Vätern und staunenden Söhnen. Könnte sein, dass heutzutage auch Töchter dort staunen. Einerseits wäre das ein Fortschritt, andererseits entgeht so der kochenden Mutter nun auch die Mithilfe der Tochter.

Die Erkenntnis, dass Väter gern spielen, ist keine neue. Schon in meiner Kinderzeit war ich mit meinen Freunden darüber einig, dass die Papas viel besser spielen als die Mamas. Manchmal haben sie sogar so gut gespielt, dass aus den Kindern reine Statisten wurden, die die spielenden Papas verließen und sich bei den Mamas beschwerten; nach dem Motto: Er lässt mich nicht mitspielen!

Dass – wie die Statistik behauptet – 79 Prozent der Väter mit den Kindern über deren Probleme reden, besagt auch gar nichts, denn wer schließlich die Probleme der Kinder lösen muss, ist eine ganz andere Frage. Meistens sind auch heute noch die Mütter die Problemlöser.

Und dass sich meine Mutter mit der Ausrede: »Der Vati kann das viel besser« vor allen Amtswegen gedrückt hat, weiß ich noch sehr gut. Solche Unannehmlichkeiten auf den »Haushaltsvorstand« abzuschieben, war schon immer gutes Recht des »schwachen Geschlechts«.

Viel Neues ist also aus der Familie, auch wenn man sich alle statistische Mühe gibt, noch immer nicht zu berichten. Alles wie gehabt! Jubelgeschrei ist absolut nicht angebracht.

Ja, wo sind sie denn wieder?

Ich kenne einen Mann, sehr gut kenne ich ihn sogar, der hat einen kleinen Schlüssel-Tick. Nicht jedes Mal, wenn er die Wohnung verlässt, aber sehr häufig, steht er ausgehfertig angekleidet im Vorzimmer und blickt auf das kleine schwarze Tischerl dort. Liegen auf dem nur ein paar Zettel, ein Erlagschein und ein abgerissener Knopf, aber kein Schlüsselbund, klopft er an sich selbst in Hüfthöhe rum. Vernimmt er kein leises, metallisches Scheppern, ruft er aus: »Wo sind denn meine Schlüssel?«

Meistens reicht es dann, ins Vorzimmer zu eilen, Zettel und Erlagschein zu lüpfen, worauf der Schlüsselbund ans Licht kommt. Hat das keinen Erfolg, führt es in neun von zehn Fällen zum Ziel, den Mann in Hüfthöhe etwas fester abzuklopfen, weil Schlüssel manchmal in Sakkotaschen so gepolstert deponiert sind, dass sie nicht Laut geben. Und im zehnten Fall muss man halt die Taschen des Sakkos absuchen, welches der liebe Mann getragen hat, als er ein paar Stunden vorher heimkam.

Nun, das ist nicht weiter viel Mühe, die kann man sich für einen netten Mann jederzeit machen. Es erheben sich aber doch drei kleine Fragen:

Warum braucht ein erwachsener Mann unbedingt bei solch regelmäßiger Gepflogenheit Beistand? Warum lernt er nicht in Jahrzehnten, selbst Zettel zu lüpfen und effizienter eigene Taschen zu durchsuchen?

Warum verharrt man nicht in Ruhestellung und ruft ins Vorzimmer: »Dort, wo sie immer sind, werden sie sein!« Warum springt man auf und eilt zu Hilfe?

Und wenn man schon meint, einem netten Mann stets, und auch bei seinen Ticks, Beistand leisten zu müssen, warum nimmt man es ihm nicht übel, wenn man selbst wieder mal die Brille sucht, laut fragt, wo die sein könnte, und der nette Mann schaut bloß von der Zeitung hoch und sagt freundlich: »Habe sie nicht gesehen.«

Die Antworten auf Frage 2 und 3 lauten wohl: »Weil Frauen halt hilfreicher sind als Männer, dafür aber weniger hilfsbedürftig.« Und daraus ergibt sich wiederum die Antwort auf Frage 1! Wie soll denn ein netter Mann lernen, selbst einen Schlüsselbund zu finden, wenn es die Ehefrau seit Jahrzehnten für ihn tut?

Ganz nebenbei: Er hat es eh längst gelernt, aber man muss schließlich nicht alles tun, was man kann! Dass er es kann, ergibt sich daraus, dass er seine Schlüssel findet, wenn er allein daheim ist. Aber es tut eben einem Männergemüt wohl, sich täglich zu bestätigen: Ich werde gehegt und gepflegt, umsorgt und unterstützt.

Das vermittelt Geborgenheit im Leben.

Ein Rosenstrauß

Gestern stieg ich in ein Taxi, gab mein Fahrziel bekannt. Der Fahrer brauste los. Wir waren schon ziemlich lange gefahren, da merkte ich, dass der Fahrpreisanzeiger nicht lief.

»Pardon«, sagte ich, »Sie haben vergessen -«

»Stimmt schon«, unterbrach mich der Taxifahrer. »Für Sie kostet's nämlich bei mir nichts.«

»Wie denn dem?«, fragte ich verblüfft.

»Sie waren vor einem Jahr so was wie mein Schutzengel«, sagte er und erzählte mir folgende Geschichte:

An einem kalten Frühlingstag stieg ich in sein Taxi und hatte einen großen Strauß Blumen in den Armen. Rote Rosen. Die hatte mir jemand geschenkt, der nicht gewusst hatte, dass ich gleich nach unserem Treffen mit dem Taxi zum Flugplatz fahren würde. Da ich keinen Sinn darin sah, mit zwanzig langstieligen Rosen nach Frankfurt zu fliegen, fragte ich den Taxifahrer beim Zahlen: »Sind Sie verheiratet?«

»Verheiratet bin ich«, antwortete der Taxifahrer mit einem sanften Seufzton in der Stimme.

Ich reichte ihm den Rosenstrauß nach vorne. »Dann bringen Sie bitte die Blumen Ihrer Frau«, sagte ich.

»Ich? Meiner Frau Blumen?« Nun war seine Stimme direkt voll Entsetzen. »Ich hab ihr noch nie Blumen bracht!«

»Dann wird es ja Zeit«, sagte ich und stieg aus. Und der Taxifahrer fuhr heim und überreichte seiner Frau die zwanzig langstieligen Rosen.

Eigentlich hatte er die Absicht gehabt, seiner Frau die Herkunft der Rosen näher zu erläutern, doch der Ehefrau Blauaugen füllten sich mit Tränen. Hierauf umarmte die Ehefrau ihren Ehemann, und dann zerriss sie einen Brief. Das war der Abschiedsbrief an den Ehemann gewesen, in dem sie ihm, wegen Mangel an Zärtlichkeit, Liebenswürdigkeit und Sensibilität, den Dienst aufgekündigt hatte.

Sie wischte sich die Tränen von den Wangen, wässerte den Blumenstrauß ein und war sich sicher, dass ihr Mann in Wirklichkeit doch zärtlicher, liebenswürdiger und vor allem sensibler sei, als sie ihm bisher unterstellt hatte.

Sonst würde er, der ihr doch noch nie Blumen geschenkt hatte, wohl nicht gerade an jenem Tag, an dem sie beschlossen hatte, ihn zu verlassen, mit Rosen kommen! Kurz und gut: Meine Rosen hatten eine Frau dazu gebracht, es mit ihrem Mann noch einmal zu versuchen.

»Und i hab doch«, sagte der Taxifahrer zu mir, »bis zu dem Tag gar net gwusst, dass meiner Frau bei mir was abgeht. Ehrlich, Sie warn mein Schutzengel.«

Mag sein. Aber wenn Schutzengel sein so leicht ist, warum sind dann die Männer nicht ihre eigenen Schutzengel? Es müssen ja nicht zwanzig Rosen sein. Frauen sind genügsam. Wie wär's mit einer? Hin und wieder – so auf einen leisen Verdacht hin?

Reden liegt ihm nicht

Dass Frauen gesprächiger sind als Männer, ist eine bekannte Tatsache. Daran soll sich auch niemand stoßen, denn – wie schon das alte Sprichwort sagt – »mit dem Reden kommen die Leut zamm«, und es ist doch schön, dass wir Frauen durch unser vieles Reden viel dazu beitragen, dass sich die Menschen besser verstehen und besser miteinander auskommen.

Es gibt bloß eine Sorte von Viel-Rednerinnen, die mich ganz verrückt macht: die »stellvertretende« Rednerin! Ich meine die Frauen, die ständig für ihren Ehemann reden, auch wenn dieser anwesend ist.

»Sag, wie geht es dir denn im neuen Job?«, erkundigt man sich beim männlichen Teil des Ehepaares, und der weibliche Teil ratscht los: »Also, in den ersten zwei Wochen hat er sich schwer getan, aber jetzt hat er alles bestens im Griff, bloß mit dem blöden Oberbuchhalter, da kommt er nicht zurecht, und ...« Nicht einmal über den eigenen Leib darf der arme Kerl selbst Auskunft erteilen. Kaum hat man ihn gefragt, was die Durchuntersuchung im Spital ergeben hat, referiert sie schon: »Der Blutzucker ist normal, das Blutfett auch, nur das Cholesterin ist zu hoch, aber der Oberarzt ...«

Meistens ist dem Gesicht des Ehemannes dann anzumerken, dass er – und sei es über den Oberbuchhalter – doch einer etwas anderen Ansicht ist.

Er runzelt die Stirn, er schüttelt den Kopf, er öffnet sogar den Mund, er winkt auch ein bisschen mit einer Hand, als wolle er den unermüdlichen Redefluss seiner gesprächigen »Hälfte« eindämmen, aber da hat er keine Chance. Die gute Frau bemerkt das nicht einmal. Wacker redet sie weiter! Will man dem armen Mann beistehen und unterbricht die »stellvertretende« Rednerin und schnauzt sie, was ja unter Freunden erlaubt ist, an: »Jetzt lass ihn doch endlich einmal selbst reden!«, schweigt sie verblüfft. Aber der arme Mann schweigt auch verblüfft! Dann richten sich alle Blicke auf ihn, er wird verlegen, senkt den Kopf, dreht das Bierglas in den Händen und murmelt schließlich: »Ja also, ja also, ja also ...« – und schweigt wieder. Worauf die Ehefrau voll Zufriedenheit in die Runde schaut und frohlockt: »Na bitte! Er tut ja den Mund nicht auf!« Und dann hinzufügt: »Über sich selber zu reden, liegt ihm nicht!«

Nein, das liegt ihm wirklich nicht mehr. Das hat er verlernt, wie man eben alles verlernt, was man jahrzehntelang nicht mehr getan hat. Zumindest liegt es ihm in Anwesenheit seiner Ehefrau nicht mehr. Aber angeblich, wenn er – jeden Freitag am Abend – zum »Stammtisch« geht, soll außer ihm keiner mehr zu Wort kommen.

Ist's ein Wunder?

Geben Sie nach?

Las ich doch unlängst auf einem Zeitungstitelblatt fett gedruckt: Bei Ehestreit geben Männer öfter nach.

Ei potz, dachte ich mir verdutzt, denn nachgebende Männer entsprechen in keiner Weise meiner langen Lebenserfahrung. Doch dann, ins Blattinnere vorgedrungen und »en detail« lesend, war ich wieder beruhigt!

Die Männer, besagt eine Meinungsumfrage, stehen einen Streit mit der Ehefrau nicht bis zum Ende durch, sondern ziehen sich in den »Schmollwinkel« zurück.

Und dieses soll Nachgeben sein? Da kann eine alte Ehefrau bloß bitter lachen! Wer in regelmäßigen Abständen den Herrn Gemahl aus dem Schmollwinkel herauszuholen hat – und welche Ehefrau hätte das nicht —, der weiß ganz genau, dass der Rückzug in den Schmollwinkel das Gegenteil von Nachgeben ist. Der »Schmollwinkler« zwingt seine Frau zum Nachgeben! Schmollen ist eine besonders hinterhältige Taktik im ehelichen Kleinkrieg!

Gegen den Schmollenden helfen keine guten Argumente, keine Drohungen, keine Schimpftiraden. Da hilft auch kein Geschrei, kein Weinen, kein Bitten, kein Flehen und kein Angebot auf Waffenstillstand, denn wer schmollt, verweigert sich und lässt sich auf keinerlei Debatte mehr ein.

Der Schmoller geht aufs Ganze und weiß, dass es ihm – über kurz oder lang – zufallen wird.

Um das zu erreichen, bleibt er natürlich keineswegs in seinem »Winkel«, wo man ihn übersehen könnte. Er bewegt sich matten Schrittes durch die ganze Wohnung, wobei seine Schultern und Mundwinkel hängen. Hin und wieder seufzt er. Muss er unbedingt Antwort geben, bescheidet er sich auf »Ja« oder »Nein«, so er nicht mit »hmpf« das Auslangen findet. Und hat er Kinder, bringt er denen durch körpersprachliche Signale bei, wie sehr er leidet und dass an diesem jämmerlichen Zustand sein Eheweib die Alleinschuld trägt. Worauf dann der gerührte Nachwuchs der Mama die empörte Frage stellt: »Warum bist du denn so böse zum Papa?«

Wenn nicht schon vorher, so spätestens dann gibt die Ehefrau nach und macht dem »Schmollwinkler« alle Zugeständnisse, die es braucht, um aus ihm wieder einen Menschen zu machen, mit dem Zusammenleben möglich ist. Und sie nimmt es sogar hin, dass der aus seinem Schmollwinkel Heimgekehrte sich als der Nachgebende sieht und auch als solcher gesehen werden will!

Vorsicht bei der Rücksicht!

In einer Ehe – das erfährt man spätestens beim Trauungsakt von der standesamtlichen Person – haben die Partner Rücksicht aufeinander zu nehmen. Und wer dort sein »Ja« haucht oder rausposaunt, nimmt sich in dem Moment wohl auch redlich vor, diese Rücksicht zu tätigen; mag kommen, was da wolle!

Gut geht es sorglosen Leuten, die im Laufe der Jahre ein bisserl vergessen, was sie sich auf dem Standesamt bezüglich Rücksicht vorgenommen haben.

Wesentlich härter ist der Alltag derer, die zu ihrem Rücksichts-Vorhaben eisern stehen. Der Mensch will nämlich für gute Taten – und Rücksichtnahme gehört zu diesen – gelobt werden. Aber je perfekter Rücksicht auf den Partner geübt wird, umso weniger bemerkt dieser, dass sie überhaupt geschieht, und sieht keine Veranlassung zum Lob.

Seit fünfzehn Jahren etwa schaltet Frau M. jeden Abend, wenn sie hört, dass Herr M. die Wohnungstür öffnet, den Fernseher aus. Obwohl zu diesem Termin seit fünfzehn Jahren Serien laufen, die sie gern sieht. Sie tut es aus Rücksicht auf Herrn M., der es nach der Arbeit friedlich-still mag.

Aus Rücksicht auf ihn sagt sie nie, dass sie ans Meer fahren will. Weil er die Berge liebt! Aus Rücksicht auf ihn lädt sie ihre Schwester nie ein. Weil ihn die nervt! Sie kauft keine rosa Vorhänge, weil er Rosa nicht mag. Sie hat sich sogar die wiehernde Art zu lachen abgewöhnt, weil ihn die gestört hat.

Und wenn er am Sonntag lang schlafen will, liegt sie still neben ihm, weil er einen »seichten Schlaf« hat und ihn das Quietschen der Matratze – so sie sich erheben tät – munter machen würde. Alles aus Rücksicht!

Herr M. aber ist harmlos der Meinung, dass seine Frau am TV-Vorabendprogramm kein Interesse hat und grüne Vorhänge liebt, dass sie ihre Schwester und das Meer genauso wenig mag wie er und den Schlaf am Sonntagmorgen genauso liebt wie er. Und dass sie seit einiger Zeit anders lacht, na ja, das ist angenehm, aber warum das so ist, darüber hat er nicht nachgedacht.

Dann kommt Herr M. eines Tages heim, Frau M. kocht Grammelknödel, weil Sohn M. selbige liebt. Herr M. sieht's und sagt: »Die mag ich doch nicht, na ja, auf meine Gustos nimmt man ja nicht Rücksicht!«

Da flippt Frau M. plötzlich aus! Schreit, haut den Topfdeckel zu Boden und droht mit Scheidung!

Und Herr M. hält das für einen kurzfristigen Anfall von Irrsinn, bedingt durch die Wechseljahre.

Also Vorsicht bei der Rücksicht!

Gewisse gesellige Menschen ...

Dem geselligen Menschen – sagt Goethe – sei es ganz gleich, ob er nutze oder schade, er wolle nur unterhalten.

Ich weiß ja nicht, wie Goethe das exakt meinte, aber so, wie ich es verstehe, trifft es genau auf meine Freundin Erika zu.

Die ist eine gesellige Frau. Hat ein Ereignis Unterhaltungswert, muss sie es erzählen. Sie kann nicht anders! Auch nicht, wenn das Unterhaltende zu Lasten ihres lieben Kurt geht, der eine »praktische Niete« ist und dazu einer, der »in den Keller lachen geht«, also keiner, der mitlachen kann, wenn über ihn gelacht wird.

Unlängst passierte Kurt dieses: Er machte sich daran, den Fußboden eines Kammerls mit brauner Farbe zu streichen. Er betrat das Kammerl, fing gleich bei der Tür an, Farbe aufzutragen, und arbeitete sich pinselnd weiter. Als der Boden, bis auf einen Quadratmeter, braun war und sich Kurt im hintersten Winkel des Kammerls befand, merkte er, dass er sich den Ausweg zugepinselt hatte. Da stand er nun auf dem ungestrichenen Fleck und rief nach Erika. Aber was sollte die tun? Sie konnte ihm nur raten, entweder durch den nassen Lack zu gehen oder im Winkerl zu bleiben, bis der Lack trittfest war. Kurt entschied sich zuerst fürs Warten, stand es aber nicht durch, begab sich durchs Klebrige und nahm hinterher ein Terpentin-Fußbad.

Klar, das Ereignis hat Unterhaltungswert. Und wenn man es dazu noch witzig erzählt – so wie Erika das kann —, erntet man viel Applaus und trägt gewaltig zum heiteren Verlauf eines Treffens mit Freunden bei. Nur ist es halt so, dass es ein humorloser Mann gar nicht gern hat, wenn seine Frau kichernd schildert, wie sie ihn fluchend im »Braunen« vorfand und wie er schließlich verbittert jedes Zeherl säuberte. Und er mag es noch weniger, wenn ihn Freunde dann wochenlang grinsend fragen, ob er nicht auch zu ihnen »Bodenstreichen« kommen wolle. Das frustriert ihn enorm! Und da Kurt – nicht ganz zu Unrecht – Erika als die Urheberin seines Frusts sieht, lässt er selbigen an ihr aus. Und Erika leidet!

Herr M. und der Ruhestand

Herr und Frau M. waren 35 Jahre glücklich verheiratet. Auf hergebrachte Weise. Herr M. war für das Geldverdienen zuständig, Frau M. für den Haushalt. Seit zwei Jahren nun ist Herr M. in Pension. Seither kriselt es in der Ehe.

Dass es nicht einfach sein werde, rund um die Uhr mit einem »Ruheständler« zu leben, hatte Frau M. geahnt. Aber ihre Befürchtungen waren in die falsche Richtung gegangen. Sie hatte gedacht: Wenn dem vitalen, hochaktiven Mann die Berufsarbeit fehlt, wird er depressiv werden, herumsitzen und Trübsal blasen. Hobbys hat er ja nicht. Vor lauter Überstunden war ja nie Zeit dafür. Und wenn man in Pension ist, ist man wohl zu alt, um neue Interessen zu entwickeln.

Aber weit gefehlt! Kaum im Ruhestand, fand Herr M. ein passendes Gebiet, um seine gigantische, durch nichts beeinträchtigte Dynamik voll auszutoben: Frau M.s Haushalt!

Er beschloss, diesen »auf Vordermann« und in Frau M.s Arbeit »System« zu bringen. Und da war viel zu tun! Allein bei der Wäsche etwa.

Mit 20 Prozent weniger Pulver, als Frau M. in die Trommel zu tun pflegte – das testete Herr M. an Leintüchern – ist ein genauso perfektes Weißer-als-weiß-Ergebnis zu erzielen. Und wenn man Herrenhemden auf die von Herrn M. entwickelte Art an die Wäscheleine hängt, erspart das pro Hemd drei Minuten Bügelzeit.

Das Kochen reformierte Herr M. auch. Er bestand darauf, dass Frau M. sechs Liter Gemüsesuppe kochte. Einen halben Liter zum alsbaldigen Verzehr, den Rest zum Einfrieren. Mit der Stoppuhr bewies er, dass es zeitintensiver ist, zwölfmal einen halben Liter zu kochen als einmal sechs Liter. So hatte Herr M. auf allen Gebieten des Haushalts gute Ideen, die er genauso vehement durchzusetzen versuchte wie vor der Pensionierung Anordnungen an Untergebene.

Vor zwei Wochen wollte er Frau M. animieren, jeden Freitag fünf Supermärkte abzufahren, um aus deren Sonderangeboten den Wochenbedarf heimzubringen. Da drohte Frau M. mit Scheidung.

Wer suchet ...

»Wer suchet, der findet!« ist ein guter Rat, wenn es um ein spezielles Pullimodell geht, um ein Urlaubsquartier exakt nach Wunsch oder um einen preiswerten Gebrauchtwagen. Aber bereits wenn es um Schwammerln geht, funktioniert das Suche-finde-Prinzip nimmer; das weiß ich aus Erfahrung, denn auf den Flecken Waldboden, wo ich intensiv suche und nichts finde, findet ein anderer, ohne viel zu suchen, ein Körberl voll!

Und wenn es um einen Partner fürs Leben oder auch nur für ein paar Jahre geht, ist Suchen schon gar kein Weg zum Finden. Das gilt für Männer wie für Frauen, aber für Frauen leider noch ein bisserl mehr. Des »suchenden Mannes« erbarmen sich wenigstens Frauen, deren mütterlicher Instinkt übermäßig ausgeprägt ist, weil ein »suchender« Mann meistens als hilfloses, von schlechten Erfahrungen erschüttertes und bitter enttäuschtes Wesen auftritt. Und das rührt manch Frauenherz!

Aber Männerherzen sind nicht leicht zu rühren: Erkennt ein Mann, dass eine Frau »auf Suche« ist, wird er abweisend. In Liebessachen ist es eben nicht wie bei Konsumartikeln, wo mehr Werbung bessere Verkaufschancen garantiert und Anpreisen Erfolg bringt. Ich kenne etliche Frauen, die jahrelang intensiv »auf Suche« waren, aber kein männliches Wesen ließ sich von ihnen »finden«.

Dann hatten sie die Sucherei satt und beschlossen, dass ein Leben als Single auch recht schön sein kann. Hernach dauerte es nicht mehr lang, bis sie von einem Mann »gefunden« wurden. In einem Fall war der Finder sogar genau der Mann, den die Frau ein Jahr lang davon hatte überzeugen wollen, dass sie die optimale Partnerin für ihn sei. Aber solange sie ihm das gezeigt hatte, war er »nicht interessiert«. Erst als er nimmer Objekt ihrer Begierde war, wurde sie Objekt der seinen.

Vernünftig ist es freilich nicht, angebotene Zuneigung abzulehnen und lieber hinter verweigerter her zu sein. Dass es unvernünftig ist, sieht man ja daran, dass sich sehr oft ein mühsam »selbst gewählter Partner«, endlich errungen, als völlig unbrauchbar zum Miteinander-Leben erweist. Aber in der Liebe geht es wie beim Schwammerlsuchen zu. Kein Mann will Schwammerl sein, jeder Schwammerlsucher, und die raren Schwammerln sind die begehrtesten.

Etwa die Trüffel! Auch wenn die gar nicht so erlesen schmeckt, wie immer behauptet wird, gilt sie einfach ob ihrer Seltenheit als Nonplusultra-Gaumenfreude. Würden Trüffeln wie Brennnesseln den Zaun entlang wachsen und im Winde raunen: »Pflück mich!« – keiner würde viel Geld für sie zahlen. Womit ich natürlich nicht sagen will, dass alle Männer »Trüffelschweine« sind.

Armer Herr Meier!

Ob Frau Meier als »doppelbelastet« oder »dreifachbelastet« anzusehen ist, darüber lässt sich streiten. Kommt drauf an, ob man zum Aufgabenbereich »Haushalt und Kinder« auch teilweise Versorgung und Pflege eines depressiven Vaters und einer kränklichen Schwiegermutter rechnet oder diese Altenbetreuung als »Drittbelastung« sieht. Jedenfalls ist Frau Meier reichlich »ausgelastet«. Aber die Frau ist stabil, kräftig, vital und positiv denkend, die schafft das, um die muss man sich keine Sorgen machen! Um Herrn Meier hingegen ist Sorge angebracht. Mit einer derart »ausgelasteten« Frau zu leben, treibt den geduldigsten Ehemann ins psychische Elend. Ein Mann will von seiner Frau schließlich »etwas haben«, und Herrn Meier ist klar: Alle haben von meiner Frau etwas, nur ich nicht!

Für ihren Chef, sagt er sich bitter, macht sie 38 Wochenstunden die Buchhaltung und ist stolz drauf, nie damit im Rückstand zu sein, doch der Antrag auf meinen Lohnsteuer-Jahresausgleich liegt seit Wochen auf dem Couchtisch, und sie hat ihn noch immer nicht ausgefüllt. Unser Sohn hat sich zum Geburtstag bei ihr eine Zitronentorte bestellt, die hat sie natürlich noch um Mitternacht gebacken, aber mein klitzekleines Wünschchen, endlich wieder einmal zum Nachtmahl ihre köstlichen, selbst gemachten Ravioli zu kriegen, ignoriert sie und holt die Ravioli aus dem italienischen Delikatessen-Laden. Für ihre Schwiegermama geht sie auf den Markt um ein Landhendl, ihrem Vater schaut sie regelmäßig die Wäsche auf lose Knöpfe durch, aber meine Schuhe wären seit zwei Wochen vom Schuster zu holen, und sechs gute Hemden kann ich nicht anziehen, weil ihnen Knöpfe fehlen. Kommt unsere kleine Tochter mitten in der Nacht und will »kuscheln«, darf sie unter ihre Tuchent. Habe ich selbiges Anliegen, höre ich ein gemurmeltes »Du, ich bin hundemüde«.

Gestern wollte Herr Meier mit seiner Frau eine Aussprache darüber herbeiführen. Geschlagene zwei Stunden wartete er im Wohnzimmer fernschauend, dass sie endlich aus der Küche reinkomme. Dann ist er in die Küche raus. Seine Frau wusch Geschirr ab.

»Du, ich habe ein Problem, das mir enorm zu schaffen macht«, sagte Herr Meier zu ihr.

»Na, dann erzähl!«, sagte Frau Meier und drückte ihm ein Geschirrtuch in die Hand.

Da schleuderte Herr Meier das Geschirrtuch zu Boden und kehrte ins Wohnzimmer zurück. Völlig verbittert. Bei einer Frau, die total unsensibel meint, dass ein Mann, stehend und Teller trocknend, sein verwundetes Inneres nach außen stülpen kann, ist jedes Gespräch von vornherein zum Scheitern verurteilt!

Nächtliches Ausgehverbot für Männer

Frauen werden von Männern sexuell belästigt. Am Arbeitsplatz, auf der Straße, in Lokalen, einfach überall dort, wo Frauen auf Männer treffen. Mit Männern ist schwer über dieses Thema zu reden.

Auch die, die nicht hinter Frauen herpfeifen, Frauen keine eindeutigen Anträge stellen und sich nie als »Busengrapscher« versuchen, neigen dazu, ihre Geschlechtsgenossen, die all dies und noch mehr tun, zu verteidigen und deren Verhalten als »harmlos« hinzustellen.

Männer sind eben Eroberer! Und eine Frau soll sich geschmeichelt fühlen, wenn sie belästigt wird. Eine hässliche wird ja schließlich in Frieden gelassen! Und Männer müssen doch aktiv werden! Und Frauen erwarten das ja auch! Und wenn sie es nicht mögen, dann müssen sie sich halt wehren!

»Wie soll man denn sonst herauskriegen, ob sie will?«, sagte mir ein Mann mit Unschuldsmiene. Viele Männer glauben halt noch immer an den dummen alten Witz, der da heißt: Sagt eine Dame »nein«, meint sie »vielleicht«, sagt eine Dame »vielleicht«, meint sie »ja«, sagte eine Dame »ja«, dann ist sie keine.

Wären »Damen« wirklich so, hätten die Busengrapscher ja recht. Wie soll man zu Wesen, die immer »nein« sagen, es aber nicht meinen, anders als handgreiflich Kontakt aufnehmen?

Und die Frage, ob Frauen überhaupt Kontakt aufnehmen wollen, stellt sich den meisten Männern anscheinend gar nicht. Dass eine Frau trotz »wippender Oberweite« ungeschoren durch den Alltag schreiten will, glauben sie nicht.

»Dann soll sie sich nicht so herrichten«, heißt es. Oder: »Dann soll sie halt nicht allein in der Nacht auf die Straße gehen!«

Ja, ja, Frauen sind selbst schuld, wenn sie sexuell belästigt werden. Wie kommt auch eine erwachsene Frau auf den aberwitzigen Gedanken, allein des Nachts spazierenzugehen? Da macht sie sich ja absichtlich zum »Opfer«! Man müsste direkt, um die armen Männer nicht zu »Tätern« werden zu lassen, ein nächtliches »Ausgehverbot« für Frauen einführen.

Einfacher allerdings wäre ein nächtliches Ausgehverbot für Männer. Dann könnten Frauen völlig ungeschoren ihrer nächtlichen Wege gehen. Doch das, fürchte ich, wird sich kaum durchsetzen lassen.

Nur eine Prise vom Alkohol

Männer, die kochen, gehen – genau wie Frauen auch – sehr verschieden an diese Tätigkeit heran. Aber eines haben die meisten männlichen Köche, so Kochen nicht ihr Beruf ist, doch gemein. Sie haben etwas sehr Grüblerisches an sich und nehmen Kochbücher wesentlich ernster, als es den Produkten dieser Literaturgattung zusteht.

Männer sind eben exakte Durchdenker und schreiten mit angebrachter Genauigkeit ans Werk!

Leider sind aber die meisten Kochbücher der männlichen Genauigkeit nicht gewachsen.

Und dann betrachtet der arme Mann, den das Kochbuch eine Zehe Knoblauch zerquetschen hieß, mit gefurchter Stirn eine zerteilte Knoblauchknolle und ist ratlos, weil er da kleine und mittlere und große »Zecherln« erblickt und nicht wissen kann, welches dieser Zecherln vom Kochbuchautor gemeint sein mag.

Ein sehr kluger Mann hat mir auch schon erklärt, dass ich ins Fleischragout nicht vier Esslöffel Wasser tun dürfe, sondern sechs geben müsse, weil das Kochbuch, nach dem ich das Ragout zubereitete, aus dem Jahr 1904 stammt und man damals wesentlich größere Esslöffel benutzt habe. Auch sah ich schon einen Herrn im Lexikon nachschlagen, um die genaue Definition des Wortes »Prise« zu erkunden. Und ein Herr meiner Bekanntschaft schwört auf ein ansonsten ziemlich reizloses Kochbuch, weil darin nie von »fünf Eiern« die Rede ist, sondern exakt von »12 dag Dotter und 12 dag Eiweiß«. Da weiß man, sagt er, woran man ist. In einer Hinsicht allerdings nehmen viele Männer Kochbücher doch nicht sehr ernst.

So sie nämlich nicht gerade Mitglieder eines Abstinenzlerverbandes sind, schütten sie gern und reichlich Alkohol über Fleisch und Gemüse, in Soßen und Eintöpfe, wo kein Kochbuch der Welt dieses vorgesehen hat.

Und Alkohol, der so hochprozentig ist, dass er sich in der heißen Pfanne von selbst entzündet, ist dabei ihr Favorit. Wenn dann das arme Huhn, durch Calvados betäubt und im Weißwein ersoffen, eine etwas makabre Gaumenfreude wird, dann sagt der männliche Koch entrüstet: »Tut mir wirklich leid! Aber wenn da bloß einfach irgendwas von einer Prise steht, dann kann ich doch nicht ahnen, wieviel Majoran ich hineintun soll!«

Wahre (Männer-)Freundschaft

Die großartigsten, edelsten und tiefsten Freundschaften gibt es angeblich zwischen Männern. So eine »echte Männerfreundschaft« – das ist ein uralter Mythos unserer Kultur – ist der freundschaftlichen Beziehung zwischen Frauen absolut überlegen.

Freilich stimmt es, dass Frauen leichter mit Frauen Freundschaft schließen als Männer mit Männern, aber das besagt ja nur, dass wir Frauen viel oberflächlicher sind!

Wir suchen halt nicht das »Tiefe und Wahre« in der Freundschaft und geben uns damit zufrieden, dass wir eine weibliche Person zum Reden und Zuhören, zum Teilhaben und zur Freizeitgestaltung haben.

Freilich stimmt es auch, dass Männer untereinander viel eher über Sport, Autos, Geschäfte und Politik reden als über persönliche Probleme, während Frauen mit befreundeten Frauen über so ziemlich alles reden, was sie glücklich oder unglücklich macht. Aber was besagt das schon?

Unsereiner redet halt oberflächlich und stundenlang dahin und daher. Männer, die miteinander wahrhaft befreundet sind, haben das überhaupt nicht nötig, sie verstehen einander auch ohne viel Worte »tief und wahr«.

Ein Blick, eine coole Andeutung, eine bittere Bemerkung lassen den Freund wissen, dass der Freund Schwierigkeiten hat. Weiter nachfragen wäre allerdings der Männerfreundschaft nicht zuträglich.

Nachfragen kann der Mann ja später daheim bei seiner Frau, so diese mit der Frau des Freundes befreundet ist.

»Sag einmal«, kann er fragen, »der Otto war heute so merkwürdig, so deprimiert. Hat er was?«

Und dann informiert ihn die Frau über Ottos Sorgen, die sie von Ottos Frau detailliert geschildert bekommen hat, und der Mann lauscht ergriffen und seufzt und sagt, wie leid ihm der Otto tue, und bespricht mit seiner Frau, ob und wie dem Otto zu helfen sei.

Die Frau bespricht das dann am nächsten Tag mit Ottos Frau. Sehr lang, sehr ausführlich und ziemlich oberflächlich, versteht sich!

Und wenn der Mann dann seinen Freund Otto wiedertrifft, dann schaut er ihn an, mit einem tiefen, wahren, echten Freundschaftsblick, und spricht karg: »Geht's, Alter?« Und der Otto antwortet: »Geht schon, Alter!« Und sie sind ein Herz und eine Seele und befreundet, wie das nur Männer schaffen.

»Hasi, soll ich Geschirr trocknen?«

Unlängst saß ich in einem sogenannten »In-Lokal«. Am Tisch neben meinem Tisch hockten zwei junge Herren, wovon mir der eine, weil er eine absolute »In-Person« ist, bekannt war.

Da ich, in Lokalen sitzend, immer sehr heftig an dem interessiert bin, was an Nachbartischen gesprochen wird, lauschte ich dem Gespräch der zwei jungen Herren wesentlich aufmerksamer als dem Redefluß meines eigenen Tischherrn.

Zuerst drehte sich ihr Gespräch um allerlei gehobene und gesunkene In-Probleme. Dann ging die Beisltür auf, und eine junge Dame kam herein. Die junge Dame war mir auch ein bisschen bekannt.

Die junge Dame schaute sich um, winkte dem mir bekannten Herrn am Nachbartisch zu, und der mir bekannte Herr winkte zurück.

Und während sich die junge Dame durch das vollbesetzte Lokal den Weg zum Nachbartisch bahnte, sagte der mir bekannte junge Herr, voll Besitzerstolz, zu seinem Tischkumpan: »Na, was sagst? Ist sie nicht ein geiles Gerät?«

Der Tischkumpan stieß einen kurzen, zustimmenden Pfiff aus. Zu weiterem Kommentar kam er nicht mehr, denn die junge Dame war schon beim Tisch angelangt.

Galant erhoben sich beide Herren, warteten, bis die junge Dame Platz genommen hatte, setzten sich wieder, und der mir bekannte junge Herr hauchte der jungen Dame, dem »geilen Gerät«, einen sanften, innigen, dezenten Kuß auf die Wange.

Da Wien ein Nest ist, in dem jeder von jedem alles erfahren kann, wenn er ein bisschen herumfragt, erfuhr ich noch am gleichen Abend, dass die junge Dame den jungen Herrn, der sie bei seinen Freunden als »geiles Gerät« einführt, in ein paar Wochen ehelichen wird.

O du Hölle, sagte ich mir. Vor so einem Chauvi, vor so einem Macho, vor so einem fiesen Stück sollte man die junge Dame eigentlich warnen. So eine Ehe muss ja schieflaufen.

Doch dann fielen mir, dank meiner Lebenserfahrung, alle Herren ein, die ich schon so hübsch irre gespalten durchs Leben gehen sah.

Sie haben eine Diktion für die Kumpel und eine fürs traute Heim. In der »Bruderschaft« reden sie von »geilen Geräten«, daheim fragen sie: »Hasi, soll ich Geschirr trocknen?«

Außer Haus tun sie, als hätte man ihnen die Ehe aufgezwungen. Zu Hause weinen sie Rotz und Wasser, wenn die Ehefrau die Scheidung will.

Schön ist das nicht. Doch anscheinend lässt es sich auch mit solchen Herren leben. Sonst gäbe es ja dreimal soviel Scheidungen bei uns als statistisch erwiesen.

4. Küchengemurmel

Der Fluch des Topflappens

Dass kleine Ursachen große Wirkungen haben können, wurde mir neulich an einem unauffindbaren Topflappen klar.

Weil mir dieser fehlte, als ich den Topf mit den überbrühten Mandeln vom Feuer ziehen wollte, ergriff ich den Topfhenkel mit schutzlosen Fingern und zog mir am Zeigefinger und am Mittelfinger der rechten Hand je eine Brandblase zu.

Da man mit derart lädierten Fingern ziemlich ungeschickt hantiert, gelang es mir nur wenig später nicht, das scharfe Messer aus dem »Alleszerkleinerer«, mit dem ich die Mandeln zertrümmert hatte, sach- und fachgerecht zu entfernen.

Ich fügte mir am Daumen und am Ringfinger der rechten Hand zwei kleine, aber tiefe Schnittwunden zu.

Mit vier hansaplastverklebten Fingern eine Tortenform auszubuttern ist nicht jedermanns Sache. So holte ich ein transparentes Plastikding aus der Kredenz, in welchem man angeblich – ich hatte es noch nie ausprobiert – Kuchen, auch ohne zu fetten oder zu bröseln, backen kann, und füllte meine schaumige Mandelmasse ein.

Nach vierzig Minuten Backzeit stellte sich heraus, dass meine Mandeltorte zwar prächtig hochgegangen, aber nicht willens war, die transparente Plastikform zu verlassen.

Ich rüttelte verbittert, stocherte, klopfte und stürzte die klebende Angelegenheit ziemlich lange, bis ich endlich vier große und zwei kleine Kuchenbrocken auf dem Kuchengitter hatte, kratzte dann noch mit einer Spachtel den am Kuchenformboden festsitzenden Rest ab und schleuderte die »Wunderform« in die Abwasch.

Fluchend und leicht hektisch rührte ich sodann eine braune Buttercreme an und versuchte, meine diversen Kuchenbrocken mit der Creme wieder auf eine zylindrische Fasson zusammenzuleimen, was mir auch halbwegs gelang.

Als ich das gekittete Ding jedoch vom Kuchengitter auf die Tortenplatte heben wollte, packte ich – sei es wegen der Pflasterfinger, sei es wegen dem Frust in mir – zu unsensibel zu und hielt plötzlich eine Riesenportion cremigen Kuchenmatsch in den Händen, der diesen auch noch entfiel und zu Boden platschte und schließlich von mir, unter Zuhilfenahme von Schaufel und Besen, in den Mistkübel befördert wurde.

Woraus also ziemlich klar zu ersehen ist, dass es sich doch lohnt, ein bisschen nach dem Topflappen zu suchen!

Gulasch ohne Zwiebel, Strudel ohne Mohn

Viele Kinder haben ganz merkwürdige Abneigungen, was Nahrungsmittel anbelangt. Manche Mutter mehrerer Kinder sieht zum Beispiel mit gerunzelter Stirn beim Mittagessen jedes Kind einen anderen Bestandteil aus der Gemüsesuppe holen und auf dem Tellerrand oder Tischtuch ablegen. Der Tommi mag die Erbsen nicht, die Gabi mag die Fisolen nicht, der Xandi hat etwas gegen Karfiol und die Evi gegen Karotten.

Gottlob geben sich diese Marotten bei den meisten Kindern im Laufe der Jahre.

Meistens geben sie sich dadurch, dass ein Kind bei fremden Leuten isst, wo es nicht wagt, etwas aus der Suppe zu holen, und dann Erbsen schluckend oder Karfiol mampfend merkt, dass man vom Genuss dieser Gemüsesorten nicht stirbt.

Ich kenne auch eine junge Dame, die bekam bis vor kurzem Schreianfälle, wenn man sie zum Verzehr von Fisch animieren wollte. Nun hat sie sich in einen jungen Herrn verliebt, der leidenschaftlicher Fischesser ist. Seither ist sie gierig nach Fisch.

Erste Liebe kann also auch Gaumentrendwende bedeuten. Manche Menschen behalten jedoch ihre kindlichen Futterabneigungen bis ins Erwachsenenalter bei. Ich habe oft einen jungen Herrn zu Gast, der mag keine Zwiebel. Eine Speise, in der Zwiebel ist, verweigert er.

Jedesmal, wenn er sich bei mir zum Essen niederlässt, fragt er: »Ist da Zwiebel drinnen?« und schaut misstrauisch auf seinen gefüllten Teller. Auch beim Gulasch fragt er das und fügt hinzu: »Meine Mutter macht nämlich das Gulasch ohne Zwiebel, wegen mir!«

Dann nicke ich und sage, ohne schamrot zu werden: »Ich hab' keine Zwiebel reingetan!«

Und der junge Mann futtert zwei Portionen Gulasch und es schmeckt ihm prächtig. Er hat nämlich nichts gegen Zwiebel, er hat was gegen glasige, gut sichtbare Zwiebelstücke, aber das weiß er nicht, das wissen nur seine Mutter und ich!

Mich kann man nicht so hinterfotzig reinlegen! Ich nämlich esse keinen Mohn, habe noch nie Mohn gekostet. Als Kind hat mir meine Schwester erklärt, das Schwarze im Mohnstrudel seien Ameisen. Aber Mohn ist eindeutig! Da kann mir keiner vormachen, es sei kein Mohn im Strudel.

Begnadetes Kochtalent

Wer überhaupt keine Ahnung vom Kochen hat, redet gern von »Kochkünstlern« und ist der Ansicht, die Qualität eines Essens hänge vor allem vom »begnadeten Kochtalent« der Köchin oder des Koches ab.

Ich wage dies zu bezweifeln. Kochen kann man, wie jedes andere Handwerk auch, erlernen. Und am wichtigsten beim Kochen ist sicher noch immer das, was meine Großmutter folgendermaßen formulierte: »Es kommt nichts aus dem Topf heraus, was nicht hineingekommen ist!«

Womit sie die simple Tatsache meinte, dass nur erstklassige Zutaten erstklassige Speisen ergeben. Der Meisterkoch, der aus einer zähledernen Gänsegroßmutter einen saftigen, wohlmundenden Braten erzeugt, der muss erst geboren werden.

Ist die Gans aber jung und frisch, das Backrohr in Ordnung und ein gutes Kochbuch vorhanden, muss sogar ein Mensch, der bisher nur Eierspeise und Steaks erzeugt hat, einen ordentlichen Gänsebraten brutzeln können, so er mit Aufmerksamkeit ans Werk geht. Auch das Rotkraut zur Gans und die Erdäpfelknödel kann er leicht schaffen, ohne mit einschlägigem Talent »begnadet« zu sein.

Warum dann trotzdem vielen jungen – und auch alten – Hausfrauen die Gans mit Kraut und Knödeln misslingt, ist eine Sache des Endspurts. Gans allein, Knödel allein, Kraut allein hätten die meisten der Damen, die traurig ein abscheuliches Essen servieren, leicht geschafft. Bis zehn Minuten vor Ende der Kochschlacht ist ja auch alles perfekt gelaufen.

Doch dann war die Gans mit Weinbrand zu bepinseln und da stiegen gerade die Knödel hoch und im Krautreindl zischte es verdächtig und der Köchinnenblick fiel auf die Maroni und die waren noch ungeschält und wo eigentlich die Preiselbeeren waren, mit denen die Birnenhälften gefüllt werden sollten, wusste nur der Himmel!

Da bricht dann die Panik aus!

Weil kein Lappen in Reichweite und die Gans schon reichlich braun ist, greift die arme Köchin mit bloßen Fingern nach dem Pfannengriff, verbrennt sich die Finger, flucht, sucht den Lappen, schüttet Rotwein ins zischende Kraut – viel zu viel Rotwein – und kann es nicht hindern, dass derweilen die Knödel im sprudelnden Wasser vergatschen.

Vier Hände müsste man haben, dann brauchte man kein begnadetes Kochtalent!

Der verzweifelte Feiertagseinkauf

Viele Hausfrauen leben in der Angst, ihre Familie nahrungsgemäß unterzuversorgen. An Werktagen kommt diese Angst nicht zum Tragen, da man ja jederzeit Nachschub besorgen kann.

Beim Wochenendeinkauf, gar wenn dem Sonntag noch

ein feiertäglicher Montag folgt, ist die Sache schwieriger. Ganz schwierig wird sie, wenn sich dazu noch Besuch angesagt hat.

Für gewöhnlich ist Edi ein freudiger Esser, der zwei Schnitzel leicht verputzt und sich gern ein drittes aufdrängen lässt. Oft isst er sogar mit derart animierender Lust, dass ansonsten karge Esser angesteckt werden und auch ein zweites Schnitzel wollen. Wenn aber Edi, der für Montag erwartet wird, sich am Sonntag schon den Magen überfüllt haben sollte, will er bloß ein klares Süpplein und animiert keinen Mitesser zu doppelter Portion.

Auch das Rätsel, wieviel Brot man für drei Tage braucht, ist nicht zu lösen, weil der Sohn nicht hundertprozentig weiß, ob seine vier Freunde am Sonntag kommen werden. Diese Ungewissheit zieht wiederum Ratlosigkeit beim Wurstkauf nach sich.

Und der Milchbedarf ist ebenso unergründlich. Einmal trinkt die Tochter drei Krügel Milch pro Tag, einmal will sie sogar den Frühstückskaffee »schwarz«. So kauft die Hausfrau eben »für alle Fälle« ein: doppelt so viele Schnitzel wie – realistisch gesehen – nötig, auch Zutaten fürs eventuelle Supperl. Den Besuch der Sohnesfreunde nimmt sie als sicher an und zu guter Letzt, Samstag, fünf vor zwölf, rast sie um ein Steak, weil ihr eingefallen ist, dass die für Sonntag geladene Hedi kein Hendl mag. Und dann hat der Edi wirklich einen verdorbenen Magen und die Freunde des Sohnes kommen nicht und es ist nicht die Hedi, sondern die Berti gewesen, die Hendln nicht ausstehen kann! Und die Tochter hat über die Feiertage eine milchabstinente Periode!

Am Dienstag glotzt die Hausfrau dann betreten in einen vollen Eisschrank und schwört sich, zu den nächsten Feiertagen frugaler einzukaufen! Das tut sie auch. Aber dann ist die Situation halt leider wieder ganz anders! Da ist der Edi dann bei bestem Gusto, die Tochter schreit nach Milch, die Berti ist zu Besuch und mag wirklich kein Hendl und vier hungrige Knaben verstehen die Welt nicht mehr und aus dem Zimmer des Sohnes hört man die bange Frage: »Wieso habt ihr nicht einmal ein Stückl Brot im Haus? Seid ihr so arm?«

Zwiegespräch mit einem Kuchen

Dass man mit Menschen vernünftig reden und sie gesprächsweise friedlich stimmen kann, weiß jeder. Dass man auch Tieren gut zureden kann, ist auch bekannt. In letzter Zeit ist es auch schon beliebt, mit Pflanzen zu reden, ihnen zu schmeicheln, sie zu loben und dadurch zu üppigem Wachstum zu verleiten.

Ich halte das für möglich! Ich halte das sogar so sehr für möglich, dass ich dazu übergehen werde, mit meinen Kuchen zu reden! Die haben eine Ansprache nämlich noch nötiger als meine Zimmerpflanzen.

Im Backofen benimmt sich »Linseders Nusstorte« auch recht manierlich, geht artig hoch, bräunt sanft und lässt bei der Nadelprobe keinerlei Rückstände auf der Stricknadel zurück. Aus dem Rohr geholt, klebt sie auch nicht an der Backform, sondern lässt sich mühelos stürzen. Aber von diesem Augenblick an verhält sie sich sehr unterschiedlich! Einmal verbleibt sie in ihrer schönen, zylindrischen Form, ein anderes Mal senkt sie sich trichterförmig, und zwar so heftig, dass sie in der Mitte nur mehr zwei Zentimeter hoch ist. Letzteres tut sie immer dann, wenn sie für einen speziellen Anlass bestimmt ist, wenn Gäste kommen, Geburtstag gefeiert werden soll oder irgendeine höhere Festivität angesagt ist.

Die Sache ist die: Ich habe da ein Tortenrezept. Als »Linseders Nusstorte« ist sie im Kochbuch ausgewiesen. 8 Eier, 11 dag Nüsse, 15 dag Zucker und 5 dag Brösel braucht man für die Köstlichkeit und die Zubereitung des Teiges ist einfach. Blitzschnell geht das.

Backe ich sie aber bloß aus Jux und Tollerei, etwa weil mir meine Schwester gerade Nüsse geschenkt hat, denkt sie gar nicht ans Einsinken. So schön wie aus dem Rohr geholt, erkaltet sie auch, bleibt flaumig und zart. Ich habe nicht die geringste Ahnung, warum sie derart infam reagiert. Aber ich werde sie redend überlisten. »Du«, werde ich zu ihr beim nächsten Mal sagen, »wir feiern heute gar nichts! Wir haben keinen Anlass für dich! Fall ruhig in dich zusammen! Damit machst du mir keinen Kummer! Und die Leute, die heute zu uns kommen, die sind ganz versessen auf speckige Torten! Die lieben das sehr!« Ich bin überzeugt, sie wird reagieren wie gewünscht. Aber irgendwie ist es mir peinlich, mit jemandem ein Gespräch anzufangen, den ich kurz vorher mit einer Stricknadel komplett durchbohrt habe. Ob man sich da zu Gesprächsbeginn zuerst einmal entschuldigen muss?

Tafelspitz ohne Tafelspitz

Manchmal ist auch der geübten Köchin zum »Aus-der-Haut-Fahren«. Gestern war es bei mir soweit! Neun Leute saßen bei mir herum und warteten auf ein Nachtmahl.

Ich war bereit, ihnen diesen Wunsch zu erfüllen, und wollte ihre kühnsten Erwartungen noch übertreffen. Wienerisch auf die beste Art sollte das Essen werden. Tafelspitz mit Beilagen machte ich. Mit Liebe und Geduld ging ich zu Werk.

Für den Apfelkren briet ich die Äpfel. Da wird der Apfelkren unübertrefflich! Und die Schnittlauchsoße rührte ich auf Urgroßmutterart aus passierten, in Milch erweichten Semmeln, rohen und harten Dottern, Öl und einem Hauch Weinessig.

»Göttlich«, lobte ich mich beim Abschmecken. Auch dem Erdäpfelschmarren widmete ich viel Aufmerksamkeit. Ein tolles Steak braten kann ja jeder, aber einen Erdäpfelschmarren so komponieren, dass sich die Esser um das letzte Fuzerl in der Pfanne raufen, darauf kommt es an!

Dann kochte ich noch Fisolen mit Dill und Kohlrüben mit Erbsen und Spinat mit Schalotten und tat meine schönen Beilagen in schöne Schüsseln und ließ sie von einem willigen Helfer zu Tische tragen.

Zufrieden hörte ich die »Ahhhs« und »Ohhhs« meiner Gäste bis in die Küche hinaus, wo ich gerade den Druckkochtopf öffnete und das Fleisch herausholte.

Ich setzte dem riesigen Fleischbrocken ein Messer an, ich legte das Messer weg und holte meine allerschärfste Klinge. Der Fleischbrocken widerstand auch dieser.

Steinhart war das Fleisch, nicht zäh, nicht ledern, ungenießbar hart wie ein Granitfelsen.

Nicht einmal Vampirzähne wären damit fertig geworden. Und zum Aufschneiden hätte ich einer kleinen, aber effizienten Kreissäge bedurft. Also verließ ich zögernden Schrittes die Küche, setzte mich zu meinen Gästen und sprach: »Guten Appetit, mehr gibt's heut' nicht!«

Meine Gäste waren lieb und taten, als sei es die normalste Sache der Welt, Tafelspitz ohne Tafelspitz zu essen. Und endlich einmal blieben in meinen schönen Schüsseln auch keine unschönen Reste.

Bis auf das letzte Erbserl, das letzte Spinatblatterl und das allerletzte Erdäpfelfuzerl wurde alles weggeputzt. Aber zum Aus-der-Haut-Fahren war es trotzdem!

Lieblingsspeisen und Grausgerichte

Fast jeder Mensch – abgesehen von den Ausnahmen der Allesfresser – hat seine Lieblingsspeisen, aber auch seine Grausgerichte.

Doch außerdem haben viele Leute noch plötzlich »Gustos« nach Nahrungsmitteln, die sie ansonsten nicht besonders mögen, und ich hege den Verdacht, dass diese Gustos besonders dann keimen und blühen, wenn das spezielle Nahrungsmittel rar oder auf dem Markt gar nicht vorhanden ist.

Habe ich vier Paar Frankfurter gekauft und biete sie zum Nachtmahl an, ziehen meine Lieben ein sogenanntes »Schnoferl« und stöhnen erbarmungswürdig.

Würstel, werde ich belehrt, seien so gar nicht nach ihrem Geschmack. Rindfleisch zum Gemüse, das wäre richtig! Oder wenn schon Würstel, dann Bratwürstel!

Und dann macht sich der einzig gutmütige Liebe, den ich habe, lustlos über die Frankfurter her, und die anderen Lieben streiken und kramen selbstversorgerisch im Eisschrank.

Habe ich aber nur ein einziges Paar Frankfurter erstanden, und dies ausschließlich aus dem Grund, weil ich selbst danach »Gusto« hatte, wird dieses Würstelpaar zum Objekt der Sehnsüchte meiner Lieben.

»Jö, Würstel!« ruft jeder, der die Eisschranktür öffnet, ganz gierig. »Kann ich die haben?« Und macht ein arg trauriges Gesicht, wenn ich sagen muss, dass ich die Würstel leider schon der Schwester versprochen habe. (Eine taktvolle Hausfrau und Mutter lässt ja sofort von ihrem Besitzanspruch an Würsteln ab, wenn irgendein anderes Familienmitglied danach giert.)

Noch ärger ist es, wenn eine Sorte Eßware gar nicht vorhanden ist. Wochenlang liegt bei uns oft Schokolade herum. Und niemand mag sie haben.

Dann kommt ein Besuch, nimmt sich der Schokolade an und futtert sie weg, und kaum ist der Haushalt bar aller Schokolade, greinen meine Lieben: »Ich hätt' so gern ein bisserl Schokolade! Ein Eckerl wenigstens!«

Aber was wundert's mich! Es ist ja nicht nur beim Essen so. Man beobachte bloß einmal drei Damen vor einem Strumpfhosen-Sonderangebots-Wühlkorb. Sind in dem viele rote, blaue und gelbe Hosen, aber nur eine grüne, kann man wetten, dass alle drei Damen Hand an die grüne legen und zerren.

Selbige drei Damen aber würden vor einem Korb mit vielen grünen Hosen und einer einzigen roten garantiert nach der roten grapschen. Da bin ich mir ganz sicher.

Probleme mit Resten und Familienmägen

Die Personen, die üblicherweise essen, was ich koche, haben unregelmäßige Mägen. Einmal brauchen sie, um diese zu füllen, drei Schnitzel, einmal reicht ein halbes zur rülpsenden Sattheit. Einmal fallen sie über das Gemüse her wie ausgehungerte Vegetarier, einmal kosten sie davon wie neugierige Hauskatzen.

Die Quantität der Nahrung also, die ich zubereiten muss, ist eine ungewisse. Denn auch freundliche Anfragen, wie es denn um die Aufnahmebereitschaft der Mägen so stehe, fruchten kaum. Ein hungriger Mensch nämlich, dessen Magen um 19 Uhr nach einer Pfanne voll Nockerln verlangt, kann bis 20 Uhr soviel »Durchbeißer« verschlungen haben, dass er kein einziges Nockerl essen kann.

Es soll Hausfrauen geben, die sich bei der Quantität des zu Kochenden nach den Minimalbedürfnissen richten. Das ist sicher vernünftig. Dann mampfen eben die guten Leute nach dem Essen »Durchbeißer«. In unseren mitteleuropäischen Mittelstandshaushalten verkommt man nicht! Da sind Wochenrationen von Joule in Laden und Kästen verborgen.

Ich gehöre aber leider nicht zu der einsichtigen Sorte Hausfrau, die dessen eingedenk ist. Ich meine immer, einer meiner Lieben könne verhungern.

Wenn ich am Montag die Frage »Ist noch was da?« mit »Nein« beantworten muss, koche ich am Dienstag in einer Rein, Format: Ausspeisung. Aber am Dienstag fragt mich leider keiner, ob noch etwas da ist. Am Dienstag nippen sie alle wie die Elfen! Vom Dienstagessen bleibt also – außer meinem Frust – ein sogenanntes »Restl«.

Dieses fülle ich vom Riesenreindl in ein kleineres um und stelle es in den Eiskasten. Dort steht es tagelang. Ich biete es, beredt wie ein Zeitschriftenvertreter, jedermann in regelmäßigen Abständen an. Aber keiner will es haben. (Ich auch nicht!)

Bis sich dann, trotz Gefrierschrankkälte, das »Restl« verfärbt oder zersetzt, bis es vertrocknet oder verschimmelt oder sonstwie indiskutabel aussieht. Oder riecht.

Dann werfe ich es weg.

Und knapp danach huscht einer meiner Lieben zum Eiskasten, betrachtet suchend seinen Inhalt, fragt nach dem Weggeworfenen und gibt an, »irrsinnige Lust« danach zu haben.

»Weggeworfen?« fragt das Familienmitglied und macht fast echte Dritte-Welt-Augen. Dann stehe ich da und fühle mich schuldig und habe nur eine Sehnsucht: endlich auch einmal ein schuldloser Kostgänger sein zu dürfen!

Urgroßmutters Küche

Urgroßmütterleins Kochrezepte sind ja heutzutage ungemein beliebt, und wenn sie auch nicht jeder nachkochen mag – weil das allerhand Mühe macht -, so nehmen sie doch viele Leute wenigstens als appetitanregende Lektüre.

Und liest man sich durch all die kalorienreichen Köstlichkeiten, denkt man, »Urgroßmütterleins Küche« müsse das wahre Schlemmerparadies gewesen sein. Natürlich muss man sich da eine gutbürgerliche, wohlhabende Urgroßmutter vorstellen und keine, die Mann, fünf Kinder und drei Bettgeher mit Kohl und Einbrennsuppe ernährte.

Aber auch in der Küche des wohlhabenden, gutbürgerlichen Urgroßmütterleins dürften die Zustände nicht ganz so paradiesisch gewesen sein, zumindest nicht, was den Zustand der Zutaten für die »herrlichen Köstlichkeiten« anbelangt.

Ein kleines Bücherl, beim Tandler für zehn Schillinge erstanden, bestärkt mich in der Annahme. ›Handbuch für die Hausfrau‹ heißt es.

Die Seite, auf der das Jahr des Erscheinens stehen sollte, fehlt, aber es war das Jahr, in dem in Wien ein Damenhut 10 Schillinge und ein Paar Herrenschuhe 30 Schillinge gekostet haben; entnehme ich der ›Anleitung zum richtigen Führen des Haushaltsbuches‹.

Im Kapitel ›Unentbehrliche Ratschläge‹ ist da unter anderem zu lesen:

Sauer gewordene Rindssuppe wird genießbar,
indem man ihr doppeltkohlensaures Natron zusetzt.
Schlechte Erdäpfel macht man schmackhaft,
wenn man ins Kochwasser etwas gebrannten Kalk tut.
Wenn die Milch geronnen ist, gibt man Pottasche
unter die Milch und lässt sie aufkochen.
Übel riechendes Fleisch bestreicht man mit Salizylsäure
oder legt es zwei Tage zwischen Holzkohle.
Schimmel von Wurst und Schinken entfernt man
mit einem dünnen Brei aus Salz und Wasser.

Meeresfische werden von ihrem üblen Geruch befreit,
wenn man sie in einer Lösung von übermangansaurem Kali
wäscht und stark mit Pfeffer und Salz würzt.
Dumpfes Mehl vermengt man mit frischer Kleie.
Ranzige Butter ist noch zu verwenden, wenn man
sie zergehen lässt und darin ein Stück Schwarzbrot ausbrät,
welches den üblen Geruch anzieht.

So also sah die weniger vorzeigbare, nicht so appetitanregende Seite von »Urgroßmütterleins Küche« aus.

Na, da kriegt man doch gleich wieder mehr Animo, in eines der watteweichen Sesamweckerl, mit labbrigem Fleischlaberl drin, zu beißen.

Unter freiem Himmel

Zu den schönsten Dingen, die uns der Sommer bietet, gehört das Picknick unter freiem, blauem Himmel, auf weicher, grüner Wiese; zumindest, wenn man bunten Picknick-Fotos und dazugehörigen Texten in Zeitschriften glaubt, die sich gehobener Eß-Kultur widmen!

Da strahlen sie nur so vor Glück, die wackeren Picknicker, grillen Steaks über einem improvisierten Feuerchen, holen gebackene Hühnerbeine aus formschönen Körben, kühlen Weinflaschen im nahen Bächlein, verzieren mitgebrachten Erdäpfelsalat mit frisch gerupften Wiesenkräutern und geben dem Dessert mit der Schlagobers-Spraydose den letzten Schliff!

Und dann schmausen sie, auf einer riesigen Decke vereint, die Köstlichkeiten, und einer, der schneller satt wurde als die anderen, zupft auf seiner Gitarre ein artig Liedlein!

Wirklich schön muss so ein Picknick sein! Nur frage ich mich, wo findet man eigentlich so ein Picknick-Platzerl? Dies schreibend, sitze ich bei einem Fenster, das freien Ausblick auf kaum von Tourismus überlaufene Waldviertler Natur bietet!

Na, wo könnte denn da wer schön picknicken?

Im Gerstenfeld? Das hätte der Huber-Bauer aber gar nicht gern! Und zudem picknickt es sich in Ähren auch etwas unbequem!

Auf der satten Wiese, auf der das Gras aufs Mähen wartet? Das könnte zu einem Zwist mit dem Berger-Bauern führen. Der mag es nicht, wenn man seiner Kühe Futter »z'sammtritt«!

Am Waldesrand, bei den vielen kleinen Ameisenhaufen, die so hübsch mit wildem Thymian überwachsen sind, dass man sie erst wahrnimmt, wenn ihre Bewohner, durch Störung irritiert, in Sechser-Reihen anmarschieren?

Unten beim Bacherl, wo die Wespen – gut getarnt – ihre Erdhöhlen haben und selbige aggressiv zu verteidigen beginnen, wenn sie irrtümlich meinen, es drohe ihrer Brut Gefahr?

Oder gar sehr tapfer auf der kleinen Lichtung, auf der seit Wochen das Schild prunkt: »Jagdgebiet! Vorübergehend kein Zutritt!«?

So weit ich auch ins Land schaue, da bliebe im Grunde höchstens mein gepflegter Vorgarten-Rasen für ein Picknick! Na ja, wenn's unbedingt sein muss!

Aber eins sag' ich Ihnen: Der Weg zu meinem Vorgarten ist kurvig, da kann es leicht passieren, dass der Gurkensalat mit der Topfentorte im Kofferraum eine innige Verbindung eingeht!

Und Schinken, das sollten Sie schon wissen, verfärbt sich, so ihn die liebe Sonne zwei Minuterln anstrahlt, lausgrau!

Tineidae, das liebe Haustier

Peinlichkeiten sollte man ja nicht in aller Öffentlichkeit bereden, ich tue es hiermit aber trotzdem, denn allem Anschein nach bin ich nicht der einzige Mensch, der sich seit Jahren mit dem peinlichen Problem herumzuschlagen hat. Also:

Gestern hatte ich Mann und Tochter ein schönes Nachtmahl versprochen. Nach Erledigung beruflicher Pflicht machte ich mich – rasch, rasch, wie das bei berufstätigen Frauen üblich ist – ans Werk.

Meine Brille setzte ich nicht auf, denn Brillen beschlagen vom Küchendunst, und mit Mattscheiben vor den Augen sieht man nicht besser, sondern schlechter.

Ich füllte ein Stück Kalbfleisch mit einer Mixtur aus Spinat, Schinken und Mozzarella, ich briet das gefüllte Fleisch im Rohr, unter öfterem Begießen, ich rührte aus Topfen, Obers und Früchten eine Nachspeise, ich zupfte Salatblätter, ich taute gefrorene Rindsuppe auf, versah sie mit Nudeln, und zwischendurch erledigte ich noch das Reisdünsten.

Bei Tisch dann gab es töchterliches Lob für das Süppchen und ehemännliche Entzückungsrufe über das Kalb. Huldvoll nahm ich das auf, doch plötzlich bekam die Tochter einen starren Blick, tupfte mit einer Gabelzinke auf ihr Reishäuflein und fragte:

»Was ist denn das?«

Ich neigte mich – immer noch brillenlos – zum Reishäuflein und sah ein Korn, farblich vom Reis divergierend; etwas mehr gelblich.

»Ach«, sprach ich, ohne Festigkeit in der Stimme, »das ist nur ein schlecht geschältes Reiskorn!«

»Eines mit Kopf?«, fragte meine Tochter, hob das gelbliche Reiskorn auf die Gabel und hielt es dem Vater, der keine Brille braucht, um gut sehen zu können, unter die Nase.

Und der Vater sprach: »Gehört zur Familie der Tineidae! Auch Korn- oder Dörrobstmotte genannt! Hier in Larvenform!«

Na ja, man kann ein schönes Stück Kalbfleisch, wenn es ohnehin reichlich gefüllt ist, auch ohne beiliegenden Reis verzehren! Der Mensch nimmt eh zu viele Kalorien zu sich!

Und heute hatte ich halt wieder einmal den großen »Jagdtag«! Mit Brille natürlich! Und mit Gänsehaut auf dem Rücken zudem, denn deren Entstehen war bei mir nicht zu vermeiden, als ich eine Packung Haferflocken öffnete, in welcher der Stamm der Tineidae diesmal sein Hauptquartier errichtet hatte.

Neue Jagderkenntnis des Tages: Die Viecher mieten sogar im Paprika unter.

Also, ein glückliches Leben kann so ein papriziertes Dasein, vom Ei bis zur Motte, auch nicht sein!

Von Gästen und deren Bewirtung

Nicht immer ist's einfach, Gäste zu bewirten, weil die meisten Leute etliche Speisen nicht mögen und der Gastgeber entweder ihre Abneigungen nicht kennt oder sie ihm bei der Essensplanung nicht einfallen. Da ist es optimal, habe ich gelesen, sich eine Liste mit »Ess-Abneigungen« lieber Freunde anzulegen. Etwa so:

Anna: Wegen Cholesterin keine Butter, keine Eier!

Bruno: Endlich »trocken«, auch im Dessert kein Rum!

Christa: Nicht zugeben, dass Zwiebel drin ist!

Dragomir: Paradeiserallergie!

... und so weiter halt, bis Zilli: Wegen Zahnproblemen nur ja nichts Bissfestes!

Aber selbst wenn man diese Liste hätte, wäre die Einladung noch nicht »geschaukelt«, weil kaum alle Geladenen gleiche Abneigungen hegen. Wie soll man für sechs Gäste ein Essen zaubern, wenn zwar alle gern Fleisch essen, aber einer Fisch und Meeresfrucht nicht mag, einer kein Geflügel will, einer Schwein ablehnt, einer Rind, gleich ob babyrosa oder bullenrot, einem Wild nicht mundet und einer kein Lamm isst? Da fällt einem möglicherweise nur noch »Kaninchenrücken« ein. Und deren vier Stück hat man schließlich, nach langem Pirschgang durch die Gegend, bekommen. Frohgemut häutet man sie, bohrt ihnen Tunnel, die man chefkochmäßig mit zartem Spinat und noch zarterem Käse füllt, hierauf mit gebührender Aufmerksamkeit brät und schließlich, nach Lob gierend, aufträgt.

Und was sieht man an der Tafel? Blankes Entsetzen in aller Gäste Augen! Da sind sich nun nämlich alle einig, dass liebe kleine Haserln zum Streicheln auf der Welt sind, aber nicht zum Essen! Natürlich werden die Haserln doch gegessen, aber beinahe hätten die Gäste die Servietten statt zum Mundwischen zum Tränentrocknen gebraucht.

Besonders schwierig ist die Verköstigung fremder Kinder. Da macht man etwa jahrelang die Erfahrung, dass Knirpse vom Marillenkuchen den Belag naschen und den ramponierten Kuchen von sich schieben. So beschließt man, wenn Marillenzeit und kindlicher Besuch angesagt ist: Ich backe Kuchen aus dünnstem Plunderteig, schwer beladen mit Marillen. Man tut's, man setzt ihn dem Kind vor, aber das wendet sich an die Mama und flüstert der was ins Ohr, worauf die Mama alle Marillen vom Kuchen klaubt, in den Mund stopft und mömelt: »Er mag nur den Teig.«

So ein Jammer! Da hat man das einzige Kind der Welt zu Gast, das Teig lieber als Frucht mag, und das hockt dann vor einem bleichen, papierdünnen Fladen und tut mit Hängemund kund, dass diese Art von Unkuchen, bar jeder Flaumigkeit und Höhe, ungenießbar und es »eine Gemeinheit von der Tante« sei, ihn hungern zu lassen!

Pomodori Secchi

In fast jedem Eiskasten logieren nebst »wechselndem Belag« auch Dauermieter, häufig – meiner Beobachtung nach – sind es uralte Oliven in trübem Essig, bei mir dauermieten jedoch »Pomodori secchi in olio di oliva«. Angefangen hat es, als ich ein Glas davon kaufte, weil unser Otti von diesen getrockneten Paradeisern in Öl geschwärmt hatte. Aber er aß dann, bei uns zu Besuch, die verschrumpelten Dinger nicht. Er habe sich an ihnen unlängst »überessen«, sagte er. So putzte mein Gemahl, der nie etwas verkommen lässt, das Zeug ins Glas retour und tat's in den Eiskasten, wo's – zu meinem Ärger -monatelang stand. Oft, wenn's »Antipasto misto« gab, entsann ich mich seiner, leider immer erst knapp vor dem Essen, und holte ich's dann raus, war's Öl gestockt, und warten, dass es bei Zimmertemperatur flüssig werde, dazu war keine Zeit. Dann entdeckte ich in einem Römerbraten-Rezept unter den Zutaten: 150 g Pomodori secchi. Ha, dachte ich, nun wird der Dauermieter delogiert!

Tags darauf, als Besuch angesagt war, machte ich mich an den Römerbraten, versah ihn, auf dass kein Rest bleibe, mit dreifacher Pomodori-secchi-Zugabe und entsorgte hernach aufatmend das Glas.

Eine Stunde später überreichte mir ein Gast »statt Blumen« ein zylindrisch Ding, das sich nach Abnahme des Wickelpapiers als ein Glas »Pomodori secchi« entpuppte! Ich trug's in die Küche, murmelte »Du wirst kein Dauergast, dich verschenke ich weiter« und machte mich an die Fertigstellung des Mahls. Eine Gästin wieselte mir nach und fragte: »Kann ich helfen?« Da man Hilfe nie ablehnen soll, deutete ich zur Kredenz, aufs Kirschenglas, und sagte: »Vielleicht kriegst du den Deckel auf, ich schaff's nicht.« Kurz darauf reichte mir die Gästin das geöffnete Gastgeschenk. Wenn zwei Gläser auf der Kredenz stehen, muss man halt sagen, welches man meint! Jedenfalls ist ein Glas, aus dem beim Öffnen Öl schwappte und ‚s Label tränkte, nicht verschenkbar, den komischen Braten mache ich nie mehr, der war keine Gaumenlust, und daher logiert nun im Eiskasten wieder mein mir vertrauter »Dauermieter«. Aber nichts im Leben ist Zufall, alles hat seinen verborgenen Sinn, und wenn's Schicksal darauf besteht, mich mit »Pomodori secchi« zu segnen, muss ich mich eben fügen.

Diese kleine Geschichte trug ich Freundin Anni vor, als sie mir berichtete, dass der Herr, von dem sie zwiefach geschieden ist, begehrt, zum dritten Mal bei ihr einzuziehen, und sie nicht wisse, ob sie dazu »Ja« sagen solle. Keine Ahnung, warum sie mich ankeifte, ich möge nicht von verschrumpelten Paradeisern reden, wenn sie Probleme mit ihrem Ex-Ex-Künftigen habe. Vielleicht hat die Person einfach nicht überzuckert, was »Schicksal« ist.

Gesichtscreme für den Eiskasten-Marder

In längst vergangenen Zeiten hatte jedes bessere Haus eine Speisekammer. Und jede bessere Hausfrau trug, irgendwo am Leibe verborgen, den Schlüssel zu dieser Speisekammer, damit weder Mann noch Dienstmädchen an die nahrhaften Schätze herankonnten.

Unsereiner hat nur mehr in Ausnahmefällen ein Dienstmädchen und eine Speisekammer – versperrt oder offen – ist in den meisten Haushalten auch eine Rarität. Was unseren Ahnfrauen die Speisekammer war, ist uns der Eisschrank. Versperrbare Eisschränke mag es ja als Spezialanfertigung auf Bestellung irgendwo zu kaufen geben, aber mir ist keine Familie bekannt, die so ein Ding besäße. Obwohl ein versperrbarer Eisschrank des öfteren ein wahrer Segen wäre und tiefe Verstimmungen unter den Familienmitgliedern verhindern könnte.

Trüge die Hausfrau den Eisschrankschlüssel an einem Ketterl um den Bauch, könnte es – zum Beispiel – nicht passieren, dass der Sohn zur Jause und in aller Unschuld die vier Rollmöpse aufisst, die sich der Papa als Traumnachtmahl bestellt hat.

Es könnte auch nicht geschehen, dass eine ratlose Hausfrau knapp nach Ladenschluss verzweifelt und erfolglos den Eiskasten nach dem Becher Sauerrahm durchsucht, um das Kalbsgulasch zu binden, und dann von der Tochter erfahren muss, dass diese den Sauerrahm als nachmittägliche Zusatznahrung verzehrt hat.

»Wie hätte ich denn wissen sollen, dass du den brauchst«, verteidigt sich die Tochter und hat sehr recht damit.

Aber es wäre ja auch irgendwie sonderbar, würde die Hausfrau Eisschrankgut, das der Familie tabu sein sollte, mit Hinweisen auf diesen Umstand versehen. Das würde erstens Zeit kosten, zweitens viel denkerische Vorsorge und drittens sähe es ziemlich kleinlich aus!

Dringlichst ist so ein Hinweis allerdings dann zu empfehlen, wenn die Hausfrau etwa biologisch reine und daher leicht verderbliche Gesichtscreme im Eisschrank in einem neutralen Töpfchen aufbewahren will.

Wird diese nämlich vom nicht vorgewarnten, aber sehr hungrigen Ehemann auf eine Semmel gestrichen und mit Emmentalerkäse belegt, kann das Folgen haben, die ich gar nicht zu schildern wage.

Lauter tolle Helfer!

Die perfekte Hausfrau kommt ohne perfekten Haushalt nicht aus und zu diesem braucht es arg viel Gerätschaft, welche gottlob im Handel erhältlich ist! Wenn man bereits etliche Jahre nach hausfraulicher Perfektion strebt, sammelt sich da allerhand an. Etwa ein preiswerter Eierkocher! Aber rätselhafterweise war der noch nie in Betrieb! Vielleicht weil nur der Sohn – und der auch nur jeden Sonntag – ein weiches Ei will? Und es sich wegen einem wöchentlichen Ei nicht lohnt, das preiswerte Gerät aus dem Schrank rauszuholen, wo es hinter Stapeln von Töpfen ruht? Ist aber auch egal, denn Eier sind ja – von wegen Cholesterin und Salmonellen – sowieso in Verruf gekommen!

Joghurt allerdings ist nicht in Verruf gekommen, aber der schöne Joghurtbereiter führt das gleiche Ruheleben wie der Eiersieder. Doch da ist der Grund klar: Joghurt ist schneller gekauft als eigenhändig zubereitet, und der Mensch plant Joghurtlust nicht im voraus!

Ebenso ist es mit dem vierstöckigen Keimgerät. Das hat man – zehn Tage, bevor es liefert – mit Körnern zu füllen und täglich zu gießen. Anscheinend ist familiäre Sehnsucht nach frischen Keimen nicht so groß, dass jemand diese Bemühung auf sich nehmen würde.

Auch das teure Raclette-Dings und das Fondue-Ensemble sind eher ein »Flop«. So schön hat man es sich vorgestellt, Gäste mit Raclette oder Fondue zu bewirten! Soll irre gesellig sein, gemeinsam Käse zu schmelzen oder Fleisch in Fett zu tauchen! Weiß der Teufel, warum man immer wieder Gulasch macht und die edlen Geräte im Kastel lässt!

Die Saftzentrifuge ist wahrlich ein gutes Ding! Aber sie auszuwaschen, ist mühsam. Und wenn man nur ein Achterl Karottensaft will, erspart man sich das und trinkt ihn im Gemüsegeschäft! Nachher kauft man das Faschierte beim Fleischhauer, weil man den elektrischen Fleischwolf ebenso ungern säubert. Und wegen eines Löffels Petersilie wird man nicht den Kräuter-Blitzhacker anpatzen. Und der Elektro-Pommes-Schneider mag nur Erdäpfel in Quaderform und tut sich mit den Rundungen schwer. Bevor man da »nachbessert«, schneidet man gleich per Hand!

Ist schon wahr, man hätte ein paar Küchengeräte besser nicht gekauft! Aber wissen Sie, ich habe da einen kleinen Brotbackofen gesehen! Echt toll! Gemeinsam mit so einer herrlichen Körnermühle wird mich dieser der Küchenperfektion ein Stück näher bringen!

Oder etwa nicht?

Sehr lebenserleichternd

So eine Tiefkühltruhe ist doch wirklich etwas enorm Lebenserleichterndes! Nicht nur, dass man zum Beispiel sehr, sehr preisgünstig ein halbes Schwein oder Reh erwerben kann, um es dann portionsweise aus der Truhe zu holen, aufzutauen und zuzubereiten. Man kann auch Reste von bereits Zubereitetem einfrieren, um es an den Tagen, an denen man keine Zeit oder keine Lust zu kochen hat, aufzutauen und genüsslich zu verspeisen.

Man kann auch – und das ist besonders lebenserleichternd – von den guten Speisen, die sehr viel Arbeit machen, gleich eine komplette »Restaurant-Menge« fabrizieren und den Überschuss einfrieren. Weiß doch jeder, dass die Erzeugung von 50 Fleisch- oder Grammelknödeln weit weniger Mühe macht als die Erzeugung von zehnmal fünf Fleisch- oder Grammelknödeln.

Nur – bitt'schön! – braucht man halt schon ein Minimum an »Tiefkühl-Buchführung«, weil es nicht ganz optimal ist, wenn man zum Schweinsbraten statt der fünf ungefüllten Erdäpfelknödel, mangels eines ordentlichen Hinweises auf dem Plastiksackerl, fünf Fleisch- oder Grammelknödel aufgetaut hat!

Man sollte auch wissen, was alles im Eiskalten des Auftauens harrt, weil man nämlich auch eiskalte Finger kriegt, wenn man ewig lang in der Truhe herumgräbt, um die Lachsforelle zu finden, die sich der Ehemann, als er einmal mutterseelenallein für sein Nachtmahl sorgen musste, gebraten hat!

Bei halben Schweinen oder halben Rehen ist auch einiges zu bedenken. Um solche Hälften effizient zu verwerten, sollte man tunlichst einen Allesfresser-Hausfreund adoptieren, der sowohl Fett als auch Sehnen und Hautiges gern verspeist. Sonst passiert es leider, dass die Truhe einen dicken Bodensatz aus Schweins- und Rehteilen kriegt, für die familienintern keinerlei »Nachfrage« gegeben ist. Aber falls es doch dazu kommt, gibt es einen Trost: Eine randvolle Truhe verbraucht wesentlich weniger Energie als eine halb leere (behauptet wenigstens mein Gemahl).

Noch etwas ungemein Lebenserleichterndes hat so eine Tiefkühltruhe! Alles, was darin ruht, hat ein »Ablaufdatum«, und wenn Sie eine ordentliche »Tiefkühl-Lagerhaltungs-Liste« führen, brauchen Sie sich nie mehr den Kopf darüber zu zerbrechen, was Sie heute, morgen und übermorgen kochen sollen, dann sehen Sie einfach auf Ihrer Liste nach, was diese Woche »abläuft«, und tauen es auf! Mag allerdings vorkommen, dass diese Woche ausschließlich die sieben Pakete Szegediner Gulasch »ablaufen«, aber da muss man halt durch! Gibt schließlich nichts Lebenserleichterndes, wo nicht ein winziges Hakerl dran ist.

5. Alles in Butter?

Wohin mit dem Kummer?

Wirklich »gute Freunde« hat man gottlob nicht nur für Jux und Tollerei und heitere Stunden im Leben, sondern auch für die »beladenen« Zeiten. Da darf man bei ihnen »abladen«. Aber kaum einer der guten Freunde sieht sich als »sprachloser Abladeplatz«, welcher Kummer nur anhört, verständnisvoll nickt, mitleidig seufzt, ein Taschentuch reicht und – bei Bedarf – sanft unser zitterndes Handerl tätschelt.

Gute Freunde neigen dazu, unseren Kummer »auseinander zu nehmen«, die tieferen Ursachen hinter den akuten Anlässen aufzudecken, Ratschläge zu geben und hinterher zu beobachten, ob unsereiner die Ratschläge auch beherzigt. Und weil das so ist, sollte sich jeder Mensch für jeden Kummer den passenden Menschen zum »Abladen« auswählen.

Nehmen wir den Fall eines argen Ehestreits. Da hat also die Grete schrecklichen Kummer mit ihrem Hans. Trägt sie ihren Kummer zur Anna, von der sie weiß, dass die den Hans nicht mag, hat sie zwar zu erwarten, dass ihr diese Freundin absolut Recht geben wird, aber sie wird auch hören: »Ich hab dir ja schon voriges Jahr gesagt, dass du dich scheiden lassen sollst!«

Und schluchzt dann die Grete aufgrund ihrer tristen Tagesstimmung: »Morgen geh' ich zum Anwalt!«, so steht sie zwei Wochen später, nach der Versöhnung mit dem Hans, auf zwiespältigem Freundesfuß mit der Anna, muss versuchen, dieser die »guten Seiten« vom Hans darzulegen, und erntet Blicke, die besagen: Bei dir sind Hopfen und Malz verloren!

Trägt die Grete aber den Kummer zur Maria, die den Hans sehr mag, versucht diese unentwegt, Hansens Standpunkt darzulegen, einer angeblichen »Objektivität« verpflichtet. Und wer will die schon, wenn er auf Trost aus ist?

Zudem neigen ja Marias und Annas meistens dazu, Freundeskummer wiederum mit anderen Freunden zu besprechen. O nein, das ist kein Tratsch! Das ist nur »echte Betroffenheit«, die man nicht bei sich behalten kann!

Aber es gefällt einem halt weniger, drei Monate nach der Versöhnung mit dem Ehemann auf der Straße von einer flüchtigen Bekannten gefragt zu werden, wie denn die Scheidung so verlaufen sei!

Hören Sie auf mich: Laden Sie Kummer bei Ihrer Katze ab! Die lässt sich das Fell nass weinen, schnurrt tröstend, erzählt nichts weiter, gibt keine Ratschläge, und ihr unergründlicher Katzenblick sagt Ihnen, dass Menschenkummer so ernst wieder auch nicht zu nehmen ist.

Ein offenes, klärendes Gespräch

Hat man Probleme mit Partnern, Kindern, Freunden oder Kollegen, kriegt man heute üblicherweise den Rat, die belastende Problematik mit dem Problemverursacher im Gespräch zu klären. Da heißt's: »Sprich dich aus mit ihm (ihr), rede offen darüber, diskutiere es aus, sage ihm (ihr), wie sehr dich sein (ihr) Verhalten kränkt, erkläre ihm (ihr) ehrlich, warum du dich so verhältst!« Das hört man von gelernten Psychologen, liest man in den Trost- & Ratspalten von Zeitschriften, schlagen einem Freunde vor.

Ich hege dennoch Zweifel, ob »offene Aussprache« ein Patentrezept für Krisenfälle ist, glaube eher, dass es oft vernünftiger ist, Konflikte so wortkarg wie möglich durchzustehen. Siebzig Jahre Lebenserfahrung lehrten mich, dass es auch Menschen gibt, die total missinterpretieren, was man ihnen »offen« sagt, und man auch selbst selten in der Lage ist, exakt auszudrücken, was man anderen vermitteln will. Dass »beim Reden d' Leut' zammkommen«, ist möglich, aber ebenso, dass sie dabei »auseinander kommen«. Jedenfalls hörte ich schon viele seufzen: »Hätte ich nur nicht davon zu reden ang'fangen, besser wär's gewesen, ich hätt' mir die Zunge abgebissen!«

Ich kenne zwei Damen, die flogen vor Jahren zusammen nach Korfu, da ihre Männer so emsig hinter ihren Karrieren her waren, dass sie Urlaube für »unnütze Investition« hielten. Die beiden, von ihren Männern nicht nur urlaubsmäßig, sondern auch alltagsmäßig vernachlässigten Damen verliebten sich auf Korfu in zwei glutäugige Herren und holten sich von denen eine lang entbehrte Portion Zärtlichkeit, Anbetung und Bestätigung dafür, dass sie noch immer reizvoll und liebenswert seien.

Heimgekehrt, waren beide Damen sehr bedrückt; sie waren ja hochmoralische Damen. So bedrückt waren sie, dass es ihren Männern trotz beruflicher Inanspruchnahme auffiel und sie nachfragten. Die eine Dame fand's passend, im »offenen Gespräch« die ganze Ehe-Problematik und ihren Frust auszubreiten, inklusive des daraus resultierenden Seitensprungs. Zwei Monate später war sie geschieden. Die andere Dame sagte wortkarg, sie fühle sich nur schlapp und matt, das sei alles. Der Mann riet zu Vitamin c und widmete sich wieder seiner Karriere. Die Dame ist heute noch mit ihm verheiratet und – wie sie sagt – glücklich, denn ein Jahr nach dem Korfu-Urlaub erlitt er, vom Stress niedergepracket, einen Kollaps, legte geschockt seinen Berufsehrgeiz ab und wandelte sich im Laufe der Jahre zum fast perfekten Partner.

Falls Sie „d' Moral von der G'schicht« für unmoralisch halten, haben Sie sicher Recht. Also sagen wir vielleicht diskreter so: Bevor man mit einem Menschen »offen« redet, sollte man überlegen, ob ihm Offenheit zumutbar ist.

Das hat er von dir!

Es ist absolut nichts dagegen einzuwenden, dass eine Mama begeistert ihrem kleinen Sohn zuschaut, wie dieser erstaunlich geschickt, ohne sich auf die zarten Fingerchen zu schlagen, mit

Hammer und Nagel hantiert, und dann zum Ehemann und Kindesvater anerkennend sagt: »Das hat er von dir!«

Genauso zulässig ist es, wenn eine Mama über die beneidenswerte Fähigkeit ihrer Teenie-Tochter, täglich an die 8.000 Kalorien zu futtern, ohne auch nur ein Gramm Fett anzusetzen, zum ranken, schlanken Ehemann und Kindesvater sagt: »Das hat sie von dir!«

Schon gar nichts ist dagegen zu sagen, dass ein Papa verzückt seiner Tochter allerliebstes Stupsnäschen betrachtet und zur Ehefrau und Kindesmutter sagt: »Das hat sie von dir!« Oder wenn ebendieser Ehemann und Kindesvater das Talent seines Sohnes, ein Gedicht mit zwölf Strophen in einer Stunde auswendig zu lernen, der Ehefrau und Kindesmutter mit »Das hat er von dir!« erklärt.

Problematisch hingegen wird es, wenn ein Elternteil Eigenschaften und Angewohnheiten, welche ihm am gemeinsamen Kind missfallen, mit dem Sager »Das hat er (sie) von dir!« dem anderen Elternteil unterjubeln will. Wobei völlig egal ist, ob damit unterstellt wird, es handle sich um unschöne Erbmasse oder um unschönes Verhalten, zugelegt durch das schlechte Vorbild, welches dieser Elternteil tagtäglich abgibt.

Ist zum Beispiel der halbwüchsige Sohn nicht wie hoch und heilig versprochen um Mitternacht von der Party daheim, möge es sich die Mama verkneifen, zum besorgten Papa zu sagen: »Das hat er von dir!« Selbst dann, wenn dieser Papa ebenfalls oft wesentlich später heimkommt als beim Weggehen hoch und heilig versprochen. Jetzt ist der Papa ja daheim, Vorwürfe über seine Verspätung sind ihm zu machen, wenn er selbst später als versprochen heimkommt!

Ist schon klar, die liebende Mama versucht, den Sohn zu entlasten, ihn teilweise von Schuld freizusprechen. Wenn's der Bub »vom Vater hat«, kann er ja »nix dafür«. Ist aber kaum anzunehmen, dass ein Vater in besorgter Warteposition das versteht und tolerant hinnimmt. Der fühlt sich eher zu Unrecht attackiert, und möglicherweise legt er sich dann dieselbe Taktik zu, und beim nächsten Vergehen des Sohnes trumpft er mit »Das hat er von dir!« auf. Und dann kommt es in manch Familie so weit, dass bei allfälligem Fehlverhalten des Nachwuchses die Eltern nur noch darüber streiten, von wem er (oder sie) »das hat«.

»Zwei Fliegen mit einer Klatsche zu schlagen«, gilt zwar als spezieller Akt der Tüchtigkeit, aber bitte nicht, wenn Ehepartner und Kind als »Fliegen« herhalten müssen!

Geschichten zu zweit

Begeben sich Ehepartner gemeinsam in eine Gesellschaft, wo Plaudern und Austausch erwähnenswerter Erlebnisse üblich ist, gibt's welche, wo ausschließlich der Ehemann am Reden ist. Höchstens, dass die Ehefrau die »Einleitung« für ihn besorgt, etwa mit den aufmunternden Worten: »Na, erzähl doch, Hasi, wie das damals in Kritzendorf war, wie wir uns gesonnt haben ...« Und dann erzählt der Ehemann die erstaunliche, erheiternde Geschichte vom Sonnenbaden in Kritzendorf, und die Ehefrau begnügt sich mit zustimmendem Kopfnicken. Kann natürlich auch umgekehrt sein: Die Ehefrau ist die Geschichtenerzählerin, der Ehemann ist der kopfnickende Statist und steuert höchstens ein »Wirklich, so war's« bei, wenn die anderen ungläubig schauen.

Aber es gibt halt auch Ehepaare, die sich nicht darauf geeinigt haben, wer erzählen darf. Und solch Ehepaar in geselliger Runde gibt dann ein ergötzlich Schauspiel ab.

SIE fängt an: »Da muss ich euch erzählen, wie wir uns in Kritzendorf gesonnt haben. Ein schöner Sonntag war's ...«

Und während sie Luft holt, fällt ER ein: »Nein, ein Montag war's, Pfingstmontag, um genau zu sein, und wir wollten eigentlich gar nicht nach Kritzendorf, sondern ...«

»Jetzt fang bloß nicht wieder bei Adam und Eva an«, unterbricht SIE ihn ungehalten, »das hat doch für die ganze Geschichte überhaupt keine Bedeutung!«

»Doch!«, sagt ER. »Sonst versteht man ja nicht, warum wir kein Badezeug mithatten!«

»Okay, okay«, seufzt SIE. »Wir wollten also zu seinem Onkel, aber der war nicht daheim, und weil die Sonne so schön geschienen hat, sind wir ans Donauufer, weit und breit war kein Mensch, und da ist uns die Idee gekommen, wir ziehen uns aus und sonnen uns.«

»Dir ist die Idee gekommen, ich war eh dagegen!«, ruft ER.

»Darf ich vielleicht MEINE Geschichte allein zu Ende erzählen?«, fragt SIE giftig.

»Wieso DEINE Geschichte!«, ruft ER entrüstet. »Schließlich bin ICH zuletzt nackert ohne Kleider dagestanden!«

»Na bestens!«, sagt SIE. »Jetzt hast DU wieder einmal die Pointe kaputtgemacht.«

Und dann schweigt SIE erbittert, ER schweigt auch erbittert, und die anderen fragen: »Wo sind denn die Kleider hingekommen?« Aber sie erfahren nicht mehr, dass seine Kleider die Donau hinuntergeschwommen sind, denn SIE & ER schweigen stur.

Und falls ER & SIE doch noch etwas sagen an diesem geselligen Abend, dann bloß noch, dass es leider ganz und gar unmöglich ist, im Beisein des Ehepartners eine Geschichte zu erzählen. Womit sie beide einwandfrei Recht haben.

Menschenkenntnis

Neulich saß ich in München auf dem Flugplatz und wartete darauf, endlich in die Maschine nach Wien einsteigen zu dürfen. Meine Zeitung hatte ich schon gelesen, Buch hatte ich keines mit, also machte ich mir Gedanken. Ich schaute mir die Leute an, die gemeinsam mit mir warteten, und überlegte mir, wer die wohl sein könnten. Das Äußere einer Person sagt ja schließlich eine Menge aus! Allein schon die Kleidung spricht Bände. Und die Gesichter verraten den Rest, denn das Leben, das einer führt, prägt seine Züge.

In der Hauptsache waren es Männer, die um mich herumsaßen. Bei Linienflügen, außerhalb der Tourismus-Hochsaison, ist das immer so.

Die Männer hatten beige Trenchcoats an und graue Anzüge darunter. Und Aktenköfferchen der allerfeinsten Sorte hatten die meisten der Herren auf den Knien. Etliche der Aktenköfferchen standen offen. Das, was man so »Unterlagen« nennt, befand sich in ihnen.

Die Aktenköfferchen-Herren, sagte ich mir, sind also seriöse Geschäftsmänner der gehobenen Mittelklasse. Wären sie »gehobener« als Mittelklasse, würden sie im Warteraum für Erste-Klasse-Gäste sitzen. Doch sosehr ich mich auch plagte, zu den Aktenköfferchen-Männern wollte mir nicht mehr einfallen. Kein Hauch von Privatleben war in ihren Gesichtern.

Aber ein paar Frauen waren ja auch noch da! Und die belebten, zumindestens was ihr »Outfit« betraf, die triste Trenchcoat-Köfferchen-Monotonie. Und bei Frauen kenne ich mich schließlich weit besser aus!

Die Frau zum Beispiel, die mir gegenübersaß, die war eindeutig ein liebes Hausmütterchen. So an die fünfzig Jahre musste sie sein. Das Westerl, das sie unter dem Mantel trug, hatte sie garantiert selbst gehäkelt. Und im üppigen Handgepäck, das sie mit sich führte, waren sicher Mitbringsel für ihre Enkel. Vielleicht sogar ein Nussstrudel, ein selbst gebackener. Der Sohn oder die Tochter vom Hausmütterchen hatte nach Wien geheiratet. So musste das sein! Und nun besuchte das Hausmütterchen den Sohn oder die Tochter zweimal im Jahr.

Und die wunderschöne junge Frau, die in der »Vogue« blätterte, die war – unter Garantie – ein Fotomodell. So was von perfektem Make-up und topmodischer Kleidung hat man nur, wenn man zur Modebranche gehört! Und einen Haushalt hatte diese wunderschöne junge Frau auf gar keinen Fall zu führen. Das sah man an den Fingernägeln. Die waren echte Luxusnägel. Brandrot ragten sie mehr als einen Zentimeter über die Fingerkuppen hinaus. Mit solchen Nägeln kann man weder putzen noch Teig kneten noch sonst eine Hausarbeit erledigen!

Das Hausmütterchen wurde in Wien von einem älteren Herrn in Empfang genommen. Deutlich hörte ich ihn sagen:

»Küss die Hand, Frau Professor!« Auf das Fotomodell stürmten zwei kleine Kinder zu und brüllten: »Mama, Mama!«

Hauptsache, man hat Menschenkenntnis!

Klebelächeln gefragt

Manchmal, sei es in der U-Bahn, sei es im Supermarkt oder an einer Straßenecke, trifft man auf jemanden, den man nur flüchtig kennt, sagt »Guten Tag«, fügt noch höflich den Allerweltssatz »Na, wie geht's denn so?« hinzu und möchte hierauf schnell wieder seines Weges gehen, aber der angesprochene Mensch nimmt die Wie-geht's-denn-Frage ernst und beginnt ausführlich zu erklären, wie es ihm geht.

Schlecht geht es ihm! Die Partnerschaft »haut« nicht hin, die Kinder »funktionieren« nicht, die Kreditraten sind viel zu hoch, seit es im Betrieb keine Überstunden mehr zu machen gibt, die alte Mutter wird immer verkalkter, der Erbonkel hat – gemeinerweise! – drei Tage vor seinem Tod das Testament geändert, und die Migräne kommt jetzt schon zweimal wöchentlich.

Herr im Himmel, denkt man dann, was habe ich Hornochse bloß auch nachfragen müssen! Man tritt von einem Bein auf das andere, versucht hilflos den Non-Stop-Rede-schwall zu unterbrechen, murmelt allerhand von »... leider sehr in Eile« und auch etliche Male »... ach wie schrecklich für Sie«, und wenn die redselige Person ihr ganzes Unglück endlich ausposaunt hat, enteilt man kopfschüttelnd.

Ist ja unglaublich, sagt man sich. Wie komme ich denn dazu, mir das alles anzuhören? Ich kenne den Menschen ja kaum! So was von aufdringlich gehört doch direkt verboten! Ich habe ja schließlich meine Zeit auch nicht gestohlen!

In Wirklichkeit aber geht es da gar nicht um die paar Minuten oder auch die Viertelstunde, die einem der Mensch, dessen Herz so voll war, dass ihm der Mund überging, geraubt hat.

Hätte er, sei es in der U-Bahn, sei es im Supermarkt oder an einer Straßenecke, genauso lange und ausführlich geschildert, wie glücklich er mit seinem Partner ist und wie gut und lieb die Kinderchen sind und dass der Kredit abgezahlt ist und die alte Mutter wohlauf und die Migräne seit einem Jahr wie weggeblasen ist und die Erbschaft nach dem Onkel eine recht ansehnliche gewesen ist, hätte man ihm freundlich gelauscht, wäre nicht von einem Bein auf das andere getreten und hätte ihm auch nicht, enteilend, vergrämte Gedanken nachgeschickt.

Unsere Mitmenschen dürfen redselig sein, aber sie dürfen uns nicht mit ihren Sorgen, Nöten und Kümmernissen belästigen. Das gehört sich nicht! Das ist schrecklich!

Ist es eigentlich wirklich so schrecklich? Ist es eigentlich nicht viel schrecklicher, wenn man, den Konventionen gut angepasst, auf jedes »Na, wie geht's denn so?« artig lächelnd »Danke, gut« sagt, obwohl es einem überhaupt nicht gut, sondern ziemlich mies geht?

Warum dürfen bloß unsere besten Freunde und engsten Angehörigen erfahren, dass wir im Moment mit unserem Leben nicht zurechtkommen?

Glück darf ausposaunt werden, Unglück hat verschwiegen zu werden! Fürs »Keep-smiling« in harten Lebenslagen hat man sich ein 1-A-Klebelächeln zuzulegen. So ist das nun einmal! Aber so sein sollte es eigentlich nicht.

Ja warum nur?

»Ja, warum hast du dir denn das auch angetan?« ist eine Frage von kopfschüttelnden Menschen, die ich im Laufe meines Lebens mit schöner Regelmäßigkeit zu hören bekommen habe.

Sie haben ja auch Recht, diese Kopfschüttler! Warum »tue« ich es mir denn wirklich »an«, einen Pullover im kompliziertesten aller Norwegermuster und zwölf verschiedenen Farben zu stricken, wenn ich dann in die zwölf heillos verhedderten Wollknäuel hineinfluche, weil ich mit der Mustervorlage nicht zurechtkomme?

Und warum habe ich mir den hellsten aller silbergrauen Teppichböden angetan, wenn ich doch absolut nicht zu den Menschen gehöre, die Besucher im Vorzimmer dazu zwingen, die Schuhe auszuziehen?

Und warum habe ich mir zwei Katzen angetan, wenn ich es nicht mag, dass marode Mäuse quietschend durch das Haus laufen? Und wenn es so mühselig ist, immer jemand Gutwilligen zu finden, der die Katzen füttert, wenn ich verreisen muss?

Kinder habe ich mir übrigens auch angetan! Und einen stressigen Beruf. Und ... und ... und ... Was hätte ich für ein sorgenfreies Leben, wenn ich mir das alles nicht angetan hätte. Keinen Ehestreit, keine Sorgen mit den Kindern, keinen Tierarztbesuch. Nicht einmal schwarze Trittspuren im Silbergrauen hätte ich! Aber was hätte ich dann eigentlich?

Dann hätte ich auch keine Freude am schönen, selbst gestrickten und arg bewunderten Pullover, keinen Spaß mit meinen Katzen, keine Geborgenheit in einer Familie, kein Erfolgserlebnis im Beruf. (Für den Teppichboden fällt mir allerdings kein positives Gegenargument ein.)

Schaut man sich das Leben der Menschen näher an, die stets so vernünftig sind, sich nie etwas »anzutun«, kommt man wirklich nicht zu dem Schluss, dass diese Menschen wesentlich glücklicher wären als wir, die wir uns stets irgendetwas »antun«. Das sind nämlich die Leute, die aus Angst vor Misserfolg, Belastung, Enttäuschung und Verantwortung nie etwas wagen. Sie leben nach der Devise: Nur nichts tun, was schief gehen könnte! Sie leben – sozusagen – auf Sparflamme.

Eine Sparflamme bewahrt ganz gewiss vor dem Erfrieren, aber so richtig wärmen kann man sich an ihr nicht. Wenn man es richtig warm haben will im Leben, dann muss man sich eben hin und wieder ein etwas größeres Feuer »antun«; selbst auf die Gefahr hin, dass man sich dabei einen oder auch gleich mehrere Finger verbrennen könnte. Aber:

Besser ein paar Brandblasen, die wieder verheilen, als ein ganzes Leben lang kalte Finger.

Die Verkopften

Wir alle, dozierte unlängst wieder einmal ein würdiger, weißhaariger Herr im Fernsehen, seien zu sehr »verkopft«!

Mit dieser unschönen Wortschöpfung wollte er sagen, dass wir alle viel zu sehr unserem Denken und viel zu wenig unseren Gefühlen vertrauen.

Immer, wenn würdige Herren, ob weißhaarig oder glatzköpfig, solches und Ähnliches kundtun, wird ihnen allerorten eifrig nickend zugestimmt. Mehr Gefühl muss her!

Ich kann da leider nicht mitnicken. Ganz im Gegenteil: Ich habe sogar Angst vor den Gefühlen.

So ungemein »verkopft« kommen mir meine lieben Mitmenschen nämlich gar nicht vor. Wo ich mich umschaue, wird doch viel eher »verbaucht« agiert und reagiert, hat nicht die Vernunft, sondern das Gefühl die Oberhand.

Geschieht irgendwo wieder einmal ein grausamer Mord, etwa noch an einem kleinen Kind, so steigt die Anzahl der Menschen, die für die Todesstrafe sind, sofort rapide an.

»Aufgehängt gehört die Bestie!«, heißt es dann. Aber berichten die Zeitungen ein paar Wochen lang von keiner »bestialischen Bluttat«, sinkt die Anzahl der Befürworter der Todesstrafe wieder auf ein erträgliches Maß ab.

Das kann kaum etwas mit vernünftigem Denken, muss aber sehr viel mit spontanem Fühlen zu tun haben. Und wenn der Antisemitismus, ansonsten sorgsam unter einer dicken Tuchent verborgen, wieder einmal überall übel zu riechen ist, hat wohl auch nicht böses Denken, sondern böse Emotion die Tuchent gelüpft. Vernunft hat noch niemand dazu gebracht, »Saujud« zu sagen.

Mit dem Fremdenhass, ob er sich nun gegen Gastarbeiter, Schwarze oder sonst wie »Andere« und »Fremde« richtet, ist es ebenso. »Neger stinken«, sagt die Mali-Tant, ohne daran zu denken, dass sie das gar nicht wissen kann, weil sie noch nie in der Lage war, einen zu beschnuppern. Überall begegne ich Vorurteilen, die aus Emotionen entstanden sind, und keinen Urteilen, zu denen das Denken gebracht hat. Das Denken hat einen großen

Vorteil: Zum Denken gehört nämlich, dass man einen Gedanken auch bezweifeln kann und dadurch erkennen kann, dass man sich geirrt hat. Aber: Ich fühle, dass ich falsch fühle, das kann man nicht fühlen. Seine falschen und irrigen Gefühle, aus denen Vorurteile entstehen, die anderen Menschen viel Unglück bringen, kann man nur durch das Denken korrigieren.

Aber es ist eben wesentlich bequemer, auf den »Kopf zu schimpfen, als ihn mühsam denken zu lassen.

Anderer Leute Probleme

Es gibt Leute, die schlagen sich heftig mit ihren eigenen Problemen herum, und es gibt Leute, die schlagen sich heftig mit anderer Leute Problemen herum. Die erste Sorte von Menschen braucht man nie zu fragen, wie es ihnen denn so gehe, sie erzählen es einem ungefragt und ausführlich und weitschweifig.

Die zweite Sorte von Menschen kann man zwar fragen, wie es ihnen denn so gehe, man erfährt es aber nie. Man erfährt von ihnen bloß, wie es ihren Kindern, ihrem Ehemann, ihren Verwandten, ihren Freunden, ihren Nachbarn und ihren Kollegen geht. Meistens geht es denen schlecht.

Ich kenne Menschen, die mir – und dies seit Jahrzehnten – immer nur von Problemen anderer Menschen erzählen, in die sie verwickelt sind, die sie – voll des Mitleids und der Anteilnahme – zu lösen oder wenigstens zu mildern versuchen.

Sie führen Nachbars Hansi zum Schulpsychologen, sie kochen für Großtante Emma und transportieren das Gekochte zweimal täglich quer durch die Stadt, sie treffen sich mit zerstrittenen Ehepaaren zum Dreier-Gespräch und begleiten, so das Gespräch keine harmonisierenden Früchte trägt, den einen Ehepartner zum Scheidungsanwalt. Sie verborgen Geld, das sie sich vorher selbst ausborgen mussten, sie nehmen Hunde und Katzen in Pflege und haben in Urlaubszeiten vier fremde Wohnungsschlüssel am Schlüsselbund, um dreimal die Woche verwaisten Zimmerpflanzen Wasser zukommen zu lassen.

Viel Dank – auf lange Sicht – ernten diese emsig an den Mitmenschen tätigen Leute aber nicht. Sind die Schulschwierigkeiten von Nachbars Hansi gelöst, findet die Frau Nachbarin den Gang zum Psychologen denn doch etwas voreilig und meint, dass sich ihr Hansi sicher auch »von selbst wieder erfangen hätt'«.

Die Großtante Emma isst zwar genüsslich das Gesottene und Gebratene, sinnt aber darüber nach, ob da nicht etwa eine hinterhältige Erbschleicherin die Töpfe füllte.

Das zerstrittene Ehepaar versöhnt sich wieder und verkündet im Duett, dass diese Einmischung von außen die Ehe fast zum Scheitern gebracht hätte.

Die Leute, die sich Geld leihen, lassen sich nicht mehr sehen, weil sie nicht zurückzahlen können und enorme Schuldgefühle haben. Die Katze, sagt die Katzenhalterin, sei seit der Fremdbetreuung so heikel. Und die Blumen, die waren echt am »Eingehen«, als man aus dem Urlaub kam. Man wird doch besser auf Hydro-Kultur umsteigen!

All das braucht man den Leuten, die anderer Leute Probleme zu den ihren machen, nicht zu predigen. Sie wissen es. Sie haben es oft genug erfahren müssen. Sie schwören auch immer wieder tausend Eide, nie-nie-nie mehr ihre gebrannte Nase in fremder Menschen Leben zu stecken. Aber dann ruft einer an und schreit SOS, und alle beinharten Vorsätze sind vergessen.

Warum das so ist, weiß ich nicht. Der Verdacht, dass anderer Leute Probleme von den eigenen Problemen ablenken, liegt allerdings nahe.

Opfer ohne Wert

Frau M. hat eine Nichte, die sie liebt, und sie hatte ein Häferl, das sie liebte. Dass sie die Nichte liebt, bedarf keiner weiteren Erklärung, das Häferl liebte sie ob seines Blumendekors und weil es einst ihrer geliebten Oma gehörte. Als vor ein paar Monaten der Geburtstag der Nichte kam, fragte Frau M. an, was als Geschenk willkommen sei. Geld, sagte die Nichte; dessen bedürfe sie dringend.

Frau M. steckte das Geburtstags-Geld in ein Kuvert. Doch dann kam ihr dieses nicht »festlich« vor. Sie gab ihrem Herzen einen Stoß, holte das Geld raus, legte es ins Oma-Häferl und hüllte dieses in Seidenpapier. Richtig »schwer ums Herz« war ihr, als sie der Nichte das Häferl übergab, aber tapfer sagte sie sich: Geschenke, die man sich aus dem Herzen reißt, sind die besten! Für die, die man liebt, muss man Opfer bringen!

Die Nichte wickelte das Häferl aus und jubelte. Frau M. deutete dies als zweifache Freude – über die grünen Scheine und das Oma-Häferl. Und sie dachte: Na siehst du, wer Opfer bringt, erntet als Lohn reichlich Dank!

Gestern war Frau M. wieder einmal bei der Nichte, und als sie in die Abstellkammer schaute, sah sie dort im Regal ihr Häferl. Zum Behälter für Nägel aller Art war es verkommen! Der Anblick brach Frau M. fast das Herz. Sie verabschiedete sich eher als sonst, auch kühler, und während sie vergrämt heimging, dachte sie: Undankbares Geschöpf, nichts achtet sie, alles lässt sie verkommen, überhaupt nichts ist ihr heilig, jedes Opfer nimmt sie wie selbstverständlich hin, schert sich einen Dreck um ideelle Werte!

Die Nichte übrigens sann lange, warum die Tante so sauer geschaut hatte und so bald gegangen war. Zu ihrem Mann sagte sie: »Bin mir keiner Schuld bewusst.«

Warum machen sich's viele Leute so schwer? Frau M. hätte ja die Nägel aus dem Häferl tun und zur Nichte sagen können: »Ich liebe das Häferl, dir bedeutet es nichts, also nehme ich es mir wieder.« Beglückt hätte sie heimgehen können, sozusagen »beschenkt«. Aber nein, sie sagt nichts, nimmt lieber übel und leidet.

So geht's im Leben nicht nur mit Nichten und Häferln. »Übel nehmen« statt eigenen Irrtum rückgängig machen, dazu neigen viele. Warum? Weil man sich ungeliebt fühlt, wenn geliebte Menschen nicht »von selber« merken, dass man Opfer bringt, und es enttäuscht, dass man solch einfühlsame Art der Liebe nicht erhält. Wär' ja echt schön, wenn alle, die wir lieben, »spüren und ahnen«, was in uns vorgeht. Aber den Wunsch kriegt leider kaum wer erfüllt. Und wir selbst, seien wir doch ehrlich, erfüllen ihn anderen auch nicht. Mit »Hab ich doch nicht riechen können!« sind wir schnell bei der Hand und fühlen uns trotzdem nicht lieblos.

Entlarvende Tätigkeit?

Die meisten Leute wollen den »wahren Charakter« derer, mit denen sie verkehren, »ganz genau kennen«. Zu wissen, mit wem man's zu tun hat, gibt einem schließlich Sicherheit im Umgang mit dieser Person.

Und so haben sich die meisten Leute auch Methoden zugelegt, um zu diesem Wissen zu gelangen. Einer schwört, dass man den Charakter des Menschen beim Autofahren erkenne. Da müsse man nur beobachten, wie er sein Vehikel lenke, und schon liege sein Charakter offen. Ein anderer ist sich sicher, dass im Wein die Wahrheit liege; insofern, als Trunkene den wahren Charakter zeigen, da im Rausche nüchterne Verstellung abfalle.

Und dann gibt es viele Leute, die sagen: »Beim Kartenspielen lernt man die Menschen richtig kennen«, und auch das hat was für sich. Ist natürlich nicht so, dass jedermann beim Kartenspiel Eigenheiten freien Lauf lässt, die man ansonsten noch nie an ihm entdeckt hat. Gibt reichlich Kartenspieler, die im Spiel exakt so sind wie sonst: genauso streitsüchtig, genauso unfähig, Niederlagen zu ertragen, genauso begierig, Schuld auf Partner abzuladen, oder genauso gutmütig, genauso gelassen-heiter im Verlieren, genauso wenig misstrauisch Betrug gegenüber.

Gibt aber auch Leute, die in Staunen versetzen, wenn sie Spielkarten in der Hand haben. Ist wahrlich verblüffend, so man dahinter kommt, dass der liebe Alfred, bekannt als Ehrlichkeit in Person, unverschämt mogelt und dabei seine redliche Miene behält. Auch erstaunlich, wenn die gutmütige Anna satanisch kichert und vor Schadenfreude fast platzt, wenn sie dem Ehemann ein Bummerl anhängt. Ist auch sonderbar, dass Tante Otti, die ewig Verzagte, Resignierte, nicht aufhören will, zu tarockieren, weil der »Wille zum Sieg« in ihr sitzt und sie immer noch hofft, dass ihre Pechsträhne irgendwann ein Ende haben werde. Wäre aber falsch, daraus zu schließen, Alfred sei auch im Alltag in Wahrheit unehrlich, Anna sei gar keine Gutmütige und Tante Otti keine verzagte Resignierte.

Spielen – und nicht nur mit Karten – bringt ja vor allem den Lustgewinn, dabei »anders« sein zu dürfen. Ein Stündchen eine konträre Persönlichkeit zu mimen, entbehrt der Reize nicht. Und schließlich ist kein Mensch nur ehrlich, nur gutmütig, nur verzagt. Egal, warum die »andere Seite« im Alltag nie zum Tragen kommt, im Spiel wird ihr Raum gegeben. Echte kleine Prinzessinnen spielen auch nie »Prinzessin«, das tun nur Mäderln ohne Aristo-Stammbaum.

Na, sichtlich ist die Kartenspieler-Methode auch kein hundertprozentiger Weg, Menschen »genau« kennen zu lernen. Macht aber nichts, denn jeder Mensch hat schließlich ein Recht darauf, den anderen ein Rätsel zu bleiben.

Verschwiegen wie ein altes Waschweib

Wenn man kein Einzelgänger, sondern ein halbwegs geselliger Mensch ist, bekommt man von allerhand Leuten allerhand Mitteilungen, von denen etliche erst nach dem Einleitungssatz: »Das sage ich aber nur dir, erzähl' es bitte nicht weiter«, gemacht werden.

Ich kenne ein paar Leute, die es ablehnen, auf diese Weise zu Geheimnisträgern gemacht zu werden. Sie sagen: »Behalte es bei dir, ich bin nämlich tratschsüchtig!«

Ich kenne auch ein paar Leute, die erzählen in so einem Falle tatsächlich kein Wort weiter. Niemandem erzählen sie etwas, nicht einmal eine Andeutung lassen sie fallen. Und ein paar Leute kenne ich, die haben nichts Eiligeres zu tun, als das verschwiegene Anvertraute unter die Menschheit zu bringen.

Die meisten Leute aber, die ich kenne, gehen mit anvertrauten Geheimnissen ganz anders um. Total verschwiegen sind sie bloß, wenn ihnen das geheime Wissen uninteressant vorkommt; oder wenn die vertrauensselige Person echte Schwierigkeiten bekäme, würde die Sache publik.

Dann trifft der Durchschnittsmensch noch seine Auswahl, wen er für würdig hält, das intim Anvertraute zu erfahren.

Ehepartner – zum Beispiel – hält man meistens für würdig! Da bleibt das Geheimnis ja schließlich in der Familie!

Doch leider sind oft gerade Ehepartner sehr zerstreut und vergessen. Locker plaudern sie in großer Runde über Hansis verheiratete »Braut«, über Monikas Schwierigkeit mit ihren neun Krediten und über Heinzis Prozess mit dem Schwiegersohn.

Harte Tritte unter dem Tisch gegen die Schienbeine des Partners – wenn sie diese nicht verfehlen – bringen ihn zwar meistens zum Schweigen, kommen aber sehr oft zu spät.

Auffällig in so einer Situation ist aber vor allem, dass sich kaum einer in der großen Runde über Hansis Braut, Heinzis Prozess und Monikas Kredite wundert.

Sie wissen nämlich alle schon sehr gut Bescheid!

Anscheinend gibt es viele Menschen, die von Freund zu Freund, von Freundin zu Freundin eilen und ihnen eine Geschichte erzählen, die mit den Worten beginnt: »Das sag' ich nur dir, erzähle es bitte ja nicht weiter!«

Empfohlener Richtwert: Eins zu Fünf

Warum die einen Ehen zum Scheitern verurteilt sind und die anderen lebenslänglichen Bestand haben, ist nun auch eindeutig geklärt.

An Zehntausenden Ehepaaren haben das amerikanische Forscher untersucht, und sie haben auch exakte Richtlinien gefunden, die den Eheerfolg hundertprozentig garantieren!

Also: Es kommt in einer Ehe gar nicht so sehr darauf an, ob es viel oder wenig Streit gibt und ob der Streit heftig oder nur minimal ist. Viel wichtiger ist, dass das Verhältnis vom Streit zu den Streicheleinheiten in Ordnung ist.

Und das ist es nur, wenn es mindestens eins zu fünf steht; natürlich für die Streicheleinheiten! Bei einem Verhältnis von zwei zu fünf droht schon unglücklicher Eheverlauf oder die Scheidung. Merke daher: Wer oft streitet, muss zum Ausgleich fünfmal so oft streicheln, und je erbitterter der Streit, um so zärtlicher haben die Streicheleinheiten zu sein!

Und wenn schon zu Beginn einer Ehe abfällige Bemerkungen über den Partner gemacht werden, steht es schlecht um die Ehe. Mehr als fünf Prozent aller Bemerkungen zum Partner – oder über ihn – dürfen nicht abfällig sein!

Merke daher: Nach jeder Rüge dem Ehemann oder der Ehefrau mindestens neunzehn Belobigungen zukommen lassen!

Ebenso wichtig ist, Konfliktstress schnell wieder abbauen zu können. Das ist einzusehen, denn so ein Groll, der sich staut und staut, durch die Tage, die Wochen und die Monate zieht, hängende Mundwinkel, gerümpfte Nasen und vergrantelte Stirnfalten bringt, verbessert eheliches Klima keineswegs.

Nur: Was tut die Frau, auf die von Montag bis Samstag siebzehn Prozent abfällige Bemerkungen herniedergeprasselt sind und bei der das Verhältnis von Zwist zu Streicheleinheiten fünf zu null für den Zwist steht? Wie baut die am Sonntag Konfliktstress ab? Die tut sich doch schwer genug, ihn nicht noch zu quadrieren!

Eine meiner lebenserfahrenen Freundinnen meint, das Problem sei leicht zu lösen, indem man sich die fehlenden Streicheleinheiten und vermissten positiven Bemerkungen »außer Haus« holt und derart die Ehebilanz in die schwarzen Zahlen bringt und den Ehekonkurs vermeidet.

Aber merke: Das ist nicht die Ansicht der amerikanischen Forscher, sondern bloß die einer Hausfrau ohne gehobenen Anspruch an eheliche Treue; zumindest was ihre Person und nicht die ihres Partners anbelangt.

Wer redet mehr?

Allgemein ist man ja der Meinung, dass Frauen »gesprächiger« seien als Männer. Wenn ich mir aber meinen Bekanntenkreis anschaue, muss ich sagen: das stimmt nicht!

Ich habe zusammengezählt, was es in meiner Bekanntschaft an »Vielrednern« gibt und bin auf acht Stück gekommen, vier Männer und vier Frauen. Der Unterschied zwischen gesprächigen Männern und gesprächigen Frauen ist allerdings der, dass Männer lieber ausdauernd »Sachprobleme« im Monolog abhandeln, während Frauen mehr auf der »Gefühlsebene« parlieren.

Aber eines ist männlichen und weiblichen »Ratschen« gemein: sie haben alle einen recht mundfaulen Lebenspartner.

Da redet die Ilse eine Stunde lang darüber, wieso ihr hochintelligenter Sohn, dazu noch absolut lernwillig, trotzdem drei Nicht genügend ins Zeugnis bekommen hat und ihr Mann Gustav sitzt daneben und verzieht keine Miene; ganz so, als wäre dieser Sohn nicht auch der seine.

Das fällt der Ilse dann auf, sie wendet sich an den Gemahl und spricht auffordernd: »So sag doch auch was dazu!« Worauf der Gustav, freundlich lächelnd antwortet: »Warum denn? Redest ja eh für zwei!«

Und wenn der Kurti einen langen Vortrag über die Weltlage hält und darüber, was geschehen müsse, damit sich diese zum Besseren ändere, sitzt seine Frau Marie still neben ihm und mischt sich mit keiner Silbe ein.

Und fragt man dann die Marie, welche Meinung sie zu diesem Thema habe, antwortet sie auch freundlich lächelnd: »Wird schon so sein, wie der Kurti meint!«

Aber die Annahme, dass sich halt immer ein »Redner« und ein »Schweiger« zu einer Lebensgemeinschaft trefflich ergänzen, haut nicht hin, denn der ehelich so schweigsame Gustav beliebt in seiner samstäglichen Herrenrunde sehr oft das »große Wort« zu führen und ist dort vor lauter Rededrang gar nimmer zu bremsen.

Und die ehelich stille Marie kann, wenn ihr Kurti nicht anwesend ist, auch sehr redegewaltig sein.

In gut funktionierenden Ehen gibt es eben auf allen Gebieten »Arbeitsteilung«! Und da ist dann halt einer fürs Reden zuständig! Und einer fürs Zuhören! Und wenn die Ilse und die Marie

»Partnertausch« betreiben würden, ergäbe das nicht ein vielredendes und ein schweigsames Ehepaar, denn so etwas gibt es nicht!

Dann hätten sie sich von neuem darauf zu einigen, wer das Reden bei gemeinsamen Auftritten übernimmt!

Für Männer erlaubt, für Frauen verboten

Der Mensch hat nicht nur eine Muttersprache, sondern auch eine Körpersprache. Diese Körpersprache zu verstehen, kann sehr aufschlussreich sein, denn, abgesehen von gelernten Schauspielern, lügt der Mensch, wenn er sich körpersprachlich ausdrückt, kaum.

Da Körpersprache nicht verlogen ist, zeigen sich in ihr auch Unterschiede zwischen männlichem und weiblichem Verhalten viel deutlicher als in verbalen Aussagen.

Körpersprache von Männern drückt zum Beispiel wesentlich mehr Dominanz aus als Körpersprache von Frauen; die signalisiert meistens Unterordnung. Schon daran, wie Männer und Frauen zu sitzen belieben, lässt sich das erkennen.

Frauen sitzen mit geschlossenen Beinen und an den Leib gehaltenen Armen. Sie machen sich schmal, sie nehmen weniger Raum ein, Männer hingegen bevorzugen eine breite Beinhaltung und lieben es, die Arme vom Körper wegzustrecken. Sie machen sich breit! Sie beanspruchen für ihre Person wesentlich mehr Raum als eine Frau.

Ein Mann darf auch anders schauen als eine Frau! Er darf starren. Intensiv kann er Personen, die ihm gefallen, besichtigen. Und wenn er mag, darf er dazu noch eine Augenbraue heben oder zwinkern.

Jede Menge Signale darf er senden. Frauen dürfen nicht senden, sie müssen empfangen. Sie dürfen dezent lächeln und kaum merklich nicken. Sie dürfen natürlich auch nicht so spontan wie Männer Körperkontakt aufnehmen.

Sie geben die Hand, sie schütteln die Hand nicht. Und die Frau, die zur Begrüßung einem Menschen die Hand auf die Schulter schlägt, ist eine Rarität.

Und eine Frau, die – zum Beispiel – in einem Lokal dem Ober beim Bestellen »in aller Freundschaft« liebevoll auf den Hintern klopft, ist fast schon unvorstellbar.

Naturgegeben sind diese Unterschiede in der Körpersprache gewiss nicht. Frauen ist einfach vieles verboten, was Männern erlaubt ist. Frauen »tun das nicht«. Basta!

Und auch die Frauen, die schon so zu reden und arbeiten und denken wie die Männer gelernt haben, unterscheiden sich in der Körpersprache noch immer vehement von den Männern.

Was nichts anderes zeigt, als dass uns »weibliches Verhalten« exzellent antrainiert wurde.

»Ich merke doch, dass du was hast!«

In allen Partnerschaften, auch denen, die als harmonisch angesehen werden dürfen, gibt es Tage, die der Harmonie entbehren.

Nein, da war kein Streit, keine heftige Debatte, auch kein Vorfall, der Verstimmung nach sich ziehen könnte. Und trotzdem: Schon beim Frühstück merkt der eine Kompagnon der Partnerschaft, dass der andere »etwas hat«. Dumpf hockt der Partner beim Kaffee, Fragen beantwortet er mit »ja«, »nein« oder einem schlichten »hmpf«. Gewiss, auch an harmonischen Tagen gibt der Partner keine ausführlicheren Antworten. Doch an den Tagen, an denen er »etwas hat«, fehlt den Kürzestantworten die übliche Freundlichkeit. Und er schaut auch so!

Ablehnend schaut er. Man kommt sich vor, als säße man im Schnellzug Wien-Paris, vom Speisewagenober zu einem Menschen an den Tisch gesetzt, der lieber allein geblieben wäre. Da man aber nicht im Schnellzug Wien-Paris sitzt, fragt man: »Was hast du denn?« »Nichts!« sagt der Partner ablehnend. »Doch!« sagt man. »Ich merke doch, dass du was hast!« »Was soll ich denn haben?«, fragt der Partner und den Tonfall, in dem er das sagt, kann man als gereizt bezeichnen. Natürlich wäre es klug, jetzt nicht mehr weiter zu bohren. Aber das Benehmen, das der Partner an den Tag legt, ist schließlich nichts anderes als Liebesentzug und der verunsichert auch nach zwanzigjähriger Gemeinschaft. Also fragt man noch zehnmal nach, die letzten Male auch schon sehr gereizt. Aufklärung bekommt man keine.

Am nächsten Tag dann ist der Partner wieder wie immer! Und erklärt: »Nichts habe ich gehabt. Aber wenn ich hundertmal gefragt werde, ob ich was habe, werde ich grantig und dann habe ich was!« Man nickt, aber man glaubt es nicht. Man hat recht damit.

Nach Wochen, unter Umständen, erfährt man dann, warum der Partner an jenem Morgen so sauer gewesen ist. Weil er – nur zum Beispiel – keine Socken ohne Loch gefunden hat! Das hat ihn maßlos verärgert. Da er aber ein vernünftiger, großzügiger Mensch ist, spürt er, dass er wegen löchriger Socken keinen Anspruch auf Gram habe. Also schwieg er. »Und außerdem«, sagt dann der Partner, »hättest du ja merken können, dass ich wie ein Irrer Socken suche! Aber dir fällt ja nie etwas auf!

»Schon gewählt?«

Hurtig und selbstbewusst Entscheidungen zu treffen, ist nicht jedermanns Sache. Viele Leute fühlen sich schon gestresst, wenn sie im Beisel zwischen Kalbsbrust und Gulasch wählen sollen. Ob sie den Urlaub in Italien oder in Spanien verbringen sollen, bereitet ihnen schlaflose Nächte.

Geht es um schwierige Entscheidungen – ob man etwa das Kind mit den drei Fünfern im Gymnasium lassen soll, ob man die Wohnung oder den Job wechseln soll -, geraten sie in Panik.

Dass diese Leute dann doch zu ihrer Kalbsbrust kommen, den Urlaub in Spanien verbringen, den Sohn die Klasse wiederholen lassen, die teure Wohnung nehmen und den Job wechseln, liegt an ihren Partnern. Denen bleibt nämlich nichts anderes übrig, als für den geliebten Zauderer zu entscheiden.

Nun könnte man ja sagen, das sei keine üble Sache. In so einer Partnerschaft muss ja eine Menge Konfliktstoff wegfallen und viel Streit vermieden werden. Denn der, der die Entscheidungen trifft, kann auf Urlaub fahren, wohin er mag, kann dort wohnen, wo er will, die Kindererziehung findet ungestört in seinem Sinne statt und überhaupt geht alles nach seinem Kopf!

Die Sache hat aber leider einen Haken, den jeder, der in einer Partnerschaft in die Position des Entscheidungsträgers gedrängt wurde, bestätigen wird: Nicht alle Entscheidungen, die man guten Willens und besten Wissens getroffen hat, erweisen sich als richtig. Die Kalbsbrust, zu der man geraten hat, kann zäh sein, der Spanienurlaub kann verregnet werden, das Kind kann wieder drei Fünfer bekommen, der Nachbar in der neuen Wohnung kann sich als eifriger Tubabläser entpuppen und der neue Job kann ein lausiger sein.

Und genau darauf scheint der Zögerer gewartet zu haben! Tief zufrieden hockt er dann da und bringt alle Bedenken vor, die er schon seinerzeit zu dieser Sache geäußert hatte. Da heißt es dann: »Ich habe es ja gleich gesagt« und »Aber du, du hast es natürlich besser wissen müssen!«

»Worauf sich der arme Partner schwört, nie, nie, nie wieder mit einem Satz, einem Wort, einer Silbe den zögerlich lahmen Partner zu beeinflussen. Auf diesen guten Vorsatz vergisst er dann allerdings beim nächsten Beiselbesuch. Wer hält es denn schon aus, dass der Ober zum zehnten Mal zum Tisch kommt und grämlich fragt: »Haben der Herr nun endlich gewählt?«

Kleines Dummerl

Für manche Menschen gehört es zum Schwierigsten im Leben, zuzugeben, dass sie bei einer bestimmten Sache im Unrecht waren. Ob es sich dabei um eine schwerwiegende Angelegenheit mit bösen Folgen oder um eine lächerliche Kleinigkeit ohne weitere Bedeutung handelt, spielt für diese Leute fast keine Rolle.

Ihnen unterläuft kein Fehler! Sie machen keine Dummheit! Sie haben den optimalen »Durchblick« und irren nie! Werden dieser Menschen Fehlleistungen und irrige Meinungen und ihr falsches Verhalten in gewissen Situationen dann doch offenkundig, arbeiten sie mit allen Tricks, die ihnen zur Verfügung stehen, mit viel Beredsamkeit und noch mehr Hinterlist, um die Sache doch noch zu drehen, dass sie – zumindest – »nicht ihr Gesicht verlieren«. Sie verdrehen alles komplett, streiten, lügen, tun beleidigt und klammern sich an ihr »Rechthaben« wie der Nichtschwimmer im offenen Meer an den Rettungsring. Daraus ergibt sich natürlich, dass es für viele andere Menschen, für die, die mit solchen rechthaberischen Leuten zusammenleben, zum Schwierigsten im Leben gehört, bei einer bestimmten Sache recht zu haben. Da müssen sie dann nämlich unheimlich sensibel und schlau vorgehen; sonst hängt der Hausfrieden schief – wenn er nicht gar von der Wand fällt!

Es ist sehr verständlich, aber auch sehr unklug, wenn die Frau des rechthaberischen Mannes im Falle von absolut erwiesenem Unrecht des Partners hämisch grinsend sagt: »Na siehst du! Ich hab' es ja gleich gesagt!« So ein Verhalten verträgt der arme Mann nun wirklich nicht. Aber einfach die Sache schweigend übergehen, ist nicht richtig. Da liest dann der arme Mann aus dem stummen Blick seiner Frau ein enormes Ausmaß an Vorwurf oder Schadenfreude heraus.

Wohlwollender und freundlicher, wenn auch ziemlich verlogener Zuspruch bewährt sich immer noch am besten. Man kann sagen, dass sich da fast jeder sehr intelligente Mensch geirrt hätte, dass man selber eigentlich bloß rein irrtümlich der richtigen Meinung war. Und dass – rein theoretisch gesehen – die irrige Meinung eigentlich die viel logischere gewesen sei!

Sicher, derart behandelt man seinen Partner wie ein kleines Dummerl! Aber wenn er eines ist, wie soll man ihn denn sonst behandeln?

»Iss schön auf!«

Mein Freund Anton – so heißt er natürlich in Wirklichkeit nicht, aber er wäre mir gram, würde ich hier seinen richtigen Namen ausposaunen – isst nicht nur Unmengen, sondern hat den Tick, »wegputzen« zu müssen.

Gibt man ihm zwei Knödel zum Braten, isst er sie auf. Gibt man ihm drei Knödel, isst er sie auch auf. Höchstwahrscheinlich äße er vier Knödel, setzte man ihm diese Horrormenge vor.

Seine Devise ist: »Es wird gegessen, was auf den Teller kommt!« und: »Nichts darf umkommen!« Sogar der Knochen von anderer Leute Teller bemächtigt er sich und nagt ihnen die allerletzten Fleischfasern ab. Und einmal – ich schwöre, es ist die reine Wahrheit – verputzte er einen kleinen toten Käfer in der irrigen Annahme, es handle sich hier um ein Fuzerl Schokolade. Aber außer der Einsicht, einer Brille zu bedürfen, zog er aus diesem Erlebnis keine Konsequenz.

Rügt man Freund Anton wegen seiner sonderlichen Art, Nahrung aufzunehmen, sagt er: »Das rührt daher, dass ich als Kind immer den Teller leer essen musste. Aß ich nicht auf, war man böse auf mich! Seither gehören Aufessen und Liebgehabtwerden für mich zusammen! Das musst du verstehen!«

Natürlich versteht man das! Sonnenklar wird einem da dieses »Wegputzen«!

Allerdings kenne ich auch einen anderen Anton und der wiederum hat den Tick, immer etwas »überlassen« zu müssen. Gibt man ihm einen Knödel zum Braten, bleibt ein halber am Teller, gibt man ihm nur einen halben, lässt er auch ein, zwei Bissen ungegessen.

»Das kommt davon«, sagt er, »weil ich als Kind immer zum Aufessen gezwungen wurde.« Wo es um die menschliche Psyche geht, scheint zwischen Ursache und Wirkung kein sehr geradliniger Zusammenhang zu bestehen.

Den Hammer im Nähzeug verlegt

Es gibt Familien, in denen wird nie etwas »verlegt«. Keller-, Auto-, Hausschlüssel, jeder hat sein Hakerl und hängt auch daran. Nie passiert es einem Familienmitglied, dass es die Hose samt Führerschein zur Schmutzwäsche tut und dann die Anverwandten zur Führerscheinjagd treibt.

In diesen Familien haben Brillenträger Brillenetuis und für diese Stammplätze. Und in dicken Mappen hat man alle Bescheinigungen, die einem im Laufe des Lebens ausgehändigt wurden. Vom Weckergarantieschein bis zu Opas Sterbeurkunde liegt alles griffbereit. Man sucht weder Schularbeitshefte noch Pässe. Handschuhe hat man nur paarweise und im Tiefschnee auf ihre Bikinis angesprochen, können die weiblichen Mitglieder dieser Familien mit schlafwandlerischer Sicherheit die Laden nennen, in denen sich diese befinden.

Ich wäre gern Teil so einer Familie, denn tagaus, tagein »Verlegtes« suchen, ist Spitzenstress. Wer schon einmal den Hausschlüssel gesucht hat, um späte, sturmklingelnde Gäste einzulassen, wird das genauso gut verstehen wie der, der mehrmals um Mitternacht Papierberge durchwühlte, um rosa Impfkarten zu finden.

Wer aber nun meint, da müsse man bloß etwas »ordentlicher« sein, versteht nichts vom »Verlegen«. Verlegen ist keine Schlamperei, sondern eine Zwangshandlung! Was sonst könnte mich dazu treiben, den Hammer ins Nähzeug und den Kellerschlüssel unters Esszeug zu tun? Wo doch der Schlüsselhaken an der Eingangstür ist, während ich zehn Schritte tun musste, um den Schlüssel in der Esszeuglade zu verbergen.

Ich hämmerte auch nicht beim Nähkorb, sondern neben dem Werkzeugkasten. Wie in Trance habe ich also mehrere Räume durchwandelt, um listig den Hammer vor mir selber zu verstecken; was auf eine selbstquälerische Grundstruktur meiner Person schließen lässt.

Eine andere Erklärung gibt es allerdings auch: Menschen, die »verlegen«, denken schrecklich viel, sind in Gedanken immer bei wichtigen, schweren Problemen und so hohen, hehren Dingen, dass banale Kleinigkeiten wie Schlüssel und Hammer nicht in ihr Bewusstsein dringen. Sie hantieren notgedrungen mit diesem profanen Kram, nehmen ihn aber wegen »Gedankenschwere und Vergeistigung« gar nicht wahr.

Diese schöne Mutmachung wird den »Verlegern« beim Suchen zwar keine Hilfe sein, als Trost, immerhin, mag sie angeboten werden.

Familienharmonie – um welchen Preis?

Der alte, aus k. u. k. Zeiten stammende Ausdruck »Beschwichtigungshofrat« kommt ja schön langsam in Vergessenheit, da unsere republikanischen Hofräte in diesem Metier kaum mehr unterwegs zu sein scheinen. Dafür hat aber fast jede funktionierende Familie ein Mitglied, das – ganz ohne Ernennung zum Hofrat – in Beschwichtigung macht. Üblicherweise ist das die Mutter, manchmal agiert in einer Familie auch der Vater als Beschwichtigungshofrat.

Wie ein Familienmitglied in diese Position kommt, ist später schwer zu eruieren, sicher ist aber, dass sich diese Leute als die wahren Familienerhalter sehen und meinen, ohne ihre vermittelnde, beschwichtigende Tätigkeit wäre die Familie zerstritten, wenn nicht gar zerfallen.

Und sicher ist auch, dass diese Leute ein starkes Machtgefühl haben, denn sie haben ja alle Fäden der Familienfehden in den Händen.

Hat, zum Beispiel, der Sohn unerlaubterweise Papas Wagen genommen und diesem einen Kotflügel verbeult, wendet er sich in der Familie mit Beschwichtigungshofrätin mit seinem Geständnis nicht an den betroffenen Papa, sondern an die Mama und die sagt: »Ich bring's dem Papa schon bei!« Was sie dann auch tut.

Und sie tut es so beredt, sensibel und einfühlsam, dass der Papa dem Sohn hinterher bloß zumurmelt: »Schwamm drüber!« Worauf die Mama erleichtert seufzt und stolz denkt: »Wieder ein Tag ohne Streit vorbei: Wieder 24 Stunden auf dem Familienpulverfass ohne Explosion überstanden!«

Aber nicht nur zwischen Papa und Sohn vermittelt die Mama. Ein ganzes Netz von zwischenmenschlichen Beziehungen überwacht sie und merkt sie, dass wo ein Faden im Netz stärker gespannt ist als der Familienharmonie zuträglich, greift sie mit hofrätlicher Diplomatie ein. Selig, wer so einen Hofrat in der Familie hat? Mag sein, mag sein! Aber andererseits wäre es vielleicht der Beziehung zwischen Vater und Sohn etwa gar nicht so abträglich, könnten die zwei endlich einmal ihre Konflikte selbst austragen.

Und vielleicht bekäme auch die Beschwichtigungshofrätin ein ganz neues, ungeahnt schönes Lebensgefühl, wenn sie einmal nicht eingreift und sich sagt: Was geht's mich an! Sollen sich die beiden doch endlich einmal zusammenstreiten!

Meine Freunde, die Feuerzeug-Hamster

In den guten alten Zeiten, in denen man noch auf Anstand, Sitte, Ehrlichkeit und Moral etwas hielt, musste kein Mensch – es sei denn, er wäre unter arges Diebsgesindel geraten – auf sein Feuerzeug gut aufpassen, um es länger als eine Woche im Besitze zu haben. Aber damals waren die Feuerzeuge ja auch noch ordentlich schichtspezifisch ihren Eignern zugeordnet.

Arme Leute hatten ein blechernes Sturmfeuerzeug, besser gestellte Personen mühten sich ab, einem versilberten, meistens auch noch ziselierten Ding ein Flämmchen zu entlocken, und wohlhabende Personen oder Angeber klickten dezent oder indezent mit 18karätigem Gold in der Gegend herum.

Heute, wo arm wie reich, alt wie jung und männlich wie weiblich fast ausschließlich mit Einwegfeuerzeugen zündeln, die dazu nicht selten Werbegeschenke sind, achtet kaum jemand mehr des anderen Eigentumsanspruch in Sachen Feuerzeug.

Man lässt das eigene Feuerzeug auf anderer Menschen Tisch liegen, man steckt skrupellos anderer Leute Feuerzeuge ein.

In meinem Bekanntenkreis herrschen allerdings leider die Leute vor, die einstecken. Die, die liegenlassen, sind wesentlich rarer.

Von etlichen meiner regelmäßigen Besucher nehme ich sogar ehrlichen Herzens an, dass sie zu Hause, vielleicht unter dem Bett, große Kisten voll Feuerzeuge gelagert haben. Grimmig gedenke ich dieser Kisten immer, nachdem mich an einem netten Abend alle Besucher verlassen haben und ich eine friedliche Abendzigarette rauchen will. Keiner aus dem Dutzend meiner knallfarbenen Flammenwerfer ist dann nämlich mehr da.

Mit dem Gasanzünder muss ich einen Brenner entzünden und an selbigem, ohne Rücksicht auf Wimpern und Stirnfransen, meine Zigarette zum Glühen bringen. Hin und wieder ertappt man andere Leute ja auch mit dem eigenen, unlängst gemopsten Feuerzeug. Der Werbeaufdruck der Firma, von der wir das Feuerzeug geschenkt bekamen, kann da große Beweiskraft haben.

Aber sogar da gibt es total unverschämte Typen, die glattwegs behaupten, ebenfalls in New York, in der 2nd Avenue, bei »Gogo-gig« ein T-Shirt gekauft zu haben und damals das umstrittene Feuerzeug bekommen zu haben!

Einzige Lösung: Das Rauchen einstellen. Dann ist kein Feuerzeug der Welt mehr ein Problem.

Alles in Butter?

Kummer, Ärger, Wut und Gram soll man nicht in sich hineinfressen; das weiß heute jeder. Am besten ist es natürlich – sagen sowohl die Seelenexperten als auch kundige Laien -, wenn man die negativen Emotionen an der Person auslässt, die einem Kummer und Ärger gemacht hat.

Vom sogenannten »klärenden Gewitter« ist dann die Rede.

Dieses schöne Donnerwetter lässt sich allerdings nur veranstalten, wenn die Person, auf die es niedergehen soll, willig ist; was nicht der Fall sein muss. Aus eigener Erfahrung weiß ich, dass Familienmitglieder dazu neigen, bei ersten Anzeichen von mütterlichem Donnergrollen still und leise oder laut fluchend – je nach Temperament – das Haus zu verlassen.

In so einem Fall kann man dann natürlich auch das Haus verlassen und sich bei einem Freund oder einer Freundin aussprechen. Selbst wenn man weder Rat noch Hilfe bekommt. Das bloße Von-der-Seele-Reden mildert die miese Gemütslage.

Und wenn Freund oder Freundin abschließend sagen: »Du Arme, das ist ja wahrlich ganz schrecklich, du tust mir ja so leid!«, kommen wir uns gar nicht mehr arm vor, finden nichts mehr schrecklich und tun uns selber nimmer leid. Mit neuer Zuversicht eilen wir heim, eine Klippe im Family-life ist wieder gut umschifft!

Doch bei dieser Art von Konfliktbewältigung empfiehlt sich darauf zu achten, wo man seinen Gram ablädt, denn gut neunzig Prozent aller Leute erzählen – ganz ohne Arg – Intimberichte weiter. Lüstern tratschend die einen, die anderen tun, als wären sie Bewährungshelfer und wir ihre Probanden, und veranstalten im Freundeskreis ganze Fallbesprechungen. Ergebnis ist das gleiche!

Wochen nachdem wir uns bei Freundin A ausgesprochen haben, treffen wir Freundin B, die wir seit Monaten nicht mehr gesehen haben, und die schaut uns an, als wolle sie uns streicheln, und fragt: »Na, hast die Scheidung schon hinter dir?«

Verdutzt starrt man die Gute zuerst an, dann dämmern einem Zusammenhänge, an denen der Umstand, dass die Freundinnen A und B einander gar nicht kennen, nichts ändert.

Hätte man so viel Humor, wie man nicht hat, könnte man nun Kärtchen aussenden: Text: »Bei uns ist seit sieben Wochen wieder alles in Butter!«

Nur ahnt man ja gar nicht, an wie viele Leute man die Dinger schicken müsste. Und das ist gut. Sonst träfe einen noch der Schlag!

Neues gibt es nur in Filmen

Manchmal setzt man sich zum Fernsehen, gar nicht besonders an Bilderchen und Stories interessiert, bloß ein wenig ausspannen und die ein, zwei Stunden bis zum Schlafengehen ausfüllen will man, doch wenn man erst einmal ein halbes Stündchen zugeschaut hat, lebt man sich ein – auch in den größten Unfug – und nimmt Anteil an der Geschichte, die da über den Bildschirm flimmert.

Und gerade in dem Moment, wo es ganz spannend wird, wo der Hans mit der Grete Streit bekommt und die Grete dem Hans allerlei entgegenschleudert (Worte natürlich nur) und der Hans so tut, als würde er die Grete gleich verlassen, da klingelt es an der Tür und ein alter Freund steht davor und sagt, dass er »nur einen Sprung vorbeischaut«, weil er »gleich nebenan« etwas zu erledigen hatte.

Ob er etwa störe, fragt er. Wenn ja, sagt er, möge man das ruhig sagen, dann gehe er gleich wieder. Er habe größtes Verständnis dafür, dass man nicht unangemeldet wo eindringen könne!

»Aber nein, lieber Freund, keine Spur«, sagt man dann höflich, nimmt ihm Hut und Mantel ab, führt ihn ins Wohnzimmer, wirft noch einen traurigen Abschiedsblick auf Hans, Grete und deren Konflikt und drückt entsagungsvoll die Aus-Taste.

»Hab' ich dich beim Fernsehen gestört?« fragt der alte Freund. »Sag's nur«, drängt er, »dann geh' ich wieder!«

»War sowieso nur ein Blödsinn«, murmelt man und fragt, ob der Freund Kaffee oder Wein mag.

Nein, Kaffee mag er nicht, da kann er dann nicht schlafen. Wein mag er, aber nur trockenen, sonst kriegt er Sodbrennen. Man schenkt also trockenen Wein ein, und der Freund redet und redet, aber man hört bloß mit halbem Ohr hin, denn Herz und Hirn sind noch bei Hans und Grete.

Man überlegt, was die beiden wohl gerade machen. Haben sie sich versöhnt? Oder ist er ins Ausland gegangen? Oder hat sie sich vielleicht doch umgebracht?

Der alte Freund merkt, dass ihm keine ungeteilte Anteilnahme und Aufmerksamkeit zuteil wird, sagt, dass er nicht länger stören will, und erhebt sich. Man schaut auf die Uhr, stellt fest, dass der Film noch laufen muss, setzt also der Aufbruchsdrohung kaum Widerstand entgegen, geleitet den Freund ins Vorzimmer, stopft ihn hurtig in Hut und Mantel und öffnet die Tür.

Kaum ist sie ins Schloß gefallen, wieselt man ins Wohnzimmer zurück, schaltet wieder ein und sieht den Abspann abrollen.

Man erfährt, wer den Film geschnitten hat, wer der Beleuchter war, wer Regie geführt hat. Was aus dem Hans und der Grete geworden ist, wird man nie mehr erfahren!

Weh wird einem ums Gemüt! Man setzt sich hin, trinkt den Wein aus, den der alte Freund stehengelassen hat, und überlegt, was denn nun eigentlich der alte Freund so dahergeredet hat?

Ach ja, mit seiner Frau war irgend was! Streit hat er mit ihr gehabt! Na ja, sagt man sich, das Theater ist ja nicht ernst zu nehmen! Das geht ja seit zehn Jahren so! Das kennt man ja schließlich! Das ist ja nicht neu bei denen!

Neues gibt es nur in Filmen, bei Hans und Grete! Dort tut sich was!

Nur außerhäuslich!

Manche Ehepaare tragen ehelichen Zwist ausschließlich unter den sprichwörtlichen »vier Augen« aus und gehen dabei angeblich so dezent vor, dass nicht einmal die Kinder im Nebenzimmer etwas vom elterlichen Hader mitbekommen. Manche Ehepaare hinwieder toben dermaßen laut durch die Wohnung, dass die Kinder unters Bett flüchten und die Nachbarn überlegen, ob die Funkstreife zu alarmieren sei. Und manche Ehepaare belästigen die »eigenen vier Wände« nie mit Ehestreit. Den tragen sie nämlich lieber bei guten Freunden aus!

Es wäre wohl eine Unterstellung, zu behaupten, dass sie extra zum Streiten auf Besuch gehen. Es ergibt sich halt bloß so, dass sie an unserem Nachtmahltisch in Streit geraten.

Möglicherweise ergibt sich das deshalb, weil die lieben Gäste meinen, in den Gastgebern Verbündete zu haben. Üblicherweise erwartet sich der Besuchs-Herr vom Hausherrn Zustimmung, und die Besuchs-Dame erhofft sich Beistand von der Hausfrau.

Natürlich wäre es nun vernünftig, sowohl Zustimmung als auch Beistand zu verweigern und sich in gar keiner Weise in diesen Streit einzumischen, aber die Besuchs-Streiter zanken sich ja nicht wegen Problemen, die uns sehr fern liegen und uns kalt lassen. Ihr ehelicher Konfliktstoff ist meistens unserem eigenen sehr ähnlich. Wie soll die Gastgeberin gelassen und ruhig bleiben, wenn der liebe Gast seiner Frau zuzischt: »Wegen der bisschen Hausarbeit brauchst du doch nicht so ein Theater machen!«?

Wie soll der Gastgeber ruhig und gelassen bleiben, wenn die liebe Gästin ihrem Mann zukeift: »Tagtäglich kann ich allein schon hinter dir zwei Stunden herräumen!«?

Da muss man einfach Stellung beziehen! Ist ja wahr! Ist ja

typisch! Typisch Mann! Typisch Frau! Und ganz wie vorgestern bei uns! Und schon hat das außerhäusliche Streit-Paar die zwei gewünschten Sekundanten gefunden, und – hast du's nicht gesehen – streiten nicht bloß zwei, sondern vier Menschen, zäh und verbittert, kreuz und quer.

Irgendwann bricht dann der liebe Besuch auf, aber die Gastgeber streiten weiter. Sie keift: »Eh klar, dass du ihn verteidigst, bist ja aus dem gleichen Holz!«

Er zischt: »Na klaro, dass du ihr recht gibst, jammerst ja auch immer über jeden Handgriff!«

Und der liebe Besuch, der liegt zu diesem Zeitpunkt schon daheim im Bettchen, hält Händchen und murmelt einander friedlich zu: »Na, die zwei haben sich heut ganz schön angefaucht, gegen die sind wir ja wahre Lämmer!«

Keine Umstände machen Umstände

Von all den Besuchern, die bei uns für kurze oder auch längere Zeit weilen, sind mir die der größte Horror, die »unter gar keinen Umständen Umstände machen wollen«.

Zu einer Tasse Kaffee sind diese Leute nur bereit, wenn er nicht »extra« für sie aufgebraut wird, denn sie sind ja so bescheiden, dass sie dem Gastgeber nicht die Umstände eines minimalen Arbeitsvorganges zumuten wollen.

In der Praxis allerdings heißt das dann, dass der Gastgeber, auch wenn er gar nicht mag, Kaffee trinken muss, um den bescheidenen Besuch zum Mittrinken zu animieren.

Natürlich erfährt man von solchen Leuten auch nicht, was sie gern essen mögen oder essen dürfen.

Ginge es nach ihren Reden, sollte man am besten, »um sich keine Umstände zu machen«, das Nachtmahl oder Mittagessen überhaupt entfallen lassen.

Da man dies aber nicht im Sinne hat, kocht man halt auf, was einem erlesen und üppig vorkommt, und dann kann es passieren, dass der Gast vom Gegrillten nichts nimmt und diskret die Zwiebelringe aus dem Salat fischt und kundtut, dass er seit Jahren an qualvoller Gastritis leide.

Wochenendgäste, die keine Umstände machen wollen, kommen auch gern mit dem eigenen Bettzeug angefahren, was in der Praxis bedeutet, dass der Gastgeber den Gastbetten die frischen Überzüge vom Inlett reißen muss, damit die Bescheidenen ihr Mitgebrachtes überziehen können.

Von selbst versteht sich natürlich, dass die Bescheidenen von Obst und Keksen, Nüssen oder Konfekt, das in Schüsseln herumsteht, unaufgefordert nichts nehmen. Also hat man sie alle paar Stunden einmal aufzufordern, »sich zu bedienen«.

Sollten das Gästehandtuch im Bad, das Toilettenpapier im Klo, die Zahnstocher bei Tisch oder die Lampe beim Bett fehlen, quält sich der bescheidene Gast, der keine Umstände machen will, durch, bis wir entdecken, was ihm fehlt, und Entschuldigungen stammelnd Abhilfe schaffen.

Ganz schön auf Trab halten einen die Bescheidenen, die keine Umstände machen wollen!

Sind sie endlich aus dem Haus, weiß man erst so recht den Gast zu würdigen, der auf die Frage: »Magst einen Kaffee?« antwortet: »Gern! Aber vorher hätt' ich noch gern ein Wurstbrot und ein Bier!«

Mode kontra Handke

Bereits an Kleinkindern kann man folgendes, zutiefst menschliches Verhalten feststellen: Der kleine Hansi kann einen ganzen Tag lang sehr friedlich mit dem kleinen Michi spielen. Der kleine Hansi kann auch einen ganzen Tag lang sehr friedlich mit dem kleinen Andi spielen. Kommen aber der Michi und der Andi am selben Tag zum Hansi, läuft die Sache weniger friedlich. Es gibt Streit.

Zu dritt klappt die Freundschaft nicht so recht, denn der Hansi schafft es nicht, Zuneigung gerecht auf den Michi und den Andi zu verteilen. Einer der beiden nimmt übel, fühlt sich benachteiligt und wird sauer!

Erwachsene belächeln solche Kinderkonflikte gern, aber viel besser als die kleinen Knirpse können sie in Wirklichkeit mit ihren Freundschaften oft auch nicht umgehen. Was »zu zweit« prächtig klappt, funktioniert unter Erwachsenen »zu dritt« auch oft nicht.

Da hat zum Beispiel Frau A seit Jahren Frau B zur Freundin. Frau B redet gern über Mode und Reisen.

Frau A findet diese Gespräche zweimal im Monat recht interessant und hat nichts gegen Informationen über neue Hosenlängen und Bali-Reisen.

Frau A hat aber auch Frau C zur Freundin. Die redet gern über Bücher und Psychologie.

Frau A freut sich, zweimal im Monat den letzten Handke und die Interaktionsanalyse besprechen zu können.

Ergibt es sich aber, dass Frau A die Damen B und C zum selben Termin einlädt, kommt sie, ganz wie der kleine Hansi, in Bedrängnis. Die gute B referiert über Armani-Hosen und Kreuzfahrten, die C über den Chinesen des Schmerzes und die Abschaffung des Ödipuskomplexes.

Während Frau A in der Küche neuen Kaffee braut, zischelt ihr die aufs Klo eilende B zu: »Was ist denn das für eine intellektuelle Schrauben?« Wenn Frau A den frischen Kaffee eingießt, flüstert Frau C mit Kopfdeuten zum Klo: »Hat die nur Traumschiffe im Schädel?«

Dass so ein Dreiertreffen nicht wie in Kinderkreisen mit Streit endet, liegt nur zum Teil an der Toleranz der Anwesenden. Viel Falschheit spielt die besänftigende Rolle.

Durch Blicke, Gesten und geheimes Lächeln vermittelt Frau A sowohl der guten B als auch der guten C, sie sei die »echte Freundin«, die andere sei bloß geduldig ertragene Last.

Dieses Verhalten mag zu rügen sein – da man uns das Boxen, Beißen und Heulen aber im fortgeschrittenen Alter untersagt hat, ist es immerhin eine praktische Lösung.

Ein g'sundes Übel – diese kranken Helden

Über Leute, die sich bei minimaler Unpäßlichkeit aufführen, als wären sie sterbenskrank, ist – zu Recht – schon viel Hämisches gesagt worden. Es ist ja auch sonderlich, wenn sich einer zu Bett begibt, weil seine Körpertemperatur von 36,6 auf 36,9 gestiegen ist.

Es frustriert, dreißigmal am Tag eine lauwarme Stirn zu befühlen, nur damit es nicht heißt, man lasse einen geliebten Menschen wie den letzten Hund verkommen. Wir fühlen uns auch überfordert, wenn wir einen blauen Fleck beäugen und darüber sinnieren sollen, ob für blaue Flecken bösartigere Erklärungen als die üblichen möglich sind.

Der pflegliche Umgang mit Menschen, die um ihren Leib sehr besorgt sind, ist kein leichter.

Aber für noch schwieriger halte ich den Umgang mit Menschen, die so tun, als seien sie um ihr leibliches Wohl überhaupt nicht besorgt.

Da lege ich noch lieber dreißigmal die Hand auf eine lauwarme Stirn, als dass ich mit einem Fieberthermometer hinter einem hustenden, niesenden Menschen herjage und ihn flehentlich bitte, sich das Thermometer doch endlich unter die Achsel zu schieben, und nichts als ablehnende, böse Worte höre.

Die Meinung, man könne diese Leute ja einfach in Ruhe lassen und brauche sie nicht mit Thermometer, Tee und Umschlag zu belästigen, ist eine irrige: Unter denen, die so tun, als sei ihnen ihr Körperzustand total gleichgültig, sind gar viele, die es nicht gern sehen, wenn ihrer Umgebung ihr Körperzustand genauso gleichgültig ist.

Sie sagen zwar: »Ich leg' mich doch nicht wegen jedem Schmarrn ins Bett!« Sie wären aber tief getroffen, würde man darauf antworten: »Ja Liebling, da hast du ganz recht!«

Sie sorgen sich nicht selbst um ihr leibliches Wohl. Sie lassen sorgen! Und schlagen damit gleich mehrere Fliegen mit einer Klappe: Sie stehen als »Held« da. Sie können sich über aufdringliche, gluckhennenhafte Pflege beschweren und entgehen trotzdem keiner liebevollen Zuwendung.

Ganz im Gegenteil.

Was der offen um seinen Leib besorgte Mensch erbitten muss, wird dem »Helden« unaufgefordert und diskret angeboten. Man weiß ja, wie schwierig er ist! Und wenn der »Held« schließlich doch mit Schnupfen und Husten und 36,9 ins Bett sinkt, tut er es ausschließlich seiner besorgten Umwelt zuliebe.

Edler kann ein Mensch wohl nicht sein!

Abschalten

Auf Zeitungs-Humorseiten und in trivialen Komödien sieht man oft den lieblosen Ehemann, der beim Essen Zeitung liest. Ihm gegenüber hockt die Frau, ob dieses Ignoranzverhaltens frustriert.

Für längst vergangene Jahrzehnte dürfte dieses Bild ein realitätsnahes gewesen sein. Auch ich erinnere mich an meine Mutter, wie sie verbittert auf den hinter der ›Arbeiter-Zeitung‹ kauenden Vater starrt. Auch mein Großvater liebte die Nachtmahl-Lektüre. Einmal stach er sich mit der Gabel in die Wange, weil er – konzentriert auf den Lokalteil – den Mund verfehlte.

Heute ist der lesende Esser Schnee von gestern. Dies nicht deshalb, weil Tischgespräche in Mode gekommen sind, sondern weil beim Nachtmahl ferngeschaut wird. Man könnte ja nun sagen, beides – lesen wie schauen – sei gleichermaßen ungut; bloß das Medium habe sich geändert. Dieser Ansicht bin ich nicht.

Erstens entzog sich der lesende Esser nur der Familie, hinderte sie aber nicht am Gespräch. Glotzt jedoch einer TV, tun sich die anderen schwer, gegen den TV-Sound anzureden.

Außerdem haben Bilder eine ungeheure Sogwirkung. Wenn der Papa zum Nachtmahl den Fernseher einschaltet und mampfend in die Röhre starrt, starren bald, egal ob sie wollen oder nicht, Mama und Kinder mit.

Das ist schon reichlich schlimm. Schlimmer ist noch, dass die meisten Leute am Nachtmahlen sind, wenn die ›Zeit im Bild‹ läuft. Und da hockt dann also ein guter Teil unserer Familien, kaut und schluckt und sieht dabei nicht nur Ministerglatzen und Grundsteinlegungen, sondern auch ineinander verkeilte Autowracks, zischende Granaten, Synagogen nach Terroristenbeschuß, Bomben auf Beirut und Tote diverser Rassen und Nationen.

Und während braunhäutige Babys mit grauenhaften Hungerbäuchen gezeigt werden, schiebt der Papa den Teller weg und sagt: »I kann nimma!« Anzunehmen, dem Papa sei wegen der Babys der Appetit vergangen, ist realitätsfern. Der Papa hört immer nach dem sechsten Fleischlaberl auf!

Ich weiß schon, dass es der Mensch nicht aushält, alles Leid und Elend der Welt wirklich wahrzunehmen. Das würde er kaum durchstehen. Er muss abschalten.

Aber wenn er schon abschalten muss, sollte er erst einmal den TV abschalten, bevor er sich antrainiert, mampfend anderen Menschen beim Krepieren zuzuschauen, ohne kotzen zu müssen. Es könnte sonst sein, dass er sich eines Tages nicht mehr als Mensch fühlt; und keine Ahnung hat, woher das kommt.

Beim Zirkus müsste man sein

Manchmal trifft man auf Leute, die man uneingeschränkt bewundert, weil sie so viel so gut können. Da hat zum Beispiel einer – wie man so schön sagt – aus dem »Nichts« sein Geschäft aufgebaut, hält es hübsch florierend, verliert nie die Nerven und den Humor, hat auch noch andere Talente, wie die Fähigkeiten, Uhren zu reparieren, Regale zu basteln, weiß sogar, wie man Geld anlegen muss, dass es mehr Zinsen als üblich trägt, versteht es, weiße mit roten Rosen zu kreuzen, und kann singen, dass jeder Popstar vor Neid erblassen müsste.

»Der kann einfach alles!« sagt man sich. »Der muss mit sich sehr zufrieden sein!«

Und dann, sei es nach dem Genuss von zu viel Rotwein oder einfach in einer mitteilsamen Stunde, sagt dieser Mensch, dass seine Talente gar keine seien, dass sie ihn zumindest nicht zufriedenstellen.

Seine ganze Sehnsucht, seit Kindertagen schon, gehöre dem Fliegen! Pilot möchte er sein! Düsenjets hoch über den Wolken zu chauffieren, das wäre die richtige Berufsarbeit für ihn! Für einen Hungerlohn würde er die ausführen und trotzdem glücklich sein.

Fast jede Nacht, gesteht er, träume er sich fliegend und sei beim Aufwachen bitter enttäuscht.

Ich kenne auch einen Mann, dessen unerfüllte Sehnsucht ist es, mit sechs Bällen jonglieren zu können. Manchmal übt er sogar mit drei Tennisbällen, und sein Hund, hat mir seine Frau erzählt, holt die entsprungenen Bälle dann freudig unter diversen Möbelstücken hervor. Seine Frau behauptet, ihr Mann würde glattweg seinen guten Job samt Aufstiegschancen sausen lassen, hätte er endlich den Trick mit den sechs Bällen heraus.

Das ängstigt die Frau etwas, denn sie sieht sich lieber als Ehefrau eines Abteilungsleiters mit Vorzimmerdame denn als Flitter-Bikini-Girl im Tingeltangel, das dem Jongleur das Handwerkszeug reicht.

Die Dame sollte sich nicht ängstigen. Träume sind nicht dazu da, Wirklichkeit zu werden. Besonders nicht die luftigen, duftigen, Erdgebundenheit und Schwerkraft verleugnenden vom Fliegen, Schweben und Springen. Sie machen uns nur das Leben ein bisschen leichter, auf dass wir, seelisch gut gepolstert mit ihnen, strebsam und erfolgreich unseren sehr realen Jobs nachgehen können.

»Warum sagt mir keiner was?«

In vielen Familien – auch in der meinen – gibt es Schwierigkeiten bei der verbalen Kontaktaufnahme.

Man fragt – zum Beispiel – ein zeitunglesendes Familienmitglied: »Was soll ich kochen?« Das Familienmitglied reagiert, als wäre es taub geboren und dieser Schaden nie behoben worden.

Da man genau weiß, dass dem nicht so ist, wiederholt man in doppelter Lautstärke. Da blickt der Mensch von der Zeitung hoch und starrt einen an. Man wiederholt also noch einmal und fügt hinzu: »Bist du taub?« Da murmelt der Mensch, bevor er wieder in die Zeitung schaut: »Ich hab' eh mit den Schultern gezuckt!«

Andere Familienmitglieder sind nicht so mundfaul, haben aber auch das Bedürfnis, einen Fragen wiederholen zu lassen. Egal, was – und wie laut – gefragt wird, sie fragen erst einmal retour. »Wie bitte?« und »Was hast gesagt?« oder schlicht: »Hhhh?« Dabei haben sie die Frage gut verstanden; was klar wird, wenn man sie nicht wiederholt. Dann antworten sie nämlich doch.

Doch nicht nur als Frager, auch als Gefragter kann man verzweifeln. Bei mir zu Hause ist einer, der sagt – zum Beispiel – zu mir: »Da fällt mir ein, ich wollte dich bitten, ob du mir ...« Ist er in dieser Bitte soweit fortgeschritten, geht er aus dem Raum und setzt im Nebenraum fort: »... vielleicht morgen, wenn du Zeit hättest ...«

Was ich morgen, wenn ich Zeit hätte, für den lieben Menschen tun sollte, erfahre ich nicht mehr, weil der gute Mensch redend ins Badezimmer wandert, von wo nur mehr dumpfes Gemurmel zu mir dringt. Da der gute Mensch die akustischen Verhältnisse der Wohnung kennt, ist zu vermuten: Er fände es schön, wenn ich wie der Flocki hinter ihm hereilte, um seine Botschaften zu erhaschen!

Und echt mysteriös ist das ungehörte Verhallen von wesentlichen Mitteilungen, die man gemacht hat. Man hat einem Familienmitglied – und man entsinnt sich noch genau seiner kopfnickenden Kenntnisnahme – erzählt, dass die Elfi Mutter wird, dass Rudis Auto kaputt ist, dass der Edi in Pension geht und Hugo geerbt hat.

Tage später dann kommt dieses Familienmitglied nach Hause und sagt, eben habe es erfahren, dass Elfi Mutter werde, Rudi kein Auto mehr habe, Onkel Edi in Pension gehe und Hugo toll geerbt habe! Ganz vergrämt ist es dann, dass man das alles schon weiß, und beleidigt murmelt es: »Und warum erfahre ich das immer als letzter? Warum sagt mir keiner was?«

Mehr als ein mattes »Hhhh?« braucht man da als Antwort wirklich nicht zu geben.

Verzweifelt über stille Hocker

Nach des Tages Müh und Plag mit Freunden zusammenzusitzen ist eine gute Sache. Gastfreundliche Leute veranstalten diese gute Sache im eigenen Wohnzimmer und verwöhnen ihre lieben Gäste, so gut sie nur können.

Allerdings haben auch die gastfreundlichsten Leute konkrete Vorstellungen von der Zeitspanne, die der Akt der Gastfreundlichkeit währen soll. Aus der Art, wie sie Einladungen aussprechen, geht das deutlich hervor.

Wer bittet, »auf ein Stündlein vorbeizuschauen«, hat anderes im Sinn als der, der zu einer »Fete mit Mitternachtssuppe« lädt. Und dem, der fürs Wochenende einlädt, »damit wir hinterher ausschlafen können«, sind üppigere Absichten zu unterstellen als dem, der für Montagabend zu einem Gläschen Wein einlädt; vor allem, wenn man weiß, dass sein Werktag um sechs Uhr früh beginnt.

So einfach das ist, manche Gäste kapieren es nicht. Sie fühlen sich wohl, und Aufbruch liegt ihnen fern. Da mögen die Gastgeber noch so indiskret gähnen und die Äuglein ribbeln!

Auch der Hausfrau hoffnungsfroher Appell: »Jetzt mach' ich noch einen Kaffee«, den alle anderen Gäste als abschließende Aktion erkennen, besagt den zähen Hockern nichts. Sie trinken den Kaffee, fühlen sich neu belebt und wollen noch ein Gläschen Wein. Mogelt man, es sei kein Wein mehr da, sind sie bereit, aus einem Lokal Nachschub zu holen.

Die meisten zähen Hocker sind redselig. Es gibt aber auch stille Hocker, an denen man besonders verzweifelt. Mehr als: »Gemütlich ist's hier«, und hin und wieder das sinnlose Versprechen: »Nun werd' ich aber doch gehen«, kommt von ihnen nicht.

Mutige Gastgeber decken solche Hocker mit einem Plaid ab und gehen zu Bett. Angeblich serviert ihnen dann der stille Hocker das Frühstück an dieses.

Zu welcher Sorte der Hocker aber auch gehört, er ist männlichen Geschlechts! Unter den vielen Hockern, die mir frustrierte Nachtstunden bescherten, erinnere ich mich keiner einzigen Frau.

Am ärmsten sind die Frauen der Hocker. Sie mahnen, drängen, rügen, bitten und drohen: »Wenn du jetzt nicht gehst, geh' ich allein!« und bleiben dann doch, weil sie sich für den Abtransport des Partners verantwortlich fühlen. Dank ernten sie nicht. Der Hocker nimmt ihnen die »lusttötende Art« übel, die Gastgeber sind – wegen ihrer Erfolglosigkeit – auch nicht sehr angetan, und andere Gäste, die den Vorgang mitkriegen, tuscheln: »So eine fade Keifen! Kein Wunder, dass der arme Kerl nicht heimgehen will!«

Was wollte ich Ihnen heute bloß sagen?

Viele Leute sind nie so recht mit den Gedanken bei der Sache, die sie gerade erledigen, sondern gedanklich meilenweit von dieser Tätigkeit entfernt.

Solche Leute decken – zum Beispiel – einen Nachtmahltisch, überblicken ihr Werk, stellen fest, dass der Salzstreuer fehlt, und eilen in die Küche, um ihn zu holen, und stehen dann mit gerunzelter Stirn und nachdenklichem Zeigefinger an der Nase in der Küche herum und wissen nicht mehr, was sie holen wollten.

»Ich wollte doch was! Was wollte ich denn nur?« murmeln sie.

Aber solange sie auch stehen und soviel sie auch murmeln, es fällt ihnen nicht mehr ein. Sie müssen zum Nachtmahltisch zurückkehren, neuerlich das ganze Arrangement überblicken und den Salzmangel frisch entdecken.

Besonders unkonzentrierte Exemplare können unter Umständen sogar im zweiten Durchgang scheitern. Erst wenn sie dann beim Nachtmahl sitzen und die Suppe etwas »fade« finden, erinnern sie sich, warum sie mehrmals den Weg zur Küche hin eilten.

Ähnlich ergeht es diesen Leuten manchmal auch mit einem Ding, das sie in der Hand halten. Sie staunen es verwundert an und haben komplett vergessen, zu welchem Unterfangen sie es an sich genommen haben. Oder es fällt ihnen etwas zu spät ein.

Wie mir etwa, als ich mich mit einer Plastiktragtasche voll Kalbsknochen, Staubsaugermist und Erdäpfelschalen in der Straßenbahn sitzend vorfand.

Tiefe, weltbewegende Gedanken waren es nicht, die mich damals davon abgehalten haben, den Mistsack vor Verlassen des Hauses im großen Mistkübel zu deponieren. Ein winziger Tratsch mit dem Briefträger im Stiegenhaus hatte genügt, alle »Mistgedanken« in meinem Hirn zu löschen.

Es war ziemlich peinlich für mich, die indignierten Blicke der anderen Straßenbahnfahrgäste zu ertragen.

Noch beschämter, als mir damals zumute war, kann nur mehr der lieben, alten Dame zumute gewesen sein, als sie mitten im Schönbrunner Schloßpark von hilfreichen, aber äußerst indiskreten Menschen darauf hingewiesen wurde, dass sie den zur Kostümjacke passenden Rock augenscheinlich zu Hause vergessen hatte.

Und dass sie nun unten »ziemlich ohne« dem Palmenhaus zuschritt.

Schätzen Sie doch, wie alt ich bin

Einen gewaltigen Schrecken jagen mir immer die Leute ein, die sich vor mir in Positur stellen, ein gewinnendes Lächeln um ihre Mundwinkeln zucken lassen und fragen: »Na, schätzen Sie einmal! Für wie alt halten Sie mich denn?«

Dann sage ich meistens: »Ach, wissen Sie, ich bin überhaupt nicht gut im Altereinschätzen« und tue so, als ob es mir schon schwerfiele, ein Kleinkind von einem Murmelgreis auseinanderzuhalten.

Doch die Leute, die so gern auf ihr Alter geschätzt werden wollen, sind hartnäckig. Stur fragen sie weiter und lassen nicht locker und wollen mich zwingen, etwas zu sagen, was ich gar nicht meine und glaube, denn es ist ja nicht so, dass der aktive, sonnengebräunte Mittvierziger ohne Bauch erfreut wäre, wenn ich ihn auf Mitte Vierzig oder gar auf Anfang Fünfzig einschätzte. Er will ja von mir hören, dass ich ihm höchstens, aber auch allerhöchstens, fünfunddreißig Lenze zubillige.

Mildtätig mogeln kann man natürlich. Aber Erfolg hat man damit auch nicht immer. Man schaut die Dame an, die sich unbedingt schätzen lassen will, aufmerksam schaut man sie an, am Haaransatz unter den blonden Locken sieht man schlohweißen Nachwuchs blitzen, die Fältchen am Hals sieht man auch und die mit Make-up verdeckten Tränensäcke.

Man lässt den Blick nach unten gleiten, straff ist es dort, wo das Mieder sitzt, weniger straff wabbert allerhand unter dem Kleid – dort, wo die Oberschenkel sind, und an den nackten Unterschenkeln erkennt man die typischen Male einer nicht ganz geglückten Krampfadernverödung.

Sechzig ist sie, denkt man und spricht, ohne schamrot zu werden: »Fünfzig werden Sie sein, denke ich!«

Aber das rundliche Gesicht der Dame hellt sich nicht auf. Nein, die Mundwinkel sinken, Gram trübt ihren Blick.

»Die meisten Menschen schätzen mich für jünger ein«, sagt sie pikiert und wendet sich ab. Freundin hat man da keine neue geworben!

Einzige Ausnahme auf dem Gebiet der Alterseinschätzung: Kinder und Jugendliche unter sechzehn Jahren!

Die fragen einen zwar nie, für wie alt man sie denn eigentlich halte, aber verschätzt man sich an ihnen ungefragt und gibt ihnen fälschlich ein, zwei Jährchen Lebensalter mehr, erntet man glückstrahlende Blicke.

Straßenbahnfahrt

Unlängst stieg ich in eine Straßenbahn, setzte mich auf einen freien Platz und schlug meine Zeitung auf. Mir gegenüber saß eine alte Frau. Ich schaute über den Rand der Zeitung auf die alte Frau. Ich schaute mir ihr Gesicht an. Die alte Frau, fand ich, hatte ein »gutes Gesicht«. Ich attestierte ihm: Kein leichtes Leben, aber mit viel Anstand gelebt!

Die alte Frau merkte meine Blicke über den Zeitungsrand, lächelte mir zu und sagte: »Ich war gerade im Theater. Das ›Sparschwein‹ haben sie gespielt!« Und dann erzählte sie mir schwungvoll und mit leuchtenden Augen den Inhalt des Theaterstücks.

Sie erzählte mit sehr lauter Stimme. Ich ließ die Zeitung sinken und lauschte. Die anderen Leute um uns herum jedoch erstarrten zuerst einmal.

Der dicke Herr neben mir erholte sich als erster und fragte mich leise: »Kennen S' de Oide?« Ich schüttelte dezent den Kopf, da sagte er laut: »De Oide spinnt!« Ein Jüngling, am Fahrscheinautomaten lehnend, murmelte: »De Oide ziagt ma den Nerv!« und begab sich in die Wagenmitte.

Die alte Frau kam zur Schlussszene vom ›Sparschwein‹ und fuchtelte ein wenig – zur Unterstützung der Worte -mit den Armen.

Dabei berührte sie die Dame am Nebensitz. Diese schaute empört, stand auf und flüchtete auch in die Wagenmitte. Auf dem Fluchtweg teilte sie den anderen Fahrgästen mimisch, durch ans Hirn tippenden Zeigefinger, mit, welche Zumutung ihr gerade widerfahren war.

Die alte Frau merkte das alles nicht. Nachdem sie mir den Schlussapplaus geschildert hatte, deutete sie auf den freien Platz an ihrer Seite und rief: »Da ist noch frei, bitte!«

Es setzte sich niemand auf den freien Platz. Bis zu meinem Aussteigen blieb er leer.

Neben »Verrückte« setzt man sich nicht! Und verrückt war die Person! Was sie erzählt hatte und wie sie es erzählt hatte, ließ diesen Schluss zwar nicht zu, dass sie es aber erzählt hatte, war der Straßenbahngesellschaft Beweis genug.

Nur eine Verrückte, scheint man allgemein zu meinen, nimmt mit Fremden Kontakt auf.

»Wahrscheinlich hat sie sonst niemanden zum Reden«, sagte ich zum dicken Herrn, der hinter mir aus der Straßenbahn stieg. Und fügte hinzu: »Aber sie hat hübsch erzählt!« Da enteilte der Dicke hurtig.

Der einen Verrückten entronnen gleich auf die nächste zu stoßen, sagte sein entsetzter Blick, ist zuviel für eine einzige Straßenbahnfahrt.

Ehekitt besonderer Art

Was Ehen Dauer verleiht, muss nicht unbedingt die unverbrüchliche Liebe der Partner zueinander sein. Es gibt auch Zwänge, die mancher Ehe Bestand verleihen. Geld zum Beispiel. Oder Trägheit. Oder gar Schuldgefühle. Schuldgefühle können ein perfekter Ehekitt sein, nach dem Motto: »Wenn du mich schon nicht mehr wirklich liebst, dann fühle dich wenigstens schuldig!«

Viele Frauen und Männer haben wahre Perfektion darin erreicht, in ihrem Partner große Schuldgefühle zu erwecken und sie hartnäckig am Leben zu erhalten. So schwer ist das ja auch nicht, wenn man nicht gerade mit einem Ausbund an Egozentrik und Hartherzigkeit zusammenlebt. Man muss nur von allem Anfang an dem Partner klarmachen: Du allein bist dafür verantwortlich, ob ich glücklich oder unglücklich bin, ausschließlich von deinem Verhalten hängt das ab!

In der ersten Zeit der taufrischen Liebe hören das Männer wie Frauen ohnehin meistens gern und sehen es als Beweis für außerordentliche Zuneigung. So wie ja auch große Eifersucht zu Beginn einer Beziehung oft irrtümlich für große Liebe gehalten wird.

Aber wenn die Liebe des einen Ehepartners dann schwindet, entlässt ihn der andere ja nicht zwangsläufig aus der Verantwortung und Zuständigkeit für sein Glück und Unglück.

Und der, dessen Liebe nicht mehr so heftig brennt, kann sich meistens selbst auch nicht aus dieser Verantwortung und Zuständigkeit lösen und bekommt Schuldgefühle.

Die kann dann sein Partner weitgehend für sich nutzen. Sie helfen ihm, seine Wünsche durchzusetzen, sie geben ihm eine enorme Machtposition. Schuldbewusste Menschen, egal welchen Geschlechts, verhalten sich dem Partner gegenüber einsichtiger, nachsichtiger, nachgiebiger und positiver. Soll schon Männer gegeben haben, die bis zu ihrem Lebensende jeden Wunsch ihrer Frau erfüllten, weil sie im dritten Ehejahr eine dreiwöchige außereheliche Liebschaft hatten, durch welche das Erkalten ihrer ehelichen Liebe – für die Ehefrau – eindeutig erwiesen war. Auch Frauen soll es geben, die aus dem gleichen – oder einem anderen – Grund jahrzehntelang ihre Schuld geduldig abdienen, ohne je damit fertig zu werden.

Von außen betrachtet erscheinen die »Schuldabträger« üblicherweise als Leute, die den Partner ganz besonders lieben und aufopfernd umhegen. So sehr, dass man direkt Schuldgefühle, seine eigene Ehe betreffend, kriegen könnte.

Einigung unmöglich!

So ein Familienleben ist was Schönes, und angeblich wird es umso schöner, je größer die Familie wird; zumindest gestaltet es sich umso spannender, je mehr Mitglieder sie hat. Spannend insofern, weil dann viele, sehr unterschiedliche Bestrebungen unter einen Familienhut zu bringen sind, falls kein »absoluter Familienkaiser« das Regiment führt und nur dessen Wille zum Tragen kommt. Wobei so ein Familienkaiser in neuerer Zeit nicht unbedingt der haushaltsvorständische Papa sein muss. Gibt auch achtjährige Knabenkaiser und 80-jährige Schwiegermamakaiserinnen.

Aber solche autoritäre Regime sind bloß die Ausnahme, in den meisten Familien versucht man sich in Demokratie, und geht es in denen dann nur um so Kleinigkeiten wie die, wessen Lieblingsspeise gekocht wird, ist eine halbwegs demokratische Lösung möglich. Kommt dann halt, reihum, eine Lieblingsspeise nach der anderen dran.

Geht es aber um den Familienurlaub, ist das kaum möglich. So oft Urlauben kann keine Familie, dass reihum die Urlaubsorte aufgesucht werden, welche die einzelnen Familienmitglieder vorschlagen.

Was tut man also, wenn der Papa ins tirolerische Bergland will, die Mama die Nordsee kennen zu lernen wünscht, sich der große Sohn nach einer griechischen Insel sehnt, die Tochter von Mexiko schwärmt und der kleine Sohn partout für das niederösterreichische »Nest« plädiert, in dem sein bester Freund beim Vieh züchtenden Onkel urlaubt.

Nun, Mexiko streichen wir gleich. Da sagen wir der Tochter, dass sie das Einkommen ihrer Familie grob überschätzt und brav lernen und studieren soll, um hernach in der Gehaltsklasse tätig zu sein, wo man sich mit drei Kindern Mexiko leisten kann. Dem kleinen Sohn schwindeln wir ohne mit einer Wimper zu zucken vor, dass in dem »Nest« leider kein Quartier zu haben ist, alles besetzt! So klein, wie der ist, kann er das nicht kontrollieren, und zudem könnte er ja übermorgen eh schon mit dem besten Freund total zerstritten sein, womit seine Nest-Neigung hinfällig wäre. Und der Mama legen wir die vorsorglich gesammelten Zeitungsartikel über die Verschmutzung der Nordsee vor, da vergeht ihr von selber der Wunsch, gen Norden zu reisen.

Bleibt aber immer noch »Berg« kontra »Insel«, und einer muss da unterliegen. Aber der Sieger hat es dann im Urlaub auch nicht leicht. Entweder muss der Papa den Sohn wie einen störrischen Esel über Mugeln treiben, oder der Sohn sitzt verzagt am Strand und bangt, dass den röchelnden Papa im Hotelbett der Hitzschlag trifft.

Aber – wie gesagt – so ein Familienleben ist was Schönes, und je größer die Familie, umso schöner wird es angeblich!

Auf dass es binde …

Die Gründe dafür, warum viele Ehen scheitern, sind durch unzählige Untersuchungen eindeutig klar. Die Gründe dafür, warum noch mehr Ehen nicht scheitern und mehr oder weniger glücklichen Bestand haben, sind weniger klar, obwohl auch darüber Untersuchungen gemacht wurden. Die Frage »Warum lassen Sie sich nicht scheiden?« ist halt wesentlich schwerer zu beantworten als die Frage »Warum lassen Sie sich scheiden?«. Wer einen ihn quälenden Zustand beendet, hat sich eben darüber mehr Gedanken gemacht als jemand, der in einem für ihn gut erträglichen Zustand dahinlebt.

Trotzdem haben Psychologen bei Untersuchungen funktionierender Ehen eine auffällige Übereinstimmung gefunden: Rituale tun der Partnerschaft gut, und da ist unter Ritual alles zu verstehen, was regelmäßig wiederholt und damit zelebriert wird. Das veredelt den Ehe-Alltag, gibt Wir-Gefühl, Sicherheit und Stabilität, verbindet weit mehr als vieles andere, das landläufig als Ehe-Kitt gilt.

Natürlich muss es sich um gemeinsame Rituale handeln. Hat jeder Partner seine eigenen, wäre es eher kontraproduktiv. Der Ehemann, dessen tägliches Ritual es ist, nach Suppenverzehr drei fette Rülpser auszustoßen und diesen andächtig hinterherzulauschen, bindet die Ehefrau kaum in vermehrter Zuneigung an sich. Ebenso wenig tut dies der Ehemann, der ehelicher Pflicht »rituell« jeden zweiten Freitag um 22.10 Uhr nachkommt und die Dauer des Rituals auf fünf Minuten beschränkt.

Auch eine Ehefrau, die, komme was da wolle, nicht bereit ist, auf ihr Samstagvormittags-Ritual des Staubsaugens zu verzichten, bindet den Ehemann nicht fester an sich. Desgleichen nicht die Ehefrau, die »rituell« mit Lockenwicklern beim Frühstück sitzt und dabei dem Manne vorträgt, um wie viel mehr andere Männer verdienen.

Rituale sind gemeinsam, und dazu freudig, zu begehen! Doch sollten nun ein paar Leser wissen wollen, welchen Tätigkeiten man sich da hingeben könnte, muss ich passen. Das blieb in dem Zeitungsartikel, der über die Rituale-Erkenntnis der Psychologen informierte, unerwähnt. Vielleicht gemeinsam staubsaugen, rülpsen, Lockenwickler tragen? Bei Letzterem würden sich Ehemänner mit Glatze allerdings schwer tun! Und wie eine Ehefrau die fünf Minuten an jedem zweiten Freitag zum freudigen Ritual machen soll, ist auch ein Problem.

Aber – bittschön! – wenn's so einfach wäre, würde ja auch keine Ehe kaputtgehen.

Guter Rat unmöglich!

Angeblich wird jede dritte Scheidung nach gemeinsamem Urlaub der Eheleute eingereicht. Ob's wirklich so ist, kann ich nicht garantieren. Hab's bloß gelesen. Aber falls es wirklich so sein sollte, wäre es kein Wunder. Im Urlaub sind Mann und Frau rund um die Uhr zusammen, da kommt ein Ehepartner leicht zehnmal so lange wie im Alltag in den Genuss alter Angewohnheiten und Eigenschaften des anderen, die er nicht ausstehen kann!

Und weilt das Paar im Ausland, wo sich alle TV-Programme einer Sprache befleißigen, von der Mann und Frau nur dürftige Brocken beherrschen, entfällt auch die »abendliche Schonzeit«, in der man stumm nebeneinander glotzen darf, was Zwist und Zank hintanhält.

Aber einfach gar nicht auf Urlaub zu fahren, nur um den Fortbestand der Ehe zu sichern, geht auch schlecht. Urlaub gilt heutzutage als »die allerschönste Zeit im Jahr«. Wie das Kind, zu dem – als einzigem im ganzen Land – das Christkind nicht gekommen ist, käme man sich da vor! Und dieser Frust würde der Ehe sicher auch nicht besonders gut tun.

Was macht also ein verantwortungsvolles Paar, wenn es in der Ehe kriselt und der Urlaub naht?

Solo-Urlaube buchen? ER reist gen Osten, SIE gen Westen? Die Methode ist vielleicht ratsam, funktioniert aber nur, wenn man gut bei Kasse ist und ohne Kinder. Allein reisen kommt nämlich teuer. Der Einbettzimmer-Zuschlag ist hoch, man kann auch nicht sparsam nebeneinander in einem Auto fahren. Und mit Kindern funktioniert Solo-Urlaub überhaupt nicht.

Die weigern sich! Nachwuchs hat es so an sich, dass er sich die Ehe der Eltern »heil« wünscht. Und weil er keine Ahnung davon hat, dass gemeinsamer Urlaub Ehen noch »unheiler« machen kann, besteht er auf »Nur mit Papi und Mami gemeinsam!« und träumt sich vielleicht sogar naiv für die Ferienwochen »große Versöhnung« zusammen.

Gegen solch kindlichen Irrglauben kommen Papi und Mami nicht auf.

Am klügsten wäre es natürlich, die Ehekrise vor Urlaubsantritt zu bereinigen, aber diesen Ratschlag haben konfliktbeladene Ehepaare wohl so dringend nötig wie »die Krot in der Bohnensuppe«. Aus Jux zieht eh kein Paar seine Krise in die Länge.

Bleibt nur: Gemeinsam verreisen und hoffen, dass das gütige Schicksal einen nicht für »jede dritte Scheidung« vorgesehen hat, sondern einem Zeit zu lassen beliebt, die Krise nach dem Urlaub wacker zu überstehen.

Familiäre Notengebung

Jedes Familienmitglied ist ein ganz eigenständiges Individuum und hat daher auch auf sensible, individuelle Behandlung Anspruch.

Theoretisch sieht das wohl auch jeder Mensch ein, aber wenn man in der Praxis diesem Anspruch eifrig nachkommt, ergibt das oft mannigfache Kränkungen und Eifersüchteleien.

Kommt etwa Herr Meier um eine halbe Stunde später als versprochen heim, zieht Frau Meier ein saures Gesicht. Kommt Sohn Meier ebenfalls um eine halbe Stunde später als versprochen heim, lächelt ihm Frau Meier huldvoll entgegen.

Herr Meier findet das ungerecht! Frau Meier hingegen sagt ganz richtig: »Da mein Mann immer pünktlich ist, mache ich mir Sorgen, wenn er einmal nicht kommt, da reagiere ich dann eben gereizt! Da sich mein Sohn jedoch üblicherweise um zwei Stunden verspätet, finde ich es erfreulich, wenn er sich zu so geringer Verzögerung der Heimkehr durchgerungen hat!«

Direkt unpädagogisch, meint Frau Meier, wäre es, da sauer zu reagieren. Das wäre, sagt sie, gerade so, als ob man einen, der sich in der Schule von einem Fünfer auf einen Vierer verbessert hat, ausschimpft, weil er keinen Einser geschafft hat!

Woraus klar wird, dass man es tunlichst vermeiden sollte, sich in einer Familie zum »Vorzugsschüler« hochzuarbeiten, denn es wird einem nicht gedankt! Jeder in der Familie nimmt bald das Vorzugsverhalten hin und rügt ein Betragen, das er bei anderen Familienmitgliedern für »ganz normal« hält. Ebenso muss der Vorzugsschüler in der Familie verbittert mit ansehen, wie die anderen wegen einer minimalen Leistung oder einer ebenso minimalen Enthaltung von üblem Tun regelrecht gefeiert und belobigt werden. Wenn etwa die Evi einen Berg Geschirr wäscht, begnügt sich die Mama mit einem schlichten »Danke«. Die Evi ist ja ein ordnungsliebendes Kind, der fällt das ja leicht! Wenn aber die Reserl bloß zwei dreckige Teller vom Tisch zur Abwasch trägt, kann die Mama ihre Freude darüber kaum in ausreichende Worte fassen!

Es gibt Menschen, von denen es heißt: »Also, er (sie) war einfach perfekt! Ohne Fehler! Nie gab es was an ihm (ihr) auszusetzen! Und plötzlich war er (sie) wie ausgewechselt! Nimmer wiederzuerkennen!«

Vielleicht sind das die »Familien-Vorzugsschüler«, denen es endlich gereicht hat!

Die, die auch einmal so richtig gelobt werden wollen!

Himmelvata, schau oba!

Meine Oma war nicht fromm, aber der Ansicht, Kindern sei – zwecks Erziehung zu Sitte und Anstand – mit der höheren Macht zu drohen, welche sie »Himmelvata« nannte. So hob sie bei kindlichem Tun, das ihr missfiel, den warnenden Zeigefinger und sprach: »Da wird der Himmelvata schimpfen!« Und wenn ihr der Zufall hold war, was allerdings selten vorkam, fand zur Tatzeit ein Gewitter statt, und es donnergrollte, und sie durfte zufrieden posaunen: »Jetzt hat er geschimpft, der Himmelvata!«

Von meiner Schwester wird erzählt, dass sie, vier Jahre alt, in der Fensternische hockte, mit zarten Fingern Fäden aus dem noch zarteren Vorhang zupfte, dabei himmelwärts blickte und mehrmals in bestem Wienerisch flüsterte: »Himmelvata, schau oba, i tuas scho!« Ihre Stimme soll dabei zwischen Schaudern und Triumph geschwankt haben.

Dies zeigt, dass der Mensch von klein auf dazu neigt, Verbotenes zu tun, und, so er der Neigung nachgibt, nebst Angst auch Lust empfindet.

Viele Menschen behalten die Neigung zum Verbotenen bis ans Lebensende. Die meisten belassen es allerdings bei »bösen« Gedanken und hüten sich, selbige in die Tat umzusetzen. Beliebt sind da etwa Träume vom großen, schlauen »Coup«, der blitzschnell reich macht. Ich kenne einen Versicherungsangestellten, der sich einen – seiner Meinung nach – 100 Prozent sicheren Versicherungsbetrug bis ins kleinste Detail ausgedacht hat. In schlaflosen Stunden liebt er es, ihn »durchzuspielen«, und sieht sich als Millionär in der Karibik, umgeben von Luxus und Tollerei.

Was hinzukommen muss, dass solche Träume zur Tat entarten, dürfte weniger an »knappen« äußeren Umständen als an der Person des Träumers liegen, und so verschieden die Gründe individuell sein mögen, sie haben alle mit Realitätsverlust zu tun, mit dem Glauben, eigene Schlauheit und eigener Wagemut würden über die Gesetzeshüter – oder gar den »Himmelvata« – siegen. Wahrscheinlich trägt auch die feste Überzeugung dazu bei, dass sowieso nur Gesetzeshüter, aber nicht der »Himmelvata« böse sind, wenn man keine konkrete Person schädigt, sondern eine große Firma, eine Organisation oder den Staat. Solange man dem Bettler keinen Zehner aus dem Hut klaut, wird der »Himmelvata« ein Aug' zudrücken, hofft der schlaue »Coup«-Planer. Vielleicht tut's der Himmelvata ja eh, aber er mischt sich halt nicht ein, wenn irdische Instanzen amtshandeln.

Erträumte Stunden des Alleinseins

Menschen, die andauernd von etlichen Familienmitgliedern Tag und Nacht umgeben sind – Hausfrauen und Mütter üblicherweise ersehnen oft nichts mehr als ein bisschen Ruhe, ein wenig Stille und einen Hauch von Einsamkeit. Sie träumen von ein paar Stunden, wo niemand ein Butterbrot gestrichen haben will, wo niemand einen Hosenzipp eingenäht haben will, wo niemand um eine Tasse Kaffee bittet.

In diesen erträumten Stunden würden auch keine schrillen Kampfschreie aus dem Kinderzimmer dringen, und die Oma würde nicht zum hundertelften Mal erzählen, wie ihr »endgültiger Bruch mit Tante Erna« seinen Anfang nahm.

Keiner wollte, dass man ihn Vokabeln abfragt und sein blaues Hemd bügelt. Auch den rosa Buntstift müsste man nicht suchen. Und »Wer zuerst angefangen hat«, ginge einen gar nichts an.

Niemand wollte irgend etwas. Ganz für sich selber wäre man da und könnte – was man sonst nie kann – endlich tun, wozu man Lust hätte.

Und dann, eines unerwarteten Tages, ganz plötzlich und unvorbereitet, sind die erträumten Stunden da!

Der Ehemann ist mit einem Freund zum Fischen, die Oma fährt ihrem fünfzigsten Maturatreffen entgegen, und die Kinder, samt Hund, wurden von milden Freunden zum Baden mitgenommen.

Jetzt hat man sie, die erträumten Stunden! Beglückt und fassungslos nimmt man es zur Kenntnis. Und viele unter uns gibt es, bei denen überwiegt die Fassungslosigkeit. Sie können mit dieser Kostbarkeit nichts anfangen.

»Zuerst wollte ich ja schlafen, einfach nichts als schlafen«, sagte mir eine Freundin, »aber dann habe ich die ganze Wohnung gesaugt!«

Oder: »Eigentlich wollte ich den Tag zum Lesen benutzen, aber dann habe ich die Kästen komplett umgeräumt. Dazu komme ich ja sonst nie!« Oder: »Ich war meine Freundin Eva besuchen. Aber wir sind gar nicht richtig zum Tratschen gekommen. Ihre drei Kinder waren so lästig!«

Mit dem Alleinsein ist das halt so eine sonderbare Sache! Ist man es nicht gewohnt, ersehnt man es zwar, kann es aber nicht. Ist man es gewohnt, kann man es zwar, verabscheut es aber wie kaum etwas anderes im Leben.

Dies bedenkend, erscheinen mir die armen Frauen, die erträumte Einsamkeitsstunden sinnlos vergeuden, als ziemlich glückliche Wesen.

Psychosomatische Fettsucht

Übergewicht haben mag niemand. Dick sein gilt als unschön und ungesund. Wer zuviel Speck am Leibe hat, will ihn reduzieren.

Nur sind leider die Ansichten darüber, wie das zu schaffen ist, sehr verschieden. Von der FdH (Friß die Hälfte)-Kur über sämtliche Diäten bis zur Psychotherapie reichen die Vorschläge. Das ist verständlich, denn die Ursachen für Übergewicht sind auch sehr verschieden, und der Betroffene und der, der ihm rät, kennen die Ursache ja meistens nicht so genau.

Doch nun, sagt mir meine Freundin Susi, hat der Jammer ein Ende. Die Experten, sagt sie mir und wachelt mir dabei mit einem bedruckten Blatt Papier vor der Nase herum, haben herausbekommen, dass zu jeder Ursache für Übergewicht auch eine spezielle und charakteristische Form des Fettansatzes gehört. Auf dem Blatt Papier, mit dem Freundin Susi wachelt, sind die wichtigsten Formen von Fettansatz aufgezeichnet und die Ursachen daneben vermerkt.

»Reithosenspeck« lese ich, »kombinierte Fettsucht« lese ich, »Pneu«, »komplizierte Fettsucht«. Es gibt, erfahre ich, einen »nervösen Bauch«. Das ist ein länglicher Fettansatz am Bauch, von oben nach unten. Seine Ursache ist Streß!

Der »Pneu« hingegen, ein Fettring um die Mitte, hat Bewegungsmangel zur Ursache. Die »Reithose« ist durch eine Störung der Mengenverhältnisse zwischen Östrogen und Schwangerschaftshormon bedingt, und ein runder, großer Bauch kann ererbt sein.

Lagert das Fett an den Hüften, oben, hinten, außen sowie am Unterbauch, ist die Ursache eine Verbrennungsstörung. Bevor ich das aufschlussreiche Papier durchstudiert habe, nimmt es mir Freundin Susi aus der Hand.

Die Nougatstange, nach der ich greifen will, schnappt sie sich auch. Sie stopft den Nougat in den Mund, geht zum Spiegel, betrachtet ihr gleichmäßig über den ganzen Körper verteiltes Übergewicht, beäugt kontrollierend das aufschlussreiche Papier und spricht mit vollem Mund: »Ich hab's! Ich bin Bildtafel 7! Ich bin die große psychosomatische Fettsucht, weil ich überall dick bin. Ich habe mich bei gleichzeitig erhöhter Nahrungsaufnahme und Gewichtszunahme in mein Innerstes zurückgezogen!«

»Ursache?« frage ich.

»Seelischer Schock!« antwortet Susi.

»Hattest du einen?« frage ich.

»Muss ich ja wohl, wenn ich rundherum dick bin!« seufzt Susi.

Es geht halt nichts über den Glauben an Experten!

Man müsste nein sagen können

In vielen Familien, die ich kenne, gibt es eine sonderbare Sprachregelung – die Aufteilung und Zuordnung anfallender und lästiger Arbeiten betreffend.

Kehrt ein Mensch, spinnwebenverhangen und grau überstäubt, mit einer Flasche Wein aus dem Keller in die Wohnung zurück und spricht: »Man müsste den Keller wieder einmal ordentlich aufräumen!«, meint er damit schlicht und eindeutig, dass er zwar an einem gesäuberten Keller großes Interesse hätte, aber nicht daran denke, die schöne Kellerordnung selbst in die Wege zu leiten.

Auch der Seufzer »Man müsste das Auto einmal innen saugen und putzen!« weist diese Grundhaltung auf.

Und der Satz: »Wenn man die Kirschen nicht heute vom Baum pflückt, verderben sie noch!« stößt in das gleiche Horn.

»Man« tritt immer dann in Aktion, wenn einer eine Arbeit selbst nicht tun mag, aber nicht direkt wagt, jemand anderem diese Arbeit aufzutragen. »Man« sagt man dann, wenn die Sache, an der zu arbeiten wäre, nicht völlig eindeutig dem Besitze eines einzelnen Familienmitgliedes zuzuordnen ist.

Autos, Kirschbäume und Keller gehören zu dieser Kategorie von Dingen.

Außerdem sollte »man« sich natürlich auch des Werkzeugkastens annehmen, in dem etliche Kilo vermischter Nägel und Schrauben lagern. Und mit dem Kater, der so komisch geniest hat, sollte »man« den Tierarzt aufsuchen. Und den ätzend riechenden Hamsterkäfig müsste »man« frisch reinigen und mit frischer Streu versorgen.

Vor allem aber müsste »man« sich über die Abstellkammer hermachen, in der nichts mehr zu finden ist, weil Ski und Stöcke, Eislaufschuhe, Staubsaugerrohre, Zeltplanen, Luftmatratzen, Strohkörbe und eine Plastiksackerlsammlung dort heillos durcheinandergeraten sind.

Überall dort, wo sich keiner in der Familie zuständig fühlt, soll »man« an die Arbeit schreiten.

Dass »man« letzten Endes und in neunundneunzig von hundert Fällen »frau« sein wird, braucht nicht extra erwähnt zu werden. Und dass »frau« nach getaner lästiger Arbeit zu hören bekommt, dass »man« das ohnehin demnächst selbst erledigt hätte, wenn sich »frau« nicht vorschnell – wie immer – der Sache angenommen hätte, schon gar nicht.

Freizeitvergnügen?

Weil die meisten Leute, um ihren Lebensunterhalt zu erwerben, viele Stunden des Tages mit harter Arbeit zubringen müssen, entgehen ihnen viele Freizeitvergnügen; das war mir schon immer bekannt.

Dass man aber auch wegen seiner Freizeitvergnügen seine ehrliche Arbeit vernachlässigen muss, obwohl man sie gern tun würde, weiß ich erst, seit ich einen sogenannten »Nutzgarten« mein eigen nenne.

Aus schierem Jux und reiner Tollerei – also als Freizeitvergnügen – habe ich dort zwölf mal vier nette, weiße Bohnen in die Erde versenkt. Knapp nach den Eismännern war das, und recht hurtig ist das gegangen.

Und mein freizeitliches Behagen war recht groß, als die Bohnen austrieben. Und mit freizeitlichem Stolz habe ich Stecken in die Erde geschlagen, auf dass sich die Dinger hochranken mögen.

Und als freizeitliches Vergnügen sah ich es auch noch an, die blühenden, mannshohen Stauden mit reichlich Gießwasser zu versorgen.

Aber jetzt sind die Fisolen reif! Alle paar Stunden wird ein Körberl voll reif! Und im Beet neben den Fisolen reifen mir die schönen, dunkelgrünen Zucchini im Zeitraffertempo!

Surfbretter, Tennisschläger, Briefmarkenalben und sonstige Freizeitzutaten kann man, wenn man keine Zeit für sie hat, ohne Schaden in einem Winkel verstauben lassen. Fisolen und Erdbeeren und Erbsen und Kohl fordern ihre Rechte; auch wenn sie bloß freizeitlich gepflanzt worden sind.

Ein Unmensch wäre der, der das – dazu noch biologisch reine – Grünzeug im Beet verdorren oder verfaulen ließe, weil er »arbeiten« muss.

Also ernte und putze ich, hacke, faschiere und koche ich, und da sich kein Mensch nur von Fisolen und Zucchini nähren will, und weil jeder Mensch nach der siebenten Erdbeernachspeise leidet, friere ich auch ein und entsafte und geliere und beschaffe mir Sand, um darin irgendwelche Rüben über den Winter zu lagern.

Befreundete Leute frage ich natürlich auch, ob sie nicht bei mir ernten wollen. Doch die befreundeten Leute schuften entweder selbst schwer an ihren Fisolen und anderem Grünzeug oder sie teilen mir diskret mit, dass sie meine edle Gartengabe lieber im Zustand von Marmelade oder als tiefgefrorenes Fertiggericht haben möchten.

Ehrlich! Nie ist meine Sehnsucht nach harter Berufsarbeit größer als in Erntetagen!

Das fehlende Zimmer

Durchschnittsfamilien wohnen – wenn sie nicht noch übler dran sind – in Wohnungen mit zweieinhalb oder drei Zimmern.

In solchen Quartieren ist die Zimmereinteilung meistens klar: Wohnzimmer, Kinderzimmer, Schlafzimmer! Zur Debatte steht bloß, welchem Zimmer welche Funktion zukommt. Langsam hat sich ja herumgesprochen, dass Kinder mehr Platz brauchen, als Wohngenossenschaften für sie einplanen, und dass Wohnzimmer – genauer gesagt: Fernsehzimmer – nicht unbedingt 30 m2 groß sein müssen. Dass die Räume dann doch oft kinderfeindlich aufgeteilt werden, liegt nicht an der Egozentrik der Eltern, die für ihre abendliche Fernsehorgie den größten Raum der Wohnung beanspruchen, sondern daran, dass üblicherweise zumindest eines der kleineren Zimmer nur durch das große zu erreichen ist; wodurch die Kinder, bekämen sie den großen Raum, in einem Durchgangszimmer logierten, was nur für Kinder, die länger fernschauen und später Schlafengehen als die Eltern, zu empfehlen wäre.

Aber es gibt ja auch Familien, die besser dran sind. Die haben, sei es mit viel Glück, sei es durch Mieterschutzerbrecht oder mit viel Geld, Riesenwohnungen ergattert. Die Raumaufteilung solcher Wohnungen bringt mich oft ins Sinnieren! Dort gibt es außer Wohnzimmer und Schlafzimmer und Kinderzimmer auch Speisezimmer und Zimmer, die konservativ »Herrenzimmer«, modischer »Arbeitszimmer« genannt werden. Manche der Riesenwohnungen haben auch ein Tischtennis-Zimmer oder ein Eisenbahn-Zimmer; damit Papa und Sohn die Schienen nicht immer wegräumen müssen. Dunkelkammer-Zimmer, Hobbyräume, Gästezimmer, Bügelzimmer, Musikzimmer und noch eine Menge anderer »Extra-Zimmer« habe ich schon bestaunt.

Relativ selten befindet sich aber in den Riesenwohnungen ein Zimmer, von dem die Hausfrau, die mich stolz durch die Räume führt, sagt: »Und das ist mein Zimmer!« Fragt man die Dame, warum sie von all den Räumen keinen für sich allein reserviert habe, erfährt man, dass das eigentlich ihre Absicht gewesen sei, aber dann – irgendwie – habe es sich nicht ergeben! Die Wünsche der anderen seien eben dringlicher gewesen.

Und der Ehemann fügt lächelnd hinzu: »Außerdem gehört ihr ja die ganze Wohnung!«

Was das Aufräumen und das Dreckwegputzen betrifft, hat der gute Mann garantiert recht!

Folterkammer Örtchen

Hans-im-Glück-Familien besitzen Häuser oder Wohnungen mit zwei – oder mehr – Badezimmern und zwei -oder mehr – Klos. Nicht ganz so vom Glück verfolgte, aber immerhin noch begünstigte Familien haben wenigstens ein Badezimmer mit zwei Waschbecken. Die Normalfamilie jedoch, auch wenn sie aus fünf oder sechs Personen besteht, muss mit einem Badezimmer und einem Waschbecken darin auskommen.

Statistiken darüber, wieviel Familienzwist und Hader dadurch entstehen, dass mehrere Menschen zur gleichen Zeit nach dem gekachelten Orte gieren und zum diskreten Örtchen drängen, gibt es nicht. Doch wage ich zu behaupten, dass sich viele Familienleben wesentlich harmonischer gestalten würden, wäre nicht tagtäglich die morgendliche Notlage durchzustehen.

Ein halbwüchsiges Mädchen etwa, das an der sorgfältigen Behandlung von Mitessern und Wimmerln gehindert wird, weil der kleine Bruder auf seinem Recht besteht, das Badezimmer zwischen 7.10 Uhr und 7.20 Uhr zu benutzen, sieht sich völlig außerstande, den kleinen Bruder zu lieben.

Und niemand kann vergrämter sein als der arme Mann, der hinter der verriegelten Tür hockt und dort nicht in dem Tempo agieren darf, das ihm sein Leib vorschreibt, sondern in dem Tempo, das ein an die Klotür pochendes Familienmitglied fordert.

Besonders unerträglich wird die Morgensituation, wenn ein sehr ordentlicher Mensch nach einem sehr schlampigen Menschen das Badezimmer benutzen muss.

Bartstoppelstaub im Waschbecken, feuchte Badetücher auf dem Boden, Zahnpastaspritzer auf dem Spiegel, Make-up-Flecken in Handtüchern, unauffindbare Tubenverschlüsse, gatschige Seifen und Badewannendreckränder haben sicher schon öfter Familienstreit ausgelöst als so große und bittere Probleme wie Untreue, Charaktermängel und Geldnot.

Und die Personen, die darauf bestehen, nicht nur eine eigene Zahnbürste, sondern auch ein eigenes Handtuch, einen eigenen Waschlappen und eigene Kosmetika zu haben, stehen in den meisten Familien im morgendlichen Kampf ohnehin auf total verlorenem Posten.

Ärmer als diese besitzgestörten Menschen sind jedoch noch die Leute, denen ein skrupelloser Architekt das Bad und das Klo als eine Einheit errichtet hat. Was sich des Morgens dort abzuspielen pflegt – habe ich mir sagen lassen, kann die wahre Hölle sein.

Wer kennt ihn nicht, den Dings

Von meiner Mutter kann man oft eine Erklärung wie folgende zu hören bekommen: »Der Dings vom Dings wegen dem Dings war da!«

Ins harte Kreuzverhör genommen, gibt sie jedoch dann zu, dass Herr X von der Versicherung wegen der Prämie vorgesprochen habe.

Rügt man sie ob der vielen Dings in ihrer Rede, schiebt sie die Schuld dem Alter zu, was aber nicht stimmt. Sie »dingst«, seit ich sie kenne. »Dingsen« hat nichts mit Alter und Kalk zu tun. Die der Dings-Manie Verfallenen reden bloß schneller als sie denken. Womit ich aber nicht sagen will, dass sie zu langsam denken. Sie reden zu schnell!

Und sie sind nicht bereit, ihren heftig strömenden Redefluß ein klein wenig zu stauen und kurz zu überlegen, wie Botschaften allgemein verständlich übermittelt werden können. Auf diese Idee kommen sie auch deshalb nicht, weil sie meinen, alle anderen müssten über ihre Gedankengänge und Gedankensprünge Bescheid wissen. Was meistens nicht ganz falsch ist.

Kommt – zum Beispiel – jemand aus dem Bad und spricht: »Ich muss endlich den Dings reparieren!«, weiß man ja, den verstopften Zustand des Abflusses kennend, genau, was mit »Dings« gemeint war.

Man sollte überhaupt mit den der Dings-Manie Verfallenen gnädig umgehen, denn schließlich ist niemand gegen dieses Unwort gänzlich gefeit, auch wenn man es nur benutzt, wenn einem ein Wort oder ein Name wirklich nicht einfällt, wenn er zwar »auf der Zunge liegt«, aber nicht von dieser will. In der Notlage greift fast jeder zum Dings, fügt aber – und das unterscheidet ihn von den echten Dingsern – entschuldigend hinzu: »Aber es fällt mir gleich wieder ein!«

Was manchmal zu optimistisch gehofft ist. In der Regel will das »Dings« erst dann von der Zunge, wenn man aufgegeben hat, darüber zu sinnen und sich damit herumzuplagen.

So muss es auch der Dame ergangen sein, die gestern im Kino hinter mir saß und plötzlich sehr laut, während vorne auf der Leinwand ein langer Kuß stattfand, ausrief: »Albert! Jetzt hab' ich's wieder! Breinstingl heißt der Dings!«

Das unwillige Gezischel, das sich darob im Kino erhob, muss ich als wenig einfühlsam bezeichnen. Ein jeder sollte doch wissen, wie erleichtert man ist, wenn man es endlich geschafft hat, aus einem »Dings« einen Breinstingl zu machen.

6. Alle Jahre wieder

Vom Vorsatz, heuer nichts zu schenken

Je näher Weihnachten rückt, umso gespannter werde ich! Nicht dass ich, mir meine Kindlichkeit bis ins hohe Alter bewahrend, auf das gespannt wäre, was an Paketen unter dem Christbaum auf mich lauern wird, denn was dort meiner harren wird, ist mir ziemlich klar!

Schließlich habe ich meiner Mutter mehrmals angedeutet, dass mein Bestand an Bettwäsche kein großer ist und meine Lieblingsfarbe – für Bettwäsche – seit neuestem wieder »Reinweiß« ist.

Und nicht umsonst, meine ich, bin ich schon dreimal in Begleitung meines Mannes vor einem Tandlerladen stehengeblieben und habe eine bestimmte Kleinigkeit idiotisch lange angeglotzt.

Und es steht zu hoffen, dass nicht der Mann einer anderen Frau schuld daran ist, dass diese Kleinigkeit seit ein paar Tagen nicht mehr in der Trödlerauslage liegt. Und dass mein Nachwuchs nur geschmacklich einwandfrei Schenkbares auswählt, weiß ich aus langjähriger Erfahrung!

Ich bin auch nicht gespannt, ob ich es schaffen werde, allen Leuten, die ich beschenken will, gerecht zu werden, obwohl ich bis jetzt noch überhaupt kein Geschenk gekauft habe. Irgendwie, schließlich, schaffe ich es doch jedes Jahr. Und die Beschenkten scheinen nie allzu unzufrieden.

Gespannt bin ich, wer von allen meinen Freunden, die in den letzten Wochen erklärt haben, »die Schenkerei komplett abzuschaffen«, diesen Vorsatz endlich durchführen wird!

Seit gut einem Jahrzehnt nämlich höre ich von ernsthaften, aufrechten Leuten immer wieder: »Wir haben uns heuer geeinigt, die Geschenke abzuschaffen!« Und dann folgt viel von Konsumtrottelei und Verlogenheit und Sinnleere und all den Argumenten, die ich nicht weiter aufzählen will, weil sie ohnehin jeder kennt.

Noch mehr beeindruckt bin ich allerdings immer dann, wenn mir diese ernsthaften, aufrechten Leute eine Woche nach Weihnachten erklären, wieso und warum sie dieses Jahr trotzdem geschenkt haben und beschenkt wurden.

Der Gründe, noch einmal, ein letztes Jahr, an diesem »Irrsinn« teilzunehmen, sind viele, und sie brauchen auch nicht aufgezählt zu werden, weil wir sie alle kennen.

Aber ich beeide hiermit in aller Öffentlichkeit: Der erste meiner Freunde, der tatsächlich damit aufhört, zu Weihnachten etwas zu verschenken, wird gebührend von mir belohnt; mit einem kleinen Weihnachtsgeschenk!

Diesmal: Languste oder Lachs?

Die Weihnachtswünsche der Lieben hat die Hausfrau so gut wie möglich zu erfüllen, und das gilt nicht nur für die Packerln unter dem Christbaum, das gilt auch fürs Weihnachts-Festmahl, und da die Essenwünsche der Lieben so unterschiedlich wie ihre Packerl-Wünsche sind, muss die »Harmonisierung« der Gaumenfreuden ordentlich geplant werden, was kein Kinderspiel ist. So blättert der hilfreiche Ehemann im Kochbuch und sagt: »Der Lachs da, auf Blattspinat mit Parmesan-Bechamel, der wäre ideal!«

Sicher wäre er ideal! Aber leider verabscheut die eine Tochter Spinat in jeglicher Form, den Defekt hat sie seit Babytagen, und der anderen Tochter graust vor Bechamel.

So blättert der Ehemann entsagend um, hält der Ehefrau das Foto eines knusprigen Entleins unter die Nase und sagt: »Dagegen kann niemand was haben!«

»Dagegen hat mein Backrohr was!«, erwidert die Ehefrau, denn für Gemahl, Töchter, Schwiegersöhne, Oma, angereiste Kusine und am 24. 12. stets zu Gast weilenden Hausfreund bräuchte es vier Entlein, und die gehen ins Haushalts-Backrohr leider nicht rein.

»Dann frag halt die Kinder«, sagt der Ehemann und klappt resigniert das Journal zu.

»Kann ich mir sparen«, sagt die Ehefrau. »Von denen höre ich doch nur, dass ihnen alles recht ist!«

»Dann kannst ja eh den Spinat-Bechamel-Lachs machen«, sagt der Ehemann hoffnungsfroh.

»Das sagen sie doch nur, weil sie wissen, dass ich nie was koche, was sie nicht mögen«, erklärt die Ehefrau.

»Dann koch was, von dem du weißt, dass sie's gern essen«, sagt der Ehemann und schaut drein, als denke er: Auf meine Wünsche kommt es sowieso nie an!

Die Ehefrau seufzt und sagt: »Die Kinder haben sich auch beim Essen total auseinander entwickelt, da gibt es außer Joghurt kaum was, was sie beide gleichermaßen mögen.«

»Wie wär's mit Langusten?«, fragt der Ehemann. »Einmal im Jahr kann man sich die schon leisten, und die Schwiegersöhne schwärmen doch von ihnen so!«

»Dann isst aber die Oma keinen Bissen«, sagt die Ehefrau.

So geht die Debatte tagelang weiter und dreht sich im Kreise, bis – wie jedes Jahr – etliche Tage vor Weihnachten die Oma anruft und sagt: »Das Kälberne für die Schnitzel habe ich wieder beim Bio-Bauern bestellt, er liefert's euch am Dreiundzwanzigsten!« Womit – wie jedes Jahr – die Debatte ums Festessen beendet ist, denn dass zu Weihnachten Schnitzel mit Erdäpfel-/Vogerlsalat zwischen Räucher-Forelle und Schoko-Roulade serviert werden, ist seit 30 Jahren klar, und die geringste Abweichung erschiene allen am Tische Weilenden als unverzeihlicher Traditionsbruch.

Schlichte Fichte

Die Einstellung der Menschen zum Christbaum ist keine einheitliche. Abgesehen von denen, die gar keinen Christbaum mögen, divergieren auch die Ansichten der zum Christbaum positiv eingestellten Leute ganz gewaltig. Meistens stammt die Idealvorstellung »Christbaum« aus Kindertagen. Entweder will man so einen, wie man ihn als Kind hatte, weil man mit ihm zufrieden war, oder man hat seine Kinderchristbäume als »Feindbild« und will einen ganz anderen.

Schwierig wird es, wenn zwei Leute mit verschiedenen Christbaumidealen zu einem Kompromiss kommen müssen. Er sagt: »Fichte schlicht! Nicht höher als einen Meter!« Sie sagt: »Silbertanne doppelt, bis zur Zimmerdecke!« Er sagt: »Weiße Kerzen, Engelshaar und sonst nichts!« Sie sagt: »Ketten, Lametta, Sternspucker, Glaskugeln, Zuckerln und überhaupt alles, was man aufhängen kann!« Da Weihnachten Männer milde stimmt und Frauen von Natur hartnäckiger sind, ist anzunehmen, dass Sie ihren Willen durchsetzt und eine große Silbertanne erstanden wird. Auch ist anzunehmen, dass der Heimweg friedlich verläuft, weil ER zu Weihnachten ohne Murren im nahen Supermarkt eine billige Dachgalerie ersteht, um das grüne Monstrum verkehrssicher nach Hause zu transportieren, wobei SIE ihn tröstet: »Eine Dachgalerie kann man immer brauchen!«

Aber zu Hause, das weiß ich aus Erfahrung, wird es schlimm. Im Freien nämlich wirken Bäume viel kleiner als im Wohnzimmer, man kann sich da leicht verschätzen. Und Sie hat jetzt wirklich keine Zeit, dem Baum die unteren neunzig Zentimeter abzusägen. Und wie ein dicker Stamm in ein kleines Kreuz zu zwängen ist, ist ja nun wirklich Männersache!

Letztlich könnte es aber sein, dass ER und SIE doch noch zu einem artigen Kompromiss kommen, weil SIE vergessen hat, wo sie nach dem sommerlichen Großreinemachen die Schachteln mit dem Christbaumschmuck hingetan hat. Also sitzen dann ER und SIE des Abends vor dem schönen, grünen Kompromiss. Der Baum ist so groß, wie SIE wollte, und so »kahl«, wie ER wünschte, und ER und SIE können wieder lieb zueinander sein.

Alles so schön weihnachtlich!

Jetzt ist sie wieder da, die liebe Zeit, in der man entzückten Auges in »Weihnachts-Teilen« von Frauen-Zeitschriften blättern darf! Da werden die »originellsten Gaben für Sie & Ihn« angepriesen, für »den, der schon alles hat« und überhaupt »für liebe Leute«!

Die Tipps, Käufliches betreffend, sind ja nicht sehr aufregend; was es zu kaufen gibt, ist auch in Schaufenstern zu sehen. Und was der »Versand« bietet, dem steht der vernünftige Mensch etwas reserviert gegenüber, denn da könnte durch Schlamperei das Geschenk vielleicht erst im März ankommen; eventuell mit einer geschmalzenen Rechnung vom Zoll!

Was kreative Seelen an diesen »Weihnachts-Teilen« so entzückt, sind »Bastelvorschläge«! Etwa die tolle Häkeldecke, zusammengesetzt aus 600 Sechsecken. Die würde doch der Tante gut zu Doppelbett stehen! Zu viel Arbeit für die karge Frist bis Weihnachten?

Na, wie wär's mit einer eigenhändig gebatikten Krawatte für den Karl, ein gebatiktes Unterkleid für Oma und eine Batik-Tischdecke für die Cousine? (Weil's ja unökonomisch wäre, wegen einer Krawatte drei »Farbbäder« anzurühren.)

Und nicht zu vergessen: das selbstgebastelte Spielzeug! Zum Beispiel Mausfamilie im Maushaus! Die Mauserin sind nach beiliegendem Schnittmuster kinderleicht hinzukriegen, und falls Sie es nicht schaffen, Puffärmel in fingerhutgroße Armlöcher zu nähen, machen Sie halt eine Japan-Maus-Familie, kimonogekleidet! Allerdings brauchen Sie auch einen Ehemann, der das Maushaus tischlert; samt Balkon, Fensterläden und Betterln. So einen haben Sie nicht? Dann lassen Sie besser auch die Maus-Erzeugung. Unbehauste Mäuse sind der halbe Spaß.

Aber wenigstens das traute Heim können Sie nach zeitschriftlich-zeitgeistiger Anleitung verfeinern! Wie wär's mit 10 Holzsternen? Da müssen Sie nur 60 Rhomben aus 3-cm-Brettern sägen, je sechs zu einem Stern leimen, den mit Sandpapier schmirgeln und mit Blattgold belegen. Oder können Sie gar einem Blech-Christbaum etwas abgewinnen? Da hätten Sie noch weniger Arbeit. Sie brauchen nur jede Menge Dosen zu kaufen, denen die Banderolen entfernen, alle zu einer Pyramide stapeln und auf jede Pyramiden-Stufe ein Kerzerl stellen!

Gefällt Ihnen alles nicht? Na, dann sind Sie leider die Ausnahme von der Regel der Millionen begeisterter Leserinnen, und es geschieht Ihnen ganz recht, wenn Sie sich mutterseelenallein mit allem Weihnachtlichen herumschlagen müssen!

Sehnsucht nach Brabantern!

Die Zeitschriften, deren Anliegen es ist, die Durchschnittsköchin zur 2-Hauben-3-Sterne-Meisterin zu machen, bringen im Dezember seitenweise Bilder wunderbarer Kekserln; natürlich auch zugehörige Rezepterln. Weihnachtliche Stimmung überfällt einen, sieht man die Tabletts voll winziger Köstlichkeiten. Wer nur einen Hauch Küchenneigung in sich hat, verspürt da sofort den Drang, ans Werk zu gehen; vor allem, weil der Text zu den Fotos sagt, es sei »kinderleicht«, die Dinger wie abgebildet hinzukriegen.

Bescheiden, wie man ist, will man eh nicht alle 25 Sorten backen. Wär' aber gelacht, hätte man nicht wenigstens für eine, zwei, drei davon Zeit!

Neben der Computer-Tastatur, auf der ich diesen Beitrag tippe, liegt ein aufgeschlagenes »Kochjournal«. Ovale, rosa glasierte, mit Marmelade gefüllte Kekse lachen mir zu, so oft ich nach links schiele. Ein dünnes, weißes Streiferl ziert die Glasur, das wiederum zieren zwei Tupferln. »Brabanter« heißen diese Kekse, und die Lust, mich nach Beendigung dieser Zellen ans Erzeugen der Brabanter zu machen, wächst in mir. Soll ich ihr nachgeben?

Gute Frau, sage ich mir, du hast keinen ovalen Ausstecher, sicher haben auch die Geschäfte in der Nähe keinen! Du wirst ewig herumrennen und die Brabanter dann doch stinknormal rund ausstechen müssen. Zudem weißt du, sage ich mir, dass du mit Keksen, bei denen je zwei mit Marmelade zusammengepickt werden, Probleme kriegst. Weil deine Kekse beim Backen nicht flunderplatt bleiben, sondern sich leicht zu wölben belieben und gern etwas aus der Fasson geraten; wodurch kaum zwei ganz gleich ausfallen, daher auch nicht perfekt aufeinanderpassen. Du weißt auch, sage ich mir, dass es dich ins Seelentief bringt, wenn du zwei windschief mit Marmelade verklebte Kekse auf einer Gabel aus der Glasur balancierst und das tropfende Keksexemplar von dieser rutscht und auf der »Butterseite« landet. Und aus einem winzigen Papierstanitzl hauchdünne Streifen Zitronenglasur exakt quer über Kekse zu ziehen, ist dein Talent schon gar nicht; selbst wenn du auf die zwei artigen Tupferl verzichtest!

Nun, das habe ich mir alles gesagt, und jetzt eile ich von dannen, um nach dem ovalen Keksausstecher zu fahnden. Ist doch nett, wenn einem, aller Lebenserfahrung zuwider, die Hoffnung geblieben ist, einmal werde schon ein Jahr kommen, in dem man die Weihnachtkekserln perfekt hinkriegt!

Ein Reserve-Schal

Na, gute weihnachtlich freudig gestreßte Leserinnen und Leser, haben Sie schon alles brav beinand? Einkaufsliste für das Festmahl, Christbaum, Geschenke und Papier, um selbige einzupacken, Kerzen, Fransenpapier, Lametta? (Falls Sie das noch nicht haben, lassen Sie es bleiben, es ist ohnehin ein Umwelt-Sünder.)

Und die Rechnungen, die Sie beim Einkauf der Geschenke erhielten, sind die auch griffbereit? Könnte ja sein, dass Ihnen ein »langes Gesicht« am Heiligen Abend nahelegt, dem Träger der sauren Miene die Rechnung zwecks Umtausch auszuhändigen.

Wie meinen? Solch selbstverständliche vorbereitende Maßnahmen muss man Ihnen nicht raten? Alles erledigt, alles unter weihnachtlich Dach und Fach? Und wie steht's um Reserve-Geschenke? Oder gehören Sie zur Minderheit der Glücklichen, die sich völlig im Klaren sind, wer ihnen etwas schenkt und wer nicht?

Ich gehöre leider nicht dazu. Es gibt nämlich »Spontan-Schenker«. Meine Freundin Olga etwa. Eigentlich ist zwischen uns abgemacht, dass wir einander nichts schenken. Aber falls Olga vor Weihnachten in einer Auslage den Stift sieht, den ich Tage vorher in der Hand eines Menschen bewunderte, und falls sie genug Geld hat, ihn zu bezahlen, kauft sie ihn für mich; trotz Abkommens. Da sie aber nicht jedes Jahr vor Weihnachten etwas sieht, von dem sie weiß, dass ich es mag, oder weil sie nicht genug Geld hat, gibt es auch Jahre, wo sie das Abkommen hält. Und da sie Überraschungen liebt, informiert sie mich nicht, in welchem Jahr wir gerade sind.

Und ich sehe es ihr ja an, dass sie dann enttäuscht ist, wenn sie mir etwas überreicht, aber ich mit leeren Händen dastehe. Also tut stets ein »Reserve-Packerl« für Olga not. Schwierig ist da allerdings das richtige Einschätzen. Man will ja halbwegs »gleich« geben. Kriege ich einen Topflappen, wär's direkt peinlich, ihr ein Dior-Parfum zu überreichen. Ebenso peinlich, wenn ich von ihr den tollen Hut kriege und im Reserve-Packerl nur Essig-Zwetschken sind.

Also tun drei Reservepackerln not, mit preislich divergierenden Inhalten. Dass dann zwei davon keinesfalls an Olga gehen und jedes zweite Jahr alle drei nicht, macht kaum etwas. Es stellen sich bei mir regelmäßig noch andere Schenker ein, die ich, im Streß vorfestlicher Erledigungen, total vergessen hatte. Und so habe ich dann auch immer ein Geschenk für diese lieben Leute. Und sei's auch nur ein Topflappen für Großonkel Albert!

Weihnachtsgaben im Rückblick

Na, wie war es denn heuer mit den Geschenken, verehrte Leserin? Haben Ihre mehr oder weniger Lieben Ihre geheimen Wünsche getroffen? Oder hat man Sie durch oberflächliche Geschenkswahl tief getroffen?

Hat Ihnen Ihr Mann das Buch geschenkt, das er schon längst hatte lesen wollen? Oder hat er der Werbestimme vertraut, die wochenlang verkündet hat, dass ein Bügeleisen ein sehr »persönliches Geschenk« sein kann?

Und sind Sie sich schon klar, ob Sie es wagen dürfen, von Ihrer Schwiegermutter die Rechnung für den schweinsrosa Morgenmantel zu fordern, damit Sie ihn umtauschen können?

Und wie werden Sie es mit dem Maiglöckerlwasser halten, das eine ruchlose Verkäuferin Ihrem achtjährigen Sohn ins seidige Sternenpapier gewickelt hat?

Und wie verkraften Sie es, dass sich Ihre Tochter im Pullover, den Ihnen Ihr Mann geschenkt hat, pudelwohl fühlt? Wunder ist es ja keines. Der Pullover passt schließlich ausgezeichnet zur karierten Hose Ihrer Tochter. Was die Tochter, dem Papa beim Einkauf behilflich, sicher bedacht hat. Und wie, verehrte Leserin, haben Sie denn geschenkt? Ist Ihr Gewissen rein? Oder kommt Ihnen Ihr Ehemann in der himmelblauen Hausjacke nicht doch etwas verloren vor? Fragen Sie sich, ob die Oma mit Absicht oder aus Altersvergesslichkeit das »Super-Tiefkühlkost-Sägemesser« unbedingt unter dem Christbaum liegen ließ? Und wie steht's um die froschgrüne Tasche, von der ein Verkäufer sagte, sie sei der Traum aller jungen Mädchen? Wieso hat Ihre Tochter dann gestern die alte Handtasche genommen, als sie außer Haus eilte?

Oder stricken Sie etwa noch am Halsausschnitt vom Pulli, den Sie Ihrem Mann schenken wollten? Wenn dem so sein sollte, nehmen Sie es nicht tragisch. Jetzt, ohne Überraschungszwang, können Sie wenigstens ordentlich Maß nehmen.

In den vergangenen Jahren – Hand aufs Weihnachtsherz – war es doch ohnehin immer peinlich, wenn der arme Kerl freudig und im Scheine der Flackerkerzen das gute Stück anlegen wollte und den Kopf bloß bis zu den Ohren durchs Halsloch bohren konnte und Sie dann murmeln mussten: »Das trenn ich wieder auf!« Eben! Eine gewisse Zögerlichkeit bei der Geschenkeproduktion hat ihre Vorteile.

Alle Jahre wieder

Nicht nur der Weg zur Hölle, auch der Weg ins neue Jahr ist für viele Menschen mit guten Vorsätzen gepflastert. Wenn die Pummerin läutet, die Heimfeuerwerker knallen und der Sekt perlt, geloben sich diese Menschen – je nach Temperament lauthals oder verschwiegen –, im kommenden Jahr alles ganz anders und viel besser zu machen. Zum Zahnarzt werden sie endlich gehen, die Ehefrau werden sie nicht mehr betrügen, nicht die kleinsten Schulden werden sie machen, zwei Dutzend längst fälliger Briefe werden sie schreiben, und zu den Kindern werden sie viel netter als bisher sein. Sogar für ihre Bildung und ihren Körper werden sie etwas tun – in der Volkshochschule gibt es sehr interessante Kurse! Man ist ja schließlich kein Dodel, der heillos versauert und versumpft! Etwas lernen ist besser als dreimal die Woche bei zwei Krügel Bier zu tarockieren! Und den kleinen Kugelbauch, den man sich durch die vielen Biere angezüchtet hat, den wird man mit täglicher Gymnastik leicht wegbringen. Jeden Morgen zehn Minuten turnen, das muss schon drin sein. Aber bei offenem Fenster, das ist gut für die Lungen!

Man hat wirklich zu Jahresbeginn die allerbesten Vorsätze. Aber wie das schon so ist im hinterhältigen Leben, verschwört sich die Welt gegen uns und lässt unsere guten Vorsätze nicht zu Taten werden. In der Volkshochschule beginnt das neue Semester erst im Februar, wodurch der Bildungswillige seine Jännerabende noch bei Tarock und Bier verbringt und dann total übersieht, dass der Februar herangekommen ist; weil die Zeit eben so sagenhaft schnell eilt. Und im März ist es dann zum Anmelden bereits wieder zu spät. Das mit der Gymnastik ist auch nicht so einfach. Sooft der Turnwillige das Schlafzimmerfenster öffnen wollte, protestierte seine Ehefrau heftig. Und Gymnastik bei geschlossenem Fenster ist nichts! Das kann man dann gleich bleiben lassen.

Das mit dem Zahnarzttermin war besonders dumm. Den hatte man schon brav ausgemacht. Doch an diesem Tag ging es im Büro »rund«, und dann streikte das Auto, und der beste Freund hatte schwere Probleme, die er sich von der Seele reden wollte. Irgendwie geriet da der Termin in Vergessenheit, und jetzt ist der Zahnarzt sicher böse, weil der immer böse ist, wenn man einen Termin nicht einhält. Bei einem bösen Zahnarzt einen neuen Termin anfordern ist zu peinlich.

Sagen Sie ehrlich: Wenn schon so viel nicht so läuft, wie man sich das vorgenommen hat, warum soll man dann der Ehefrau treu bleiben, keine Schulden machen, Briefe schreiben und zu den Kindern netter sein? Mit Halbheiten gibt sich einer, der sich viel vorgenommen hat, nicht gern zufrieden.

Den meisten Menschen mit Neujahrsvorsätzen geht es so wie der Frau, die sich jeden Silvester vornimmt, nächstes Jahr ein Haushaltsbuch zu führen, um die Gründe ihrer Finanzmisere endlich zu erforschen. Sie besitzt nun schon an die zwanzig dicke, schwarz gebundene Hefte.

Alle sind leer bis auf die Eintragung: 1 SCHWARZES HEFT ... € ...!

Inhaltsverzeichnis

Christine Nöstlinger

Glück ist was für Augenblicke

Erinnerungen

Christine Nöstlinger erzählt – jedoch nicht über wasserscheue Drachen, den grantigen Gurkenkönig, oder den Franz, der aussieht wie ein Mädchen. Hier geht es um ihr eigenes Leben: Wie sie als Kind den Krieg im Bombenkeller überlebt. Wie sie ihre erste Beichte mit einer Lüge beginnt. Wie sie über einen Tretroller die wahre Natur des Menschen kennenlernt. Wie sie in der Tanzstunde mit einem geliehenen BH Oberweite vortäuscht und sich als Kunststudentin in Herrenrunden behauptet. Wie sie zwischen Entenbraten und Kindergeschrei zu schreiben beginnt. Wie das Private politisch ist und trotzdem gelacht werden darf. Und vor allem darüber, dass wir nie vergessen dürfen, dass alles eine komische Seite hat.

»Christine Nöstlingers Erinnerungen sind ein Glücksfall: wahrhaftig und kämpferisch, warmherzig und humorvoll.
Freimütig, mit feinem Humor und viel Tiefsinn erzählt die preisgekrönte Schriftstellerin über ihr Leben, das alles andere als perfekt und damit auch alles andere als langweilig ist. Die Autobiographie liest sich wie ein spannender Roman.«
(Maren Schürmann, *Westdeutsche Allgemeine Zeitung*)